文库

040

A Portrait of the Artist as a Young Man

一个青年艺术家的画像

James Joyce

［爱尔兰］詹姆斯·乔伊斯 著

黄雨石 译　黄宜思 修订

中信出版集团｜北京

图书在版编目（CIP）数据

一个青年艺术家的画像 /（爱尔兰）詹姆斯·乔伊斯
著；黄雨石译 . -- 北京：中信出版社 , 2025. 7.
（无界文库）. -- ISBN 978-7-5217-7813-7

Ⅰ . I562.45

中国国家版本馆 CIP 数据核字第 20252Z3B74 号

一个青年艺术家的画像
（无界文库）

著　者：　[爱尔兰] 詹姆斯·乔伊斯
译　者：　黄雨石
出版发行：　中信出版集团股份有限公司
　　　　　（北京市朝阳区东三环北路 27 号嘉铭中心　邮编　100020）
承印者：　嘉业印刷（天津）有限公司

开本：787mm×1092mm　1/32　　印张：15.75　　字数：230 千字
版次：2025 年 7 月第 1 版　　印次：2025 年 7 月第 1 次印刷
书号：ISBN 978-7-5217-7813-7
　　　　　　　　　　　　定价：39.00 元

中译本序

诗 意 的 自 由 流 动

黄雨石

我们也许对乔伊斯的作品不感兴趣，但我们不能不承认，他是一个非常奇特的作家。

他一生仅写了四五部作品，有些批评家认为其中无一部不是伟大的杰作，但他的这些杰作在当时却很少读者。1940年乔伊斯在给朋友的信中曾谈到在那年整整半年时间中他的作品出售的情况："《流亡者》零本，《一个青年艺术家的画像》零本，《都柏林人》六本。"直到今天，据国外资料介绍，除了一些专门研究者外，一般读者对他的作品仍然敬而远之。

但近年来，他的声誉越来越高，全世界许多国家都有人在对他进行研究：他们为他绞尽脑汁，废寝忘食，写出了不知多少字的研究成果。有人在半生献身于乔伊斯的研究后，最后决心放弃此道，而根本原因却是，他发现他将永远也无法穷其奥秘。在美国已有专以他的一部作品（而不是较常见的以一个作家）为中心内容的刊物[1]常年出版，据说这是至今尚无第二位作家享受过的殊荣。

一些几乎无人阅读的作品，却被称作"杰作"，一个不受读者欢迎的作家，却举世闻名，而且能使许多研究者为之倾倒：这一离奇现象究竟是如何发生的呢？

这个问题要简略地回答似乎倒也容易：乔伊斯的作品虽然也应该叫作小说，但它并无一般小说所有的故事情节，而且书中文字一般人都难以理解，甚至有不少字或词全系生造，一般读者根本无法认识，他们当然也就不会感兴趣；而另一方面，他的这些作品又绝非一时心血来潮随意涂写而成（虽然一般对他的作

---

1 《清醒通讯》（*A Wake Newsletter*），该刊专门发表有关乔伊斯最后一部作品《芬尼根守灵夜》一书的资料和研究论文。（本书注释如无特别说明，均为译者注。）

品偶加涉猎的读者可能很容易产生这种感觉），而是恰恰相反，一字一句都曾经作者呕心沥血，反复推敲。更重要的，他之所以这样一反旧日传统，另辟蹊径，又并非完全出于自己的一时奇想，而是试图适应当时文艺理论，包括心理学理论的发展而作出的一种新的尝试。这一尝试的结果便是今天大家所谈论的"意识流"小说。

但这样说当然并未全面回答上面的问题。许多读者肯定还将提出很多疑问。为了进一步弄清这个问题，下面我想简单地讲一讲究竟什么是"意识流"和"意识流小说"。

"意识流"（Stream of Consciousness）一词是十九世纪末美国心理学家威廉·詹姆斯在他的《心理学原理》一书中首先提出的。但这个词究竟是什么意思呢？所谓"意识流"是否就是，或近于我们常说的"连绵的思绪"？如果真是这样，那所谓"意识流小说"是否也就是随意想之所至，信笔直录而成的作品？绝对不是。

詹姆斯所讲的"意识流"，被他认为是他的一大发现。他曾讲过一句话，很值得注意。他说："记忆、思想和感情存在于最初意识之外的这一发现，是自我从事心理学研究以来，该项学科前进中的最重要的一步。"简单地讲，看来这里所谓"发现"是把"意识"的长度，也可说是把思想、感情在人的头脑中形成的过程向前延伸了一大段。过去所说的意识，以"最初意识"为起点，主要指比较明确的思想或感情方面的内心活动，而现在是要把它前面的"下意识"或"潜意识"直到"无意识"都包括在"意识"的含义中。那也就是说，人的思想感情在最初意识之前已经开始形成了。这样一来，这里所谓的"流"便不单纯是一个时间概念，它已具有了一定的空间属性：从无意识到下意识到最初意识等等。为方便计，一般把它分作两大区域："前语言区"和"语言区"，中间以最初意识为界。这里所谓"前语言区"，实际也就是无语言区，也就是说，那一区域的"意识"尚未形成语言，还不可能以正常的合乎逻辑的语言来加以表达。然而据说，正是在这个"前语言区"，存在着真正朴素状态的意识，所以更值得研究。

至于什么是"意识流小说"，按照著名意识流理论家汉弗莱的说法，就是"以一个或几个人物的意识作为主要内容的小说，也就是说，以其所描绘的意识作为银幕，并于其上呈现出该小说题旨的作品"。然而，还有一点非常重要：意识流作品所关心的并不是全部意识的长河，而主要是它的"先语言"部分。了解到这一点，我们基本上也可以想象，意识流小说为什么那样难以理解了。

但是，意识流作家又为什么要专门用心于这非语言所能明确表达的意识呢？这一方面无疑和当时盛行的文学艺术上的表现主义、象征主义等思潮有关，而更主要的，应该说是由于在相当长时期内"内心独白"[1]这一技巧的普遍应用和取得的成功。早在十九世纪初，法国作家司汤达便曾提出，如果能有办法把一个人的一切思想、感情活动全记录下来，"那我们就会看到这个人那一天的全部意识活动情况，而且非常接

---

[1] 必须说明，这里所谓"内心独白"有其独特含义，并非指一般的，比如旧剧中所使用的"独白"。简单地说，这里所说的是思想和印象在人的头脑中形成过程的实录，而且完全是在其活动状态中直接记录下来的。（参看梅·弗里德曼《意识流：文学手法研究》。）另外，"内心独白"这种技巧，研究家们认为，在包括巴尔扎克和狄更斯在内的许多作家的作品中都大量存在，它本身并不就是"意识流"，二者不宜混同。

近真实"。此后也还有许多作家发表过类似的意见。于是便形成一种看法："前语言"的意识才真正代表了一个人的心灵的客观的真实，至于可用语言明确表达的意识，那已经经过了本人主观的提炼和筛选，因而已失去真实了。弗吉尼亚·伍尔夫在她的《现代小说》一文中也说："让我们完全按照一粒粒原子降落在我们的心灵上的次序把它们一一记录下来，让我们把一瞬眼或一件小事在我们的意识上留下的印迹，仔细如实地描绘下来，不管它们看来是多么琐碎零散，互不关联。"

但我们前面已经说过，所谓"意识流小说"绝不是信笔涂写，也完全不是作者独自坐着，凝神入定，任自己的朦胧的意识自由流动，然后如实加以记录就行了。书中所表明的意识必须是作者的创造（尽管意识流作品往往带有自传性质，这也是很自然的），因为意识流作家绝非单纯为"流"而"流"，他和其他一切作家一样，也有他想要"向读者表露的主题思想和价值观念"等。"简而言之，意识流作家和自然主义作家一样，也力图刻画生活的真实"，不同的是，意识流作家"所关心的仅是人的心灵生活"而已。

按照现在通行的说法，意识流作家之所以如此精心创造人的意识，是为了对人性进行真正有效的剖析。这一用心当然是无可非议的。

　　至于这种创造是如何进行的，根据什么原则来进行创造（据说，其中最主要的是"自由联想"），这类小说一般采用一些什么手法，这些问题说来话长，这里只好从略了。

　　虽然意识流作家已自成一个流派，但直到现在，真正属于这一流派的作家却寥寥可数。英国在乔伊斯之前有一位女作家多萝西·理查森，曾写过一部《人生历程》[1]，该书第一卷于1915年发表，现在被看作是该派中最早的一个作家，此外大家经常提到的也只是和乔伊斯同时代的伍尔夫、法国的爱德华·迪雅尔丹[2]和稍后美国的福克纳而已。因此，要研究"意识流"，首先仍必须研究乔伊斯。

1　该书据说除文学史家外，很少为人注意。全书十二卷，两千余页，全部写一个女人的内心活动，没有戏剧性，没有情节，也没有背景。换句话说，除该主人公的"变化不定的思想之外，全书再无任何其他主题"。

2　他的一部主要作品是《月桂树已砍尽》（ Les lauriers sont coupés ），写得较早。

詹姆斯·乔伊斯于1882年生于爱尔兰的都柏林，据说兄弟姊妹"共有十六七人之多"。他早年在克朗戈斯·伍德中学上学，后来则到都柏林的贝尔维迪尔学院学习。这和《一个青年艺术家的画像》(以下简称《画像》)中的斯蒂芬·迪达勒斯的经历是完全一致的。在学校期间他便对诗歌、拉丁文和语言研究甚感兴趣。1898年，他又到皇家大学的都柏林学院专攻哲学和语言。1902年，他前去巴黎，次年因母亲病危又回到都柏林，然后便在达尔基做教师。1904年乔伊斯偕夫人一同到瑞士苏黎世，不久又转到意大利的的里雅斯特，在柏利兹中学教语言课。整个第一次世界大战期间，乔伊斯夫妻带着两个孩子在苏黎世过着十分贫困的生活。1920年以后，他便住在巴黎，在那里于1922年出版了他的《尤利西斯》，1939年出版了《芬尼根守灵夜》。他死于1941年。

　　乔伊斯的第一部作品是1904年开始动笔的《都柏林人》。据说当时有一朋友为《爱尔兰田园》(*Irish Homestead*)拉稿，希望乔伊斯为该报写一点"简单的"故事。有趣的是，他还特别对他说："你只要能写得流畅就行，不怕偶尔迎合一下一般人的理解和兴趣。"这些故事后来便汇成了《都柏林人》。这些故事，尽管他自己强调说，他"称它们为《都柏林人》，目的是让人看一看这个被许多人称作城市，而实际只是一种半身不遂或瘫痪病病源的灵魂"，基本上却仍是按照传统的模式（特别是按照莫泊桑和契诃夫的传统）写成的。但是有些研究者认为到1907年他写出该集最后一篇《死者》的时候，便已决心和传统的技巧决裂了。

我们知道，一般研究家都承认乔伊斯具有广阔的世界知识和不同一般的语言文字和音乐才能。尽管当时心理学上已有关于"意识流"的发现，尽管视内心活动的实录为更大的真实的说法已颇为流行，但在甚至提出这类理论的作家自己也无意进行此种尝试的时候，何以独有乔伊斯如此热心于此？看来这里确有一个很奇特的原因：乔伊斯自有他的某种似非一般人所能理解的"灵悟"[1]。按他自己的解释，所谓"灵悟"便是"一事、一物、一种景象或一段难忘的思绪""在精神上的豁然显露"，而且"这种显露一般完全超出了产

---

[1] 原文为 epiphany。此字原来的含义为宗教迷信所谓的"显灵"，并特别用以指耶稣显灵节。但乔伊斯却赋予它完全另一种含义，这里姑且译作"灵悟"。

生这种灵悟的事物本身的含义或（它与这种显露）两者之间的严格的逻辑关系"。不管怎样，明白了这一点，我们对乔伊斯花费毕生精力写出像《尤利西斯》和《芬尼根守灵夜》这类如此难以理解的作品的原因，便会多少有所领悟了。

他的这种"灵悟"的出现显然是相当早的。我们知道，《画像》前身是一部未曾发表的手稿，题为《斯蒂芬英雄》（*Stephen Hero*），在那里，他便已花了不少篇幅讨论"灵悟"问题。此外，在他遗留的手稿中已发现尚存的四十篇对"灵悟"的笔录。据说乔伊斯曾计划把它们编辑起来，以《灵悟集》的名称出版。但这一计划终未实现，最后他把它们分散使用在他的小说中了。查一查现存四十篇"灵悟"的稿本，其中便有十二篇已使用在《画像》中。比如本书第31至32页从"斯蒂芬一定会道歉的"一直到

快道歉，
啄掉他的眼睛，
啄掉他的眼睛，
快道歉。

140页至141页从"他此刻坐在一所古老的……早餐间里"直到"哦……哦，晚安，斯蒂芬"。142页至143页从"在娱乐厅里待得最久的孩子们也开始穿衣服了"到"而他知道，在这些东西面前他已经拜倒不止一千次了"。488页从"拥抱的胳膊和那声音的迷人的符咒"到"可怕的青春的翅膀"（即四月十六日日记）等等。虽然这些"灵悟"的实录用在书中时大多重新修改，有的已做了相当的扩充，但前者为后者之本，则全然不容怀疑。另外，看到这些例子后，我们在阅读《画像》时更会感到，有许多段落，虽无从查考，大约也都来自原来的"灵悟"，比如像这么两段：

一个小姑娘站立在他前面的河水中，孤独而宁静地观望着远处的海洋。她仿佛曾受到某种魔法的驱使，那形象已完全变得像一只奇怪而美丽的海鸟。她的细长的光着的腿像白鹤的腿一样纤巧而洁净，除了一缕水草在她的腿弯处形成一个翠绿色的图案之外，再看不见任何斑点。她那丰满的、颜色像象牙一样的大腿几乎一直光到她的屁股边，那里一圈外露的裤衩的下口完全像由细软的绒毛组成的白鹤的羽毛。她的浅蓝色的裙子被大胆地撩上来围在腰上，从后面掖住。她的胸脯也像一只海鸟的一样柔和而纤巧，纤巧而柔和得像一只长着深色羽毛的鸽子的胸脯。可是她的淡黄色的长发却充满了女儿气：她的脸也带着小姑娘气，但点缀着令人惊异的人间的美。

她孤独而宁静地眺望着远处的海面。当她注意到他的存在，并发现他的眼神正对她表示出无限崇拜的时候，她对他转过脸来，以十分宁静的神态谛视着他的凝望，既无羞怯之感，也无淫欲之念。她听任他长时间，很长时间地对她凝望着，然后一声不响转过脸去，低头看着她面前的河水，用一只脚在水里东一下、西一下，轻轻地搅动。水被搅动时发出的微弱的响声打破了沉寂，那声音低沉、微弱，像耳语一样，微弱得像是在梦中听到的铃铛声，东一下、西一下、东一下、西一下，同时一种淡淡的热情燃起的红晕掠过了她的两颊。

这里所描写的情景，真耶，梦耶？现实耶，幻觉耶？实在令人无法捉摸。而这类例子，在全书中所在多有。这里当然不是说，这"灵悟"就是"意识流"了，因为仅从上面所讲，二者之间的区别已显然可见。但是这种有关"灵悟"的心理活动必然十分有助于"意识流"的写作，这似乎也是无可怀疑的。

《一个青年艺术家的画像》是詹姆斯·乔伊斯的第二部较大的作品。《画像》和《都柏林人》一样，于1904年便已开始写作。一开始他花了一整天时间写了一个短篇，题作《艺术家的画像》，当即送交一家杂志社请求发表。而杂志社负责人给他的回答却是："……我无意发表我自己全然不理解的作品。"那个短篇所使用的手法于此已可想见了。不管怎样，这期间乔伊斯显然已决定要写作他的这部自传体的小说了。他已决心，如他在给他夫人诺拉的信中所说，要成为他"那一代的一位也许最后能为这个可悲的民族的灵魂创造出一个良心的作家"。这一决心的最初成果便是上文提到过的《斯蒂芬英雄》。据说《斯蒂芬英雄》比《画像》更长，更多细节描写，内容也较为显豁，然后又经过两次修改，才变成了我们今天所见到的《一个青年艺术家的画像》。该书的前三章先于1914年2月2日（作者32岁生日）到1915年9月期间分作二十五次在《唯我主义者》杂志上发表。1916年，在美国第一次以书的形式印行；次年，《唯我主义者》杂志才在英国出版了该书的单行本。

该书出版后，以其独特风格和新颖形式立即引起普遍注意，而它在当时的批评界所激起的反响却是多种多样的，不同的批评家各执一说，毁誉兼有。对书的缺点谈得较多的大约有：一、结构松散，杂乱无章，应作大量修剪；书中有许多"冗长段落"，一般读者难以卒读。二、书中有许多描写十分淫秽，特别是以妓院和忏悔间所做的那种对比，实非人的高尚情感所能容忍。三、该书显然对天主教和都柏林城进行了无理的诽谤。但另一方面，小说中的出色的现实主义以及作者的出众的才华，却得到了普遍的承认。尽管有的批评家认为乔伊斯以其超人的才华竟写出此等作品，实未免不幸！

在这些早期的批评中，1917年《爱尔兰爱书人》杂志的一段评论似乎颇有代表性。它说：

　　　　尽管书中有许多我们下文还将提到的严重缺点，无论如何，我们不能不承认这部关于一个软弱无能的空想家斯蒂芬·迪达勒斯的虚设的自传，读来真是趣味横生。我们一口气就读完了它。主人公先在克朗戈斯·伍德，后来又在贝尔维迪尔度过的学校生活刻画得十分生动，而且无疑也十分真实。他陪同他的那位颇有才智，但一事无成、社会地位江河日下的父亲在科克的访问，也给人以同样印象。书中最令人难忘的是关于黑暗的一八九一年的一次圣诞节晚餐的描绘，那正是民族主义的爱尔兰由于帕内尔"分裂"而彻底瓦解的时候。乔伊斯先生在表现他的现实主义方面真可谓毫不留情，他的那些强烈的对比——妓院、忏悔间——不免为人的高尚情感所难以容忍。还有紧跟在大段十分有力的正统布道演说[1]后的

---

[1] 书中第231—264页共一万余字差不多全是这种布道演说，主要竭力宣扬地狱中可怖的惨状。但原文意在讽刺，当毋庸怀疑，不用说其中有许多说法显然十分荒唐可笑，如什么地狱的墙壁"有四千英里厚"，什么地狱里是如此拥挤，"如果一个罪犯眼睛上有一个蛆虫咬着他，他也没有办法把它弄开"，以及什么"良心的三重刺"，什么痛苦还可分作"扩张的痛苦""强烈的痛苦""永恒的痛苦"等等。此外，我们也绝不能设想乔伊斯会在这里花费如此冗长的篇幅来写下"正统的布道演说"。但这里竟有此说，这倒似可见作者的伟大了。

学生之间的那些冷嘲热讽的言辞，那种语言自斯威夫特和斯泰恩时代以来已从不见之于文学中了！乔伊斯先生具有十分出色的描绘才能，在对对话的处理方面和当代任何作家相比也毫不逊色，这些已得到了各方面的公认，可是，啊！多么可惜。他这样来进行写作岂不有负于他的出众的才华？甚至从一个世俗的观点来看——或者，如果你愿意，仅从生意经来讲——这样把自己的才智浪费在一本只可能在有限范围内流传的作品上，能算得上明智吗？因为任何一个思想清白的人是不可能随便把这本书放在他的妻子或儿女的手边的。更重要的，这能算艺术吗？我们深为怀疑。

这段评论显然有不少过于偏激之论，但这是当时作者本国批评家的观点，对我们今天来认识这一作品似亦不无参考价值。

《画像》实际就是一部自传性小说，这一点已为研究者所肯定：不仅书中许多情节都与作者经历吻合，而且有许多细节也都查有实据，如一开头的一段话已见于作者父亲的信中，书中所提"艾琳"亦实有其人，等等，而且连斯蒂芬·迪达勒斯这个名字，乔伊斯早年亦曾作为自己的名字正式使用过。肯定这一点，对于我们今天来理解这部作品和这位作家当然都是十分重要的。

现在的问题是，《画像》究竟是不是一部"意识流小说"？

据所见到的材料，对这一问题至少有三种回答（大约也不可能再有第四种了）：一是肯定是。弗里德曼便认为把《画像》"排除在乔伊斯作品的主流之外"是出于对这一作品的"错误判断"，完全忽略了《画像》第一章的间接内心独白，而且"这一章和《尤利西斯》中纳西加一段所使用的方法相比起来显然还要更好"。另一种说法是《画像》是乔伊斯从传统写作方法转向"意识流"的过渡作品。这实际是回避了正面回答。但是持此种论点的批评家，却也认为此书不似其后的作品那样难以理解，同时却几乎已采用了乔伊斯在其后的作品中所采用的大部分基本手法，因而正是研究乔伊斯或意识流作品的最好的入门阶梯。但大多数评论家则认为《画像》不能算作意识流作品。

在《画像》中，乔伊斯自己写过一段关于作家的议论，许多研究者都曾将此作为意识流的重要理论加以引用。他说：

> ……艺术家的人格，最初不过表现为一声喊叫或一种节奏感或一种短暂的情绪，接着它却变成了流动的闪烁着光辉的叙述，最后它更使自己升华而失去了存在，或者也可以说，使自己非人格化了。具有戏剧形式的美的形象是在人的想象中加以净化后再次投射出来的一种生命。美学的神秘，和物质创造的神秘性一样，是逐渐形成的。一个艺术家，和创造万物的上帝一样，永远停留在他的艺术作品之内或之后或之外，人们看不见他，他已使自己升华而失去了存在，毫不在意，在一旁修剪着自己的指甲。

仅从这段话来看，《画像》恐怕是不完全合格了。不管怎样，他的《尤利西斯》和《芬尼根守灵夜》虽更为重要，但这两部书似乎难以译成任何他种语言，当然更不用说译成汉语了。

那么，一般读者，甚至包括一些专家，对《画像》的理解是否就毫无问题呢？问题也仍然不少。随便看一点讨论和解释《画像》的英文资料，我们便会发现书中有许多"含蓄的或象征性的隐晦的深意"，似乎完全在我们的意想之外。

首先，该书的主题究竟是什么？这问题便颇为不易回答。根据美国约翰斯·霍普金斯大学教授、现代文学专家休·肯纳的说法，一、三、五三个奇数章的主题是"自我与权威的关系和矛盾（ego vs. authority）"，而两偶数章的主题则是"都柏林与梦想的关系和矛盾（Dublin vs. the dream）"。所以"第一章的主导情绪是恐惧，这里最主要的形象是多兰神父和他的戒尺"——这些最后"在乔伊斯眼里变成了爱尔兰教权主义的标准形象之一"。第二章一开头便明确点出了"都柏林生活中最重要的三件大事：音乐、体育和宗教"。在书中则表现为查尔斯大叔在花园尽头小屋中的伤感的歌唱，斯蒂芬在一位老运动员的辅导下经常练跑步，以及查尔斯大叔跪在一面红手绢上，看着一本书角已被翻黑的祷告书大声祷告。据说"这一三位一体的主题在整个这一章中来回缠绕，简直像环绕着斯蒂芬织成的一面罗网"，这一三位一体主题同时也是该章的中心事件的基础，"在贝尔维迪尔的教堂举行的降灵节文娱晚会（宗教），一开头是哑铃队的表演（体育），最后结束时则是军乐队演奏的华尔兹舞曲（音乐）"。而且据说，"在整个这一章中，一直在斯蒂芬心中孕育着的那个梦想世界永远和音乐、体育和宗教的存在发生抵触。因而正如自我与权威的矛盾使第一章具有了生气一样，这种始终存在于都柏林和梦想之间的具有讽刺意味的冲突，则使第二章充满了活力"。

无论如何，这总不失为一种看法。当然，不容怀疑，全书的确充满了苦闷和绝望的情调。

另外，肯纳先生还提出了很多关于书中某些细节的解释。其中有许多可能由于文化和传统上的差异等原因，我们未必能很容易欣然接受，但这似乎正是体会和理解意识流作品的一个关键，所以下面拟简略地择其最有代表性者列举数条，以供参考。按肯纳先生的说法：

一、在一开头约两页的文中，首先表明了人的五种基本感觉：听（哞哞奶牛的故事）、视（他父亲的脸）、味（柠檬木盘子）、触（热和凉）、嗅（油布），而这实际是"微观世界一切活动的全部内容"。在这里我们看到"那幼小儿童的良知按照亚里士多德所做感觉—官能—心灵活动的分类逐渐展开"。而且在整个乔伊斯的作品中，"各种感官都具有象征意义。嗅觉是分辨经验中的现实的手段（下一句便是：'他妈妈身上的味道比爸爸的好闻多了'），视觉体现压迫的幻象，听觉体现想象的生活。触觉和味觉一起代表各种性活动"。

二、第30页上那行完全是幼儿声调的"他自己的歌"："哦，绿色的玫瑰开放开放。"和第40页的一句"可是你没法找到一朵绿色的玫瑰。但也许在世界的什么地方你能找到一朵"相呼应，表明了这位艺术家改造自然的决心。

三、前面曾引用过的第31至32页上"快道歉"那一段，中间有一句是"不然，那些山鹰会飞过来啄掉他的眼睛"。这里的山鹰代表"罗马之鹰，它们是毛脸神[1]——惩罚之神的使者"，这里实际表现了在孩子心灵中感到的对宗教的恐惧。

四、书中斯蒂芬所追求的那个姑娘（有时是艾琳，有时是埃玛，有时又是《基督山伯爵》中的美茜蒂丝），实际代表宗教，这从许多方面可以证实：他所写的那首维兰内尔体的献诗（见430至432页）所使用的都是些宗教上的用语，如香烟、圣歌、圣餐、牺牲等，而他最初要写的献诗的题目"献给E-C-"，实际便是要用"E-C-"暗示一个教堂的名称[2]，所以他对他想象中的美茜蒂丝说："小姐，我是从来不吃麝香葡萄的。"实际是表示了他对教堂的拒绝，而因此也才有下文"他就应该让她去和她的神父调情"等说法。

---

1 据说，正文一开头就说到斯蒂芬的父亲的"脸上到处都是汗毛"，也暗示这个"毛脸神"。这大约也是上文"视觉体现压迫的幻象"的来历。
2 意当为"E-"代表英格兰，"C-"代表教堂。

五、书中有一段描写斯蒂芬的忏悔神父想让他担任圣职时和他进行谈话的情景："那忏悔神父站在窗口，背向着阳光，一只胳膊靠在棕色的十字窗帘上。在他含笑低语，一边用手摆弄着另一个窗帘的绳子，用它套圈玩儿的时候，斯蒂芬站在他的面前，眼睛不停地看着外面屋顶上愈来愈暗淡的长夏的日光，或者看着那神父慢慢移动着的灵巧的手指。"据说这里许多用语都另有含义。如"十字窗帘"原文为cross blind，可以理解为"因只看到十字架而变成了盲人"（blind for the cross），也可解释为"盲而不见十字架"（blind to the cross），神父用窗绳"套圈玩儿"乃是表明他要让斯蒂芬担任圣职，实际是要让他钻进圈套，等等。

六、斯蒂芬在写作他的长诗的时候，有这么一段描写："他极力想用它们的那红色的光辉重新温暖他即将消失的欢乐，想象着从他躺着的地方有一条铺着红色花朵的玫瑰之路可以直通天堂。厌倦！厌倦！他对他自己的永恒的热情也感到厌倦了。"这是表明到这时斯蒂芬"对人世的一切已无比厌倦,只求能上天堂了"。

上面这些例子,如果没有学者们的解释,我们恐怕是无从捉摸的。

我国过去曾有人用一句杜诗"无边落木萧萧下"打一字谜,谜底是个"日"字。这谜语据说是这样破的:南北朝时期,南朝分宋齐梁陈四代,齐梁的皇帝都姓萧,所以"萧萧下"则可破一"陳"字,"陳"字无边则是"東","東"字去"木"岂不就是"日"字了?这一谜语安排得不可谓不巧,其中所包含的知识学问亦非同一般。但如此曲折深奥的谜语,真正迷于此道的人可能会连呼:"高绝!妙绝!"但一般谜语爱好者,恐怕只会付之一笑而已。拿乔伊斯的作品来和这谜语相比当然是极不恰当的,但可能是由于自己的见识过于短浅,每在聚精会神阅读这类对意识流作品进行分析的文章时,不知怎的耳边总不免常听到这落叶萧萧之声。

但不管怎样,通过对《画像》的翻译,以及在这里所做这些拉杂的介绍,如果能略略有助于我国留意

24

于此的作家、文艺工作者和爱好者对意识流和乔伊斯的进一步理解，那我将认为我在这里所花费的劳力已得到了充分的报偿。

由于自己的理解不透，体会不深，可以想象译文中必有不少地方完全丢失了原文的深奥含义，这实在是限于能力，只能请读者原谅了。

另外，书中拉丁文甚多，现在全部根据日本阿部知二注释本《画像》注文中所附英译译出。在对正文理解以及典故考据等方面亦多借助于这一注释本，特此声明。

1981年3月于北京

Et ignotas animum dimittit in artes.

Ovid, *Metamorphoses*, VIII, 188[1]

1 拉丁文：他用他出众的才思开拓出新的艺术领域。奥维德，《变形记》，第8卷，第188行。

第 一 章

从前有一个时候，而且那时正赶上好年月，有一头哞哞奶牛沿着大路走过来，这头沿着大路走过来的哞哞奶牛遇见了一个漂亮的孩子，他的名字叫馋嘴娃娃……[1]

他的父亲跟他讲过这个故事：他父亲透过单片眼镜看着他：他的脸上到处都是汗毛。

他那会儿就是馋嘴娃娃。那头哞哞奶牛就是从贝蒂·伯恩住的那条路上走过来的：贝蒂·伯恩家出卖柠檬木盘子。

---

[1] 乔伊斯的父亲斯坦尼斯劳斯·乔伊斯于1931年1月31日写给他的信中曾提到，"我不知道你是否还记得当年在布赖顿广场的情况，那时你是馋嘴娃娃，我常给你讲哞哞奶牛下山来抓走小男孩的故事"。（转引自莫里斯·贝加编《詹姆斯·乔伊斯：〈都柏林人〉和〈一个青年艺术家的画像〉资料汇编》）

哦，在一片小巧的绿园中，
野玫瑰花正不停地开放。

他唱着那支歌。那是他自己的歌。

哦，绿色的玫瑰开放开放。

你要是尿炕了，你先觉得热乎乎的，后来又觉得有些凉。他母亲给他铺上一块油布。那东西有一种很奇怪的味道。

他妈妈身上的味道比爸爸的好闻多了。她在钢琴上演奏水手号角歌，他就跟着跳舞。他这样跳着。

特拉拉拉，拉拉，
特拉拉拉，特拉拉拉底，
特拉拉拉，拉拉，
特拉拉拉，拉拉。

查尔斯大叔和丹特都鼓掌了。他们都比他父亲和母亲年岁大，而查尔斯大叔又比丹特大。

丹特的衣柜里有两把刷子。那把绛紫色绒背的刷子是给迈克尔·达维特[1]预备的。那把绿绒背的刷子则是给帕内尔[2]预备的。每当他给她拿来一张卫生纸的时候，丹特就给他一块茶糖。

万斯家住在七号。他们也有他们自己的爸爸和妈妈。他们是艾琳的爸爸和妈妈。等长大以后，他就要和艾琳结婚[3]。他躲在桌子底下。他母亲说：

——哦，斯蒂芬一定会道歉的。

丹特说：

——哦，不然，那些山鹰会飞过来啄掉他的眼睛。

啄掉他的眼睛，

---

1 迈克尔·达维特（1846—1906），爱尔兰民族运动领袖，1865 年加入爱尔兰共和兄弟会，和帕内尔一起在爱尔兰推行土地改革运动。由于他的革命活动，他曾三次被英国政府关进监狱。1879 年"民族土地改革联盟"成立，他和帕内尔同是该组织重要领导成员。

2 查尔斯·斯图尔特·帕内尔（1846—1891），爱尔兰民族主义政治家。于 1875 年被选入英国国会，他在国会中极力为爱尔兰的利益奔走，因而获得芬尼亚运动的全面支持。在反对爱尔兰土地法的活动中他正式参加芬尼亚运动，并于 1879 年成为"民族土地改革联盟"主席。他在爱尔兰人民中声望极高，曾被称为爱尔兰"无冕之王"。

3 后文所写斯蒂芬所爱恋的那一位姑娘，当即此艾琳。

快道歉，

快道歉，

啄掉他的眼睛。

快道歉，

啄掉他的眼睛，

啄掉他的眼睛，

快道歉。

那个宽广的操场上挤满了男孩。他们都不停地叫喊着，级长们也大喊大叫，催促他们前进。傍晚的空气有些阴暗、清冷，在那些足球队员每次发动进攻，踢一脚的时候，那油光光的皮球就像一只大鸟在灰暗的光线中飞过。他一直待在他那条攻防线的最边上，那里级长看不见他，粗野的脚也不会踢到他身上，他不时也装作跑来跑去的样子。在那一群足球队员中，他感到自己的身体太瘦弱，眼睛也老湿乎乎的，有些不济。罗迪·基克汉姆可不是那样：所有的同学都说，他会当上第三攻防线的队长。

罗迪·基克汉姆为人很正派，纳斯蒂·罗奇可是个讨厌至极的家伙。罗迪·基克汉姆的锁柜里有一副护腿板，他在食堂里还存有一个柳条筐。纳斯蒂·罗奇有一双很大的手。他把星期五的蛋糕叫作毛毯卧狗。有一天他曾经问斯蒂芬：

——你叫什么名字？

斯蒂芬回答说：斯蒂芬·迪达勒斯。

随后，纳斯蒂·罗奇说：

——那是个什么名字？

这个问题斯蒂芬不知道该怎么回答。纳斯蒂·罗奇又问他：

——你父亲是干什么的？

斯蒂芬回答说：

——一个读书人。

然后，纳斯蒂·罗奇又问他：

——他是一位治安官吗？

他在他那道攻防线的边沿上来回走着，偶尔也跑几步。可是他的手都冻得发青了。他把两只手都插在有束带的灰上衣的口袋里。就是说，他的口袋上面有一条腰带。它也可以用来给别人几皮带。

有一天，有个家伙对坎特韦尔说：

——我马上狠狠抽你几皮带。

坎特韦尔说：

——你去找一个和你差不多的对手去跟他打架吧。你给塞西尔·桑德尔来一皮带。我倒要看看你敢不敢。他会照你的腔沟上给你一脚。

这话可太不文雅了。他妈妈曾告诉他不要跟学校里那些野孩子说话。妈妈真好！当第一天她在校园的大厅里向他告别时，她把面纱撩到鼻子上吻他。她的鼻子和眼睛都红了。但是他装作没有看到她快要哭了。她是一位很漂亮的妈妈，但一哭起来就不那么漂亮了。他父亲曾经给过他两个五先令的银币作为零花钱。他父亲还对他说，如果还需要什么可以往家里写信，还说不管干什么事，都永远不要出卖自己的伙伴。接着，在校园门口，校长跟他爸爸和妈妈握了握手，他的法衣在微风中飘荡着，那马车却载着他的妈妈和爸爸走了。他们坐在车里又叫喊着他的名字，向他挥手：

——再见，斯蒂芬，再见！

——再见，斯蒂芬，再见！

球赛陷入一片混战之中，他非常害怕那些闪闪发亮的眼睛和满是泥浆的大靴子，他弯下腰，从许多腿缝里向里张望。那些家伙一边哼哼着一边彼此扭打，他们的腿都纠缠在一起乱踢乱蹬。接着，杰克·劳顿的黄靴子把那球钩了出来，于是，所有其他的靴子和腿都跟在后面追赶。他也跟着他们跑了几步，但很快就停住了。再往前跑也没有用了。很快，他们就都要回家度假去了。吃过晚饭，他就要到阅览室去把贴在他书桌里面的数字从七十七改为七十六。

待在阅览室里要比在外面受冻好得多。天空灰暗、清冷，可校园里到处是灯光。他纳闷儿汉密尔顿·罗恩是从哪扇窗子把他的帽子扔到篱笆上去的，也不知道当时那些窗子下面已经有了花坛没有。有一天，他被叫到校园里去，学校食堂的管事指给他看士兵们的枪弹在木门上留下的弹痕，并且给了他一块耶稣会神父吃的那种酥饼。看着校园里的那些灯光，觉得很舒服，而且，有一种暖和的感觉。那一切简直像是在一本书里看到的情景。也许莱斯特修道院就正是这个样子。在康韦尔博士的识字课本里也有一些非常漂亮的句子。它们都像诗一样，不过那都只是一些教拼音的句子。

沃尔西在莱斯特修道院去世，

修道院长们为他举办丧事。

黑霉症是一种危害植物的顽疾，

癌症则是各种动物的宿敌。

躺在火炉边的地毯上，用手撑着自己的头，想一想这些句子，那可真是一件令人很舒服的事。可他身上发着抖，好像满身湿漉漉的，又冷又黏糊。韦尔斯真太不够朋友了，他不该把他推到那个方形水坑里去，只因为他不愿用他的小鼻烟壶换韦尔斯的那个曾经打败过四十个敌手的老干栗子。那里的水是多么冷，又多么黏呵！有人曾经看到过一只大耗子跳进上面的那层浮渣里去。妈妈和丹特一起坐在炉边等待布里吉德把茶点拿来。她把脚放在炉槛上，珠光宝气的拖鞋已经烤得非常热，发出一种很好闻的热乎乎的气味！丹特什么事情都知道。她曾告诉过他莫桑比克海峡在什么地方，还告诉他美洲最长的河是哪一条，月亮里最高的山叫什么名字。阿纳尔神父比丹特知道的事情还要多，因为他是一个传教士，可是他父亲和查尔斯大叔都说丹特是一个非常聪明的女人，博览群书。丹特在吃完饭后把手放在嘴边发出那么一种声音的时候，就是她感到烧心了。

操场上很远的地方有一个声音在喊叫：

——全都回来！

随后，后防线和第三防线那边也有人跟着喊起来：

——全都回来！全都回来！

球手们全都围拢来，满脸通红，浑身是泥，他也混在他们当中，很高兴撤回来。罗迪·基克汉姆捏着那只球上满是泥污的扎带端头。有一个人要他最后给它一脚，可是他却一直向前走去，连腔也不答。西蒙·穆南告诉他别踢，因为级长正朝这边望着。那家伙马上转向西蒙·穆南说：

——谁不知道你这话什么意思。你就是麦格莱德的小咂吧[1]。

小咂吧真是一个怪词。那家伙这样称呼西蒙·穆南是因为他常常喜欢从背后偷偷把级长的假袖子捆在一块儿，级长有时因此佯装大发脾气。但是，这个词儿叫起来实在难听。有一回他在威克罗旅馆的厕所里

---

1 原文 suck，按俚语，有拍人马屁之意。

洗手，完了以后他父亲揪着链子拉开了手盆的塞子，脏水就顺着下水管流了出去。当手盆里的水慢慢流尽的时候，那里就发出类似的声音：咂吧。只不过声音更大一些。

一想起那些事和厕所里那一片雪白的样子，他就感到冷一阵热一阵的。那里的两个水龙头：一冷一热，你只要一拧就有水流出来。他先感觉冷，后来又感到有些热：他看见水龙头上竟然铸着这个字。这真是一件怪事。

走廊上的空气也使他感到有些寒冷。那空气湿漉漉的，显得很奇怪。但很快煤气灯就会点燃了，煤气燃烧的时候发出一种像低声唱歌似的声音。老是一个样子：只要游艺室里的人一停止说话，你就可以听到。

到了做算术的时间。阿纳尔神父在黑板上写了一个很难算的式子，然后说：

——那么现在，看你们谁会得第一？快算吧，约克！快算吧，兰开斯特[1]！

---

1 15世纪时英国约克家族和兰开斯特家族（分别以白玫瑰和红玫瑰为其标志）曾为争夺王位进行长时期激烈斗争。后常用作进行比赛的两组的代称。

斯蒂芬尽了自己最大的努力，可是那道题实在太难，把他搞蒙了。带有白玫瑰图案的那个很小的缎带原来一直别在他的上衣胸前，现在却舞动起来。他不大擅长算术，可是，为了不让约克失败，他仍然尽了自己最大的努力。阿纳尔神父的脸看起来非常阴暗，可是，他并不是死板地待着：他正在笑。接着，杰克·劳顿捻了一下手指发出响声，阿纳尔神父于是看了看他的练习簿说：

——对了。兰开斯特很不错！戴红玫瑰的要赢了。赶快算吧，约克！赶快追上去！

杰克·劳顿转身向后面看了看。那个画有红玫瑰的小缎带的颜色因为他穿着一件蓝色水手大衣而显得格外鲜艳。斯蒂芬感到自己的脸也红了，因为他在拼命思索到底是谁在基础课上能够获得第一，到底是杰克·劳顿，还是他。有几个星期杰克·劳顿得到了第一名的那张卡片，又有几个星期斯蒂芬得到了第一名的那张卡片。当他努力计算第二道算术题并听到阿纳尔神父的声音的时候，他那个白玫瑰的缎带一直在不停地舞动。接着，他的那股热情过去了，于是他感到自己脸上十分凉爽。他想他的脸色一定很苍白，因为他感到他的脸很凉。他没有办法计算出那道题目的正确答案，可是那没有关系。白玫瑰和红玫瑰：这都是一些想起来很美的颜色。那些表明第一、第二和第三的卡片颜色也都很美丽：粉红色、奶油色和淡紫色的。淡紫色、奶油色和粉红色的玫瑰想一想都很美。也许一朵野玫瑰就会有像那样的一些颜色，他还记起了关于在一片绿色的小园地上开着野玫瑰花的那首歌。可是你没法找到一朵绿色的玫瑰。但也许在世界的什么地方你能找到一朵的。

铃声响了，各班排着队走出教室，沿着走廊向食堂走去。他坐在那里望着那两片压成花形的黄油，实在吃不下那软乎乎的面包，台布也又潮又软。但他喝完了厨房里的帮工给他倒在茶杯里的那杯淡茶。这个人系着白围裙，动作笨拙。他弄不清那厨工的围裙是否也是潮乎乎的，也弄不清是否所有的白东西都是又冷又潮的。纳斯蒂·罗奇和索林喝着家里给他们送来的罐装可可饮料。他们说，他们不能喝那个茶，说那是猪泔水。那些家伙还说，他们的父亲都是本地的治安官。

那些男孩子对他都似乎非常陌生。他们全都各自

40

有各自的父亲和母亲，各自的衣服和各自的声音。他真希望回到家里去，把头枕在他母亲的膝上。但是不可能，所以他盼望游戏、学习和祷告的活动都赶快过去，那他就可以上床睡觉了。

他又喝了一杯热茶，弗莱明说：

——怎么啦？你是哪儿疼还是怎么啦？

——我不知道，斯蒂芬说。

——准是你的肚囊里感到恶心了，弗莱明说，因为你脸色煞白。过一会儿就会过去的。

——哦，是的，斯蒂芬说。

但是，他感到恶心的并不是那里。他想，他是从心里感到恶心，如果那个地方也能恶心的话。弗莱明真不错，倒来向他问好。他直想哭。他把胳膊肘倚在桌上，用手一会儿按住，一会儿又放开他的耳搭。每当他放开耳搭的时候，他就听到食堂里一片嘈杂。那巨大的嘈杂声简直像夜里过火车一样。而当他把耳搭按住的时候，那声音便也像火车驶进山洞一样听不见了。有一次，在达尔基度过的那个夜晚，火车声就像现在这样不停地吼叫，后来当它驶进山洞的时候，那声音就停了。他闭上眼睛，火车向前行进着，吼叫一阵然后又停住,又吼叫一阵又停住。听到它吼叫一阵停一阵,然后又吼叫着从山洞里钻出来,然后又停住,感到很有意思。

接着高年级的一些学生踏着食堂中间的地席,开始走过来,爱尔兰佬拉思和吉米·马吉,以及那个被准许抽雪茄的西班牙人,还有那个戴着毛线帽的小葡萄牙人都走过来了。然后低年级的桌子和三年级的桌子上的人也跟着走。每一个人都有自己不同的走路的样子。

他坐在游艺室的一个角落里,假装看别人玩多米诺游戏,有一两次他终于能够在很短的时间内听到煤气灯低声歌唱的声音。级长和其他几个孩子站在门旁边,西蒙·穆南正在把他的两条假袖子系到一块儿。他在对他们讲关于塔拉贝格的故事。

然后,他从门边走开,韦尔斯却向斯蒂芬走过来,说:

——告诉我们,迪达勒斯,你每天上床睡觉的时候吻你妈妈吗?

斯蒂芬回答说:

——我吻的。

韦尔斯立刻转身对其他人说：

——哦，我说，这家伙每天晚上上床睡觉的时候都要吻他的妈妈。

其他人都停止游戏，转过脸大笑起来。斯蒂芬在众目睽睽之下不禁脸红了，他说：

——我不吻。

韦尔斯说：

——噢，我说，这家伙每天上床睡觉的时候，根本不吻他的妈妈。

他们又都大笑起来。斯蒂芬也想跟他们一起笑。他感到浑身发热，一时间给弄得有点莫名其妙了。对那个问题要怎样回答才对呢？他给了两个回答，但韦尔斯总是大笑。韦尔斯一定知道正确的回答，因为他是文科第三级的学生。他试着想想韦尔斯的妈妈是什么样子，但是，他不敢抬头看韦尔斯的脸。他不喜欢韦尔斯的脸。前一天，就是这个韦尔斯，因为他不愿意拿他的小鼻烟壶换韦尔斯的曾经打败过四十个敌手的老干栗子，而把他推到那方形水坑里去了。他那么干真是太混账了，所有其他的人都那么说。那坑里的水又冷又黏啊！而且，有人有一次还看到一只大耗子

43

扑通跳到那浮渣中去了。

那沟里的冰冷的泥水沾满了他的全身，等到上课铃响各班排队走出游艺室的时候，他感到走廊上和楼梯上的冷空气一直钻到他的衣服里。他还在琢磨着什么才是正确的回答。是吻他的母亲对呢，还是不吻他的母亲对？什么叫吻，吻是什么意思？你把你的脸像那样抬起来说一声晚安，然后你母亲把脸俯下来，那就是亲吻。他母亲把嘴唇贴在他脸上。她的嘴唇很软，而且嘴唇会弄湿他的面颊，她的嘴唇还发出很小的声音：吧嗒。人们为什么用他们的两张面颊干那个？

他坐在阅览室里，打开书桌的上盖，把贴在里面的数字从七十七改为七十六。可是，圣诞节假日还离得很远——但不管怎样它一定要到来的，因为地球不停地在转动。

他的地理书的第一页上，有一个地球的图形：在一片云彩中的一个大球体。弗莱明有一盒彩色铅笔，有一天晚上自习的时候，他把地球染成了绿色，把云彩染成了绛紫色。那颜色完全像丹特衣柜里的那两把刷子，一把给帕内尔的绿绒背刷子和一把给迈克尔·达维特的绛紫色绒背刷子。但是，他并没有让弗莱明用那些颜色涂那张画。是弗莱明自己那么干的。

他打开地理书，学习他的地理课，可是，他没法记住美洲的那些地名。那里老有许多不同的地方叫着不同的名字。它们全都在不同的国家里，不同的国家又在不同的大陆上，不同的大陆在世界各个地方，世界又在宇宙中。

他翻开地理书的扉页，看着自己在上面写下的一些字：他自己、他的名字和他所在的位置。

斯蒂芬·迪达勒斯

基础班

克朗戈斯伍德学校

沙林斯

基德尔县

爱尔兰

欧洲

世界

宇宙

这些字全是他自己写下的：有一天晚上弗莱明为

了好玩儿，在那一页的背面写下了：

斯蒂芬·迪达勒斯是我的名字，

爱尔兰是我的国家。

克朗戈斯是我待的地方，

而天堂是我的希望。

他把这些字倒着念，就发现它们不通了。接着他从下往上念着扉页正面的字，一直念到他自己的名字。那就是他。然后他又从上往下念。宇宙之后应该是什么呢？空无所有。可是，宇宙周围会不会有什么东西表示宇宙已到尽头，空无所有的地方该开始了呢？那不可能是一堵墙，但很可能是一条非常非常细的线，把一切都包围住。要能思索一切东西和一切地方必须要有很大的头脑才行。那只有上帝可以办到。他试着思索一种巨大的思想应该是什么样子，但是，他只能想到上帝。上帝是上帝的名字，正像斯蒂芬是他的名字一样。"迪尔"（Dieu）是法国人用来称呼上帝的，那也就是上帝的名字。任何人向上帝祷告的时候要是说"迪尔"，那上帝马上就会知道向他祷告的是一个法国人。但是，虽然全世界用各种不同的语言给上帝取了多种不同的名字，上帝还是懂得所有的人用他们各自不同的语言向他祷告时说了些什么，而且上帝永远还是那个上帝，上帝的真正的名字就是上帝。

老这样想着，使他感到非常疲倦。这使他感到他的脑袋都变大了。他翻过扉页疲倦地看着那个绿色的地球和围绕着它的绛紫色的云彩。他拿不准怎么才是对的，应该赞成绿色的还是赞成绛紫色的，因为丹特有一天把给帕内尔预备的那把刷子上的绿绒背用剪子给剪了下来，还对他说帕内尔不是好人[1]。他怀疑他们现在是否还在争论这个问题。那就叫作政治。这里有人站在不同的两边：丹特是一边，他的父亲和凯西先生站在另一边，而他的母亲和查尔斯大叔却哪一边也不在。每天在报纸上都能看到类似这样的情形。

他很不清楚什么是政治，也不知道宇宙在什么地方完结，这使他感到很痛苦。他感到自己非常弱小。什么时候他才能够像诗歌班和修辞班的那些人一样呢？他们声音很大，都穿着很大的靴子，而且他们还

1　帕内尔1890年因涉及与奥谢夫人的暧昧关系在群众中完全丧失威信。

学三角学。那离他简直太遥远了。先得过一个假期，然后下一个学期，然后又一个假期，然后又一个学期，然后还有一个假期。这简直像火车驶进又驶出山洞一样，那也像你在食堂里放开和按住你的耳搭时听到的吼叫声一样。学期，假期；山洞，出来；乱叫声，停止。那离现在该是多么遥远啊！最好上床去睡觉吧。先到礼拜堂去做个祷告，然后就上床。他身子有点发抖，并连连打哈欠。睡在床上把被窝焐热一点后，你会感到非常舒服。最初你觉得被窝太冷不敢往里钻。他一想到开始钻被窝时那冰冷的情景就发起抖来。可是慢慢被窝就会变热，他就可以睡觉了。感到疲劳真是一件舒服事。他又打了几个哈欠。做完晚祷，然后上床；他浑身发抖，直想打哈欠。几分钟后他一定会感到非常舒服的。他感到一股热气从冰冷的、发抖的被窝里慢慢爬出来，渐渐暖一些，又暖一些，直到他感到浑身都很暖和，甚至是非常的暖和，可是他仍然有些发抖，有点想打哈欠。

晚祷的铃声响了，他从阅览室排队出来，跟着别人一起走下楼梯，沿着走廊到礼拜堂去。走廊上灯光很暗，礼拜堂里的灯光也很暗。一会儿一切都会暗下来，都会入睡了。夜晚，礼拜堂里的夜空气非常寒冷，大理石和深夜的海的颜色一样。大海白天黑夜都非常寒冷，可是，它在夜里更要冷一些。他父亲的房子旁边的那海堤下面就又冷又黑。而要做潘趣酒就总得把水壶放在炉架上。

礼拜堂里负责的级长就在他的头上祷告着，他心里完全知道应该如何回应：

> 哦，主啊，打开我们的嘴唇，
>
> 我们的嘴就会开始赞美你的荣光。
>
> 请给我们帮助吧，哦，上帝！
>
> 哦，主啊，赶快来帮助我们！

礼拜堂里有一股寒夜的气味，但这是一种神圣的气味。那气味和星期天做弥撒时跪在礼拜堂后面的那些老农民的气味完全不一样。那是空气和雨水和泥炭和灯芯绒混在一起的味道。可他们都是些非常神圣的农民。他们就在他身后，在他的脖子旁边喘着气，一边祷告，一边叹息。他们住在克莱恩，其中一个说：那边有许多小农舍，而且在那些车子从沙林斯开过的时候，他还看到一个妇女，手里抱着一个小孩站在一家农舍的半截门旁边。要是有一天晚上能在那家村舍的冒着煤烟的泥炭火前，在那被火光照亮的黑暗中，在那温暖的黑暗中呼吸着那些农民的气息和空气和雨水和泥炭和灯芯绒的味道，睡上一觉，该是多美啊。可是，那里那两排树中间的大路太黑了。在黑暗中你会迷路的。这使他不敢想如果迷了路将是什么情景。

他听到负责礼拜堂祷告的那个级长的声音在念着最后的一段祷词。他在祷告中也要求上帝别让他遇上外面树底下的那种黑暗。

我们请求您，主啊，降临到我们居住的地
方，为我们消除敌人给我们设下的一切陷阱。
希望您的神圣的天使在我们这里住下，以保证
我们的和平。愿您通过我们的主基督，让我们
永远得到您的祝福。阿门。

在宿舍里，他脱衣服的时候，他的手指老是发抖。他告诉他的手指赶快把衣服脱掉。他必须脱掉衣服，然后跪下来做他自己的祷告，并且在煤气灯慢慢熄灭

的时候，赶紧上床去，这样他死的时候就可以不下地狱。他用手往下搓着把他的长袜子脱下来，很快地穿上他的睡衣，跪在床边急速地念他的祷告词，唯恐那煤气灯马上会熄灭掉。在他低声念着下面一段话时，他感到自己的肩膀都在发抖：

上帝保佑我的父亲和母亲，让他们不要离开我！

上帝保佑我的小弟弟和小妹妹们，让他们不要离开我！

上帝保佑丹特和查尔斯大叔，让他们不要离开我！

接着他给自己祝福了几句，然后就很快爬上床去，他把睡衣的下摆尽量压在自己的脚底下，然后钻到冰冷的白色被窝里，浑身发抖，蜷作一团睡下了。但是现在他要是死了的话，他绝不会下地狱，这哆嗦也一定会马上停止。有一个声音对宿舍里的孩子们道晚安。他从被窝里向外看了一眼，看到四面围着的黄色帘子，那帘子也挡在他的床前，让他对四面的一切东西都看不见了。灯光慢慢不声不响地暗了下去。

传来级长走出去的脚步声。到哪儿去了？是下楼沿着过道走了，还是到尽头他自己的房间里去了？他可以看见外面的黑暗。他们说，有一条长着一对车灯似的眼睛的黑狗，在夜里出来到处乱跑，是真的吗？他们说，那是一个杀人犯的鬼魂。恐惧引起的好一阵哆嗦震动着他的全身。他看到那黑暗的校园的门厅。穿着旧衣服的一些老仆人都待在楼梯上面那间熨衣服的房间里。那是很久以前的事了。那些老仆人都一声不响。那里还生着炉火，但大厅里仍然很黑暗。一个人影从大厅里走上楼梯来。他穿一件将军穿的白色外套，他的脸色苍白而且样子很怪，他把他的两手叉在腰边，他从他那双奇怪的眼睛里向外望着那些老仆人。他们也望着他，并且看到了他们的老主人的脸和外套，他们知道他在很久以前因受到致命伤死掉了。但是，他们眼睛望着的地方实际只是一片黑暗：只是黑暗的、沉寂的空气。他们的主人是在海那边遥远的布拉格的战场上被打死的。他那时正站立在战场上，两只手正叉在腰边，他的脸色苍白而且样子很怪，他穿着一件将军穿的白色外套。

哦，想到这些使人感到多么寒冷、多么奇怪啊！所有的黑暗都是又冷又让人感到奇怪的。在那里可以看到奇怪的苍白的脸，看到像车灯一样大的眼睛。那里有一些杀人犯的鬼魂，有在海外很远的战场上被杀害的将军的身影。他们的脸都显得那么奇怪，他们到底想说些什么呢？

我们请求您，哦，主啊，降临到我们居住的地方，为我们消除掉一切……

快回家过节了！那是再美不过了——同学们都这样对他说。一个寒冷的冬天的清晨，同学们来到校园门外，纷纷爬上马车。一辆辆马车在碎石路上轰隆隆地驶去。大家向校长欢呼！

乌拉！乌拉！乌拉！

马车从礼拜堂前面经过的时候，所有的人都脱帽致敬。车队在乡村的马路上欢快地前进着。车夫用他们的鞭子指向布登斯镇。同学们都欢呼着。他们坐在车上经过"乐开怀"农舍。一阵欢呼接着一阵欢呼。他们乘车驶过克莱恩，欢呼着，也有人向他们欢呼。一些农家妇女站在半截门前，男性则三三两两地到处站着。冬天的空气的味道闻起来特别清新：那是克莱恩的味道：雨水和冬天的空气和闷着燃烧的泥炭和灯芯绒的气味。

火车上到处都是同学们：一列很长很长的巧克力色火车，带着奶油色的前脸。路警们来来去去地跑着，一会儿开门，一会儿关门，一会儿把门锁上，一会儿又把它打开。他们都是些穿着深蓝色和银灰色衣服的男人，他们都带有银口哨，他们身上的钥匙不停地发出一种快节奏的音乐声：咔嗒，咔嗒，咔嗒，咔嗒。

火车驶过一片平坦的土地，驶出了艾伦山。路旁的电线杆一根一根地飞了过去。火车不停地向前驶去。它知道该上哪儿去。在他父亲的房子的前厅里有吊灯，还有绿色的枝条拧成的绳子。墙上的大穿衣镜四周有冬青和常春藤，绿色和红色的冬青和常春藤绕在那些枝形吊灯上。墙上挂的那些古老的画像也被那些红色的冬青和绿色的常春藤围绕着。冬青和常春藤是为他，也是为圣诞节预备的。

好温馨……

所有的人都在。欢迎你回家来，斯蒂芬！到处是表示欢迎的喧闹声。他母亲吻了他一下。那样做对吗？他父亲现在已经是一位大官了：比治安官还要高。欢迎你回家来，斯蒂芬！

嘈杂的声音……

有窗帘上的铁环在横棍上被拉动的声音，有把水倒进水盆去的哗哗声。有宿舍里人们起床、穿衣服和洗脸的声音，也有人在级长跑上跑下告诉大家要当心时发出的拍手声。在一片暗淡的阳光中，可以看到黄色的帷幕被拉开，可以看到许多没有铺好的床铺。他的床上非常热，他感到他的脸和身体都非常热。

他起身来在床边坐着。他感到很虚弱。他试着拉上他的长袜子。那袜子有一种可怕的粗糙的感觉。太阳光也显得很奇怪和阴冷。

弗莱明说：

——你不舒服吗？

他说不上来，弗莱明又说：

——快回床上躺下吧。我回头告诉麦格莱德说你不舒服了。

——他病了。

——谁病了？

——告诉麦格莱德。

——快回床上去睡吧。

——他病了吗?

在他使劲要脱掉粘在脚上的袜子,准备再回到那极热的床上去睡觉时,有一个同学抓住了他的胳膊。

他又钻进被窝里睡下,很高兴现在那床已不十分热了。他听到同学们一边穿衣服准备去参加弥撒,一边谈论着他的事。他们说,硬那样把他撞到那方形水坑里去实在太不应该了。

接着,他们的说话声停止了。他们已经走了。在他的床边有一个声音说:

——迪达勒斯,你可没有替学校当密探吧,你一定不会吧?

他看见韦尔斯的脸。他注视着那张脸,看出韦尔斯非常害怕。

——我可没有想过要干那个。你也一定不会吧?

他父亲曾经告诉他,不论干什么事,绝不能出卖自己的伙伴。他摇摇头说他没有,而且感到很高兴。

韦尔斯说:

——我可不大想干那个,人格保证。我只是闹着

56

玩，我很抱歉。

那张脸和他的声音都离去了。他抱歉是因为他害怕。害怕这是什么大病。黑霉症是一种危害植物的顽疾，癌症则是各种动物的宿敌，或者还有什么别的病。在黄昏的光线下跑到外面操场上，在他的那个队伍旁边一点一点地爬行着，仿佛一只在灰暗的光线中上下飞动的小鸟，那已经是很久很久以前的事了。莱斯特修道院的灯光已经亮起来。沃尔西就是死在那里的。修道院的院长们自己把他埋掉了。

那不是韦尔斯的脸，那是级长的脸。他不是装病，不是，绝不是；他是真的病了。他不是装病。他感到级长的手按在他的额头上，他感觉到他的又热又潮的额头贴着级长的冷又潮的手。这完全是一只耗子常有的感觉，又黏又潮又冷。每一只耗子都有两只眼睛可以朝外看。有光滑的黏糊糊的皮毛，蜷起来准备朝前跳的很小的小脚儿，还有可以朝外看的黑色的发黏的眼睛。它们懂得怎么跳。可是耗子的脑子不能理解三角学。它们死了也都侧着身子躺着。到那时它们的皮毛都干了。它们都不过变成了一些死东西。

级长又来了，他听到他的声音，那声音让他赶快起来，还说总管神父要他起来穿上衣服到校医院去。在他尽快地穿衣服的时候，他还听到级长在说：

——咱们必须收拾好到迈克尔兄弟[1]那儿去，因为咱们都有筛糠的毛病！筛糠是很糟糕的毛病！当我们筛糠的时候我们筛个不停！

他这样讲话真够朋友。这已经使他笑了起来。可是因为他的脸和嘴唇都不停地哆嗦，他没有办法大笑；后来级长就只好自己笑了笑。

级长喊叫说：

——赶快走！泥巴腿！干草腿[2]！

他们一起走下楼梯，沿着走廊走过了洗澡房。当他走过洗澡房门口的时候，他怀着几分恐惧想起了那里面热乎乎的像泥浆一样的脏水、那里的又潮又热的空气、跳进水里的声音和毛巾散发出的药一样的气味。

迈克尔兄弟站在校医院门口，从他的右手边一间黑暗的小屋子里传出来药品的味道。那是从几排架子上的药瓶子里散发出来的。级长对迈克尔兄弟讲了讲情况，迈克尔回答了他的话，并且称级长是先生。他

---

1 这里的"兄弟"是某些教派使用的一种固定称呼。
2 儿童戏语，即"左、右、左"一类口令之意。

长着一头夹杂着一些灰发的红色头发，样子非常奇怪。他永远都是一位兄弟，这也是一件怪事。怪的是你不能称他先生，因为他是一位兄弟，而且长着一副很特殊的样子。难道是他不够圣洁？他为什么不可以变得和其他的人一样呢？

房间里有两张床，有一张床已经有人占着；在他们走进去的时候，那人忽然叫喊着说：

——哈喽！这不是小迪达勒斯吗？你哪儿不好了？

——哪儿都不好呗，迈克尔兄弟说。

那家伙是文科三年级的学生，在斯蒂芬脱衣服的时候，他要迈克尔兄弟给他来一块涂黄油的烤面包。

——啊，快去拿吧！他说。

——给你自己涂点油吧！迈克尔兄弟说。等明天早晨大夫一来，他就会开个证明让你走人。

——我得走？那同学说。我还没有好呢。

迈克尔兄弟重复说：

——他会开一张证明让你走。我对你实说吧。

他弯下腰去扒一扒火。他的脊背很长，像拉车的马的脊背一样。他严肃地晃动着那根拨火棍并对文科三年级的那个学生点点头。

然后，迈克尔兄弟走了出去。不一会儿，那个文科三年级的学生便转过身去面向墙睡着了。

　　这就是校医院里的情形。他那会儿是真病了。他们有没有写信告诉他的父亲和母亲呢？但要是有一个牧师亲自去告诉他们，那就快得多了。要不他自己写一封信让牧师带去吧。

　　亲爱的妈妈：

　　　我病了。我希望回家去，请快来把我接回家去吧。我现在住在校医院里。

　　　　　　　　　　　　　　　　你亲爱的儿子，

　　　　　　　　　　　　　　　　斯蒂芬

　　他们离他是多么遥远啊！窗外是寒冷的阳光。他怀疑他是不是会死去。哪怕天气非常晴朗，一个人也会死去的。他也许会在他妈妈来到之前就死掉了。那样他就会在教堂里让人给他举行一次弥撒，同学们曾告诉他，小东西死的时候，就是那样做的。所有的同学都会穿着黑衣服，带着一副悲伤的面容到那里去参加弥撒。韦尔斯也会到那里去的，但是没有一个同学会看他一眼。校长也会穿着一件黑色镶金的法衣到那里去，圣坛上和棺材架子的四周都会点上很长的黄色蜡烛。他们抬着棺材缓慢地向外走，他将会被埋葬在离教堂不远的那条石灰石铺成的大路旁边的小墓地里。到那时韦尔斯就会为他自己干的事感到后悔，教堂的钟会缓慢地敲响。

他现在就能听到那钟声。他自己暗暗把布里吉德教给他的那支丧歌重背了一遍。

叮叮当！校园里钟声响起！
再见了，我的母亲！
请把我埋在古老的坟场里，
埋在我的大哥哥的身旁。
我的棺材必须漆成黑色，
让六个天使飞到我的背上，
两个唱歌，两个祈祷，
另外两个带着我的灵魂飘荡。

这歌多么美，又多么凄惨啊！请把我埋在古老的坟场里这一句是多么美啊！他感到浑身哆嗦了几下，多么凄惨又是多么美啊！他想偷偷地哭上一场，但不是为了他自己，而是为了那如此美好、如此凄凉、像音乐一样的这首歌词。叮叮当！叮叮当！再见了！哦，再见！

寒冷的阳光显得更微弱了，迈克尔兄弟端着一碗牛肉汁站在他的床边。他很高兴，因为他嘴里感到又热又渴。他能听到他们在操场上玩耍的声音。学校里日子还照样过下去，仿佛他还在那里一样。

迈克尔兄弟走了出去，文科三年级的那个同学告诉他，他肯定还会回来告诉他报上的一切消息的。他告诉斯蒂芬他的名字叫阿赛，还说他父亲养了许多赛马，都是顶呱呱的能跳栏的马，而且不管什么时候，只要迈克尔兄弟希望得到赛马场秘密的内情，他父亲都会告诉他， 因为迈克尔兄弟是一个非常正派的人，他每天给他讲他们从学校拿来的报纸上所刊登的消息。报纸上各种各样的消息都有：车祸、船祸、体育和政治。

——现在报上都是些关于政治的消息，他说。你们在一块儿也谈政治问题吗？

——谈的，斯蒂芬说。

——我们也谈的，他说。

然后，他想了一会儿又说：

——你的名字真怪，迪达勒斯，我也有一个非常奇怪的名字，阿赛。我的名字是一个小镇的名字。你的名字像拉丁名字。

然后，他问道：

——你会猜谜语吗？

斯蒂芬回答说：

——不怎么会猜。

然后，他说：

——你能猜出这个谜语吗？为什么基德尔县像一个人的裤子的一条腿？

斯蒂芬想了想他应该怎么回答，然后，他说：

——我猜不出来。

——因为里面有一条大腿，他说。你明白这个谜语的趣味何在吗？阿赛是基德尔县的一个小镇，也就是另一条腿[1]。

——噢，我明白了，斯蒂芬说。

---

1 阿赛的原文是 Athy，其发音和英文 a thigh（一条大腿）的发音相同。

——这是一个老谜语了，他说。

过了一会儿他又说：

——听我说！

——什么？斯蒂芬问道。

——你知道，他说，你还可以用另一种方式打这个谜语。

——可以吗？斯蒂芬说。

——同样是那个谜语，他说，你知道怎么用另一种办法打这个谜语吗？

——不知道，斯蒂芬说。

——你不能想出另外一个办法吗？他说。

他说话的时候，隔着被子望着斯蒂芬。然后，他仰身倒在枕头上说：

——另外还有个办法，但是我不愿意告诉你。

他为什么不愿意告诉？他那养着许多赛马的父亲必然也像索林的父亲和纳斯蒂·罗奇的父亲一样是治安官。他想到他自己的父亲，想到他母亲弹着琴让父亲歌唱时的情景，还想到每当他向他要六便士的时候，他总是给他一个先令，现在想到他不像别的孩子的父亲一样也是治安官，未免替他感到有些难过。那么，他又为什么要把他送到这儿来，让他和他们在一起呢？可是，他父亲曾对他说过，他在他们中间也没有什么不般配的地方，因为他的老叔祖在五十年前就曾经给那地方的解放者上过书。那时候的人，你只要看一看他们的古老的服装就能辨认出来。那时，在他看来是一个非常严肃的时代；他想知道，自己的克朗戈斯的同学们穿着铜纽扣的蓝上衣和黄坎肩，戴着兔皮帽，和成人一样喝着啤酒，而且各自都有自己的猎狗，还帮着追赶兔子的时候是否就是那个时代。

他看看窗外，看到天色越来越暗了。操场那边一定是满天云彩，灰蒙蒙的一片。操场上已经没有任何声音。班上的同学一定在写作文，也许阿纳尔神父在给他们念一些经书上的故事。

真奇怪，他们没有让他吃任何药。也许等迈克尔兄弟来，就会给他把药带来了。他们说，你要是进了校医院，他们会让你喝一些难闻的东西。可是，他现在觉得已经好些了。慢慢地好起来可是一件值得庆幸的事。那样你会得到一本书。图书馆有一本讲荷兰的书，书里有很多漂亮的外国名字和样子很特别的城市和大船的图片，让你感觉很愉快。

窗外的光线是多么灰暗啊！但是，看起来很舒服。火光在墙上飘忽不定，简直像波浪一样。有人刚刚往炉子里加过煤，他听到有说话的声音。他们正在谈些什么。这是海浪的声音。也许海浪一起一伏，是在谈论它们自己的事。

他看到一片海浪，看到起伏不定的黑黑的海浪，在无月的夜里显得黑黑的海浪。一个小小的亮点在码头边闪烁，那里有一条船正要靠岸了。他看到大群的人聚集在水边，观看正在进入他们港湾的那条船。一个高个子男人站在甲板上，朝着平坦、黑暗的陆地翘首观望——借着码头上的灯光，他可以看见他的脸，那是迈克尔兄弟的悲伤的脸。

他看见他朝那群人举手示意，隔着水面，他听到他用一种悲伤的声音大声说：

——他死了。我们看到他已经躺在棺架上的棺材里。

人群中响起悲哀的哭泣声。

——帕内尔！帕内尔！他已经死了！

他们都跪下来，悲哀地哭泣着。他看到丹特穿着一件绛紫色的绒衣服，肩上披着一件绿色的绒斗篷，傲慢地一声不响地从跪在海边的人群旁边走过。

在缠绕着常春藤的枝形吊灯下已经摆好了为圣诞节预备的酒宴。壁炉里一片火光，红色的火焰熊熊燃烧着。他们都稍微晚了一些回家，但是，晚饭还没有准备好，不过他妈妈说只要说句话的工夫就得了。他们等待着仆人打开门，端着用沉重的金属盖儿盖着的大盘菜走进来。

大家都在等待着，查尔斯大叔坐在远处窗子的阴影下，丹特和凯西先生坐在火炉两边的安乐椅上，斯蒂芬坐在他们中间的一把椅子上，脚蹬在雕花的炉架上。迪达勒斯先生通过炉台上面的穿衣镜看着他，捻着八字胡，然后用手分开大衣的后衩，背向燃烧着的炉火站着；有时他还腾出一只手来再捻捻自己的八字胡。凯西先生把头歪到一边微笑着，用手指轻轻摸着脖子上的喉结。斯蒂芬也在笑，因为他现在知道，有人说凯西先生喉咙里有一袋银圆的话是骗人的。他高兴地想着，凯西先生曾如何用喉头发出的银铃般的声音来哄骗他。当他想要打开凯西先生的手看看那袋银圆是否藏在他手里的时候，他发现他的手指根本伸不直：凯西先生曾对他说，他因为给维多利亚女王做生日礼物，结果落下了这三个伸不直的指头[1]。

凯西先生用手敲打着脖子上的喉结，睡眼惺忪地对斯蒂芬微笑着，迪达勒斯先生对他说：

——是的。现在好了，那也没什么。噢，我们刚才出去散了会儿步，真是痛快，对不，约翰？是的……我怀疑今天晚上我们到底还能吃上饭不能。是的……噢，你瞧，今天我们在码头上真吸够了臭氧。啊，真格的。

他转过身去对丹特说：

——你一直没有出门，赖尔登太太？

丹特皱着眉头不耐烦地说：

——没有。

迪达勒斯先生放开他的大衣后衩，走到旁边的橱柜跟前。他从橱柜的一扇门里拿起一个装着威士忌的大石罐，慢慢朝盛酒器里倒酒，不时还低头看看已经倒进多少了。然后，他把石罐放回原处，又往两个酒杯里斟了一点威士忌，加上一点水，然后又回到炉边来。

---

1 当指因在维多利亚生日举行抗议活动而受伤。

——就喝一丁点儿，约翰，他说，就为了给你开开胃。

凯西先生接过酒杯，喝了一口，把酒杯放到身边的炉台上。然后，他说：

——啊，我不禁想起咱们的朋友克里斯托弗酿造的……

一阵忍不住的大笑和咳嗽打断了他自己的话，接着他又说：

——给他们那些人酿造的香槟酒。

迪达勒斯先生哈哈大笑起来。

——你是说克里斯蒂？他说，他那光头上每一个痦子里包含的机灵比一群狐狸的还要多。他把头俯向一边，闭上眼睛，使劲舔了舔嘴唇，然后，用一个旅馆侍者的腔调说着。

——在他对你说话的时候，你知道吗，你会发现他有一个非常柔软的嘴，他下巴下面吊着的那一嘟噜肉皮总是湿乎乎的，愿上帝保佑他。

凯西先生还在强忍着笑和咳嗽。斯蒂芬从他父亲脸上看到一个旅馆侍者的形象，并听到一个侍者的声音，不禁大笑了。

迪达勒斯先生戴上眼镜，低头盯着他，平静而和气地说：

——你在笑什么，小宝贝，你？

仆人们走进来，把一盘盘菜摆在桌上。迪达勒斯太太跟在他们后面把菜摆好。

——坐过来，她说。

迪达勒斯先生走到桌子的那一头，说：

——现在，赖尔登太太，请坐过来吧。约翰，你也坐下，我亲爱的朋友。

他抬头四面张望了一下，然后，把眼光停在查尔斯大叔坐的地方，说：

——现在，先生，有只鸟正在等着你享用呢。

在所有的人都就座以后，他把手伸向菜盘上的盖子，但很快又把手缩回来，说：

——现在，斯蒂芬。

斯蒂芬站起来，在自己的座位前对着桌上的菜开始祷告：

祝福我们，啊！主，并祝福由于您的仁慈
我们通过我主基督得到的您的多种恩赐。阿门。

所有的人都为自己祷告，迪达勒斯先生高兴地舒
了一口气，把菜盘上沉甸甸的盖子揭开，盖子周围的
水珠闪闪发光，简直像珍珠一样。

　　斯蒂芬看着躺在大桌上已经捆扎起来烧烤过的肥
实的大火鸡。他知道，父亲在多利埃大街邓恩的店里
为这只鸡付出了一个几尼，店老板为了让人看到这鸡
有多么肥大，还时不时戳它的胸部：他还记得店老板
说过的话，他曾说：

　　——来这只吧，先生，这是真正的阿里—达里
火鸡。

　　克朗戈斯的巴雷特先生为什么要把他的戒尺叫作
火鸡？但克朗戈斯离这里确实很远：从碟子和菜盘里
冒出浓烈的热乎乎的火鸡、火腿和芹菜的味道，火炉
里红色的火焰熊熊燃烧，还有绿色的常春藤和红色的
冬青，都使你感到非常幸福，在晚宴快结束的时候还
会有人端上大盘加李子的布丁，上面撒着剥过皮的杏
仁和冬青树枝，四周流动着蓝色的火焰，顶上还飘动
着一面小小的蓝旗子。

　　这是他第一次参加圣诞节晚宴，上布丁以前，他
一直在想着他的小弟弟和小妹妹们，现在还和他过去

一样在自己的房间里等待着。他穿的伊顿夹克，领子很低，使他感到很别扭，而且，自己仿佛长大了许多：那天早晨他母亲把他领到客厅里去，给他穿衣服，让他去参加弥撒，他父亲当时还哭了。那是因为他想到了他自己的父亲。查尔斯大叔也这么说来着。

迪达勒斯先生盖上那盘菜，自己开始狼吞虎咽地吃起来。然后，他说：

——可怜的老克里斯蒂，他现在几乎整天都不干好事。

——西蒙，迪达勒斯太太说，你还没有给赖尔登太太佐料呢。

迪达勒斯先生拿过了佐料瓶。

——我没有吗？他笑着说，赖尔登太太，可怜一个瞎眼的人吧。

丹特用手盖着自己的盘子说：

——不要，谢谢。

迪达勒斯先生转向查尔斯大叔：

——你过得怎么样，先生？

——一切都非常顺利，西蒙。

——你呢，约翰？

——我非常好。你吃你的吧。

——玛丽？来，斯蒂芬，你吃点这个就可以让你的头发打卷儿。

他往斯蒂芬菜盘里倒了许多佐料，然后把佐料瓶放到桌上。接着，他问查尔斯大叔那鸡嫩不嫩。查尔斯大叔因为嘴里塞满了东西没法回答，可他点点头表示鸡很嫩。

——这是我们的朋友对教规所作的最好的回答。是么？迪达勒斯先生说。

——我不相信他的脑子能懂得那么多，凯西先生说。

——神父，只要你不再把供奉上帝的教堂变作一个投票站，我将承担一切费用。

——对于一个，丹特说，把自己称作天主教徒的人来说，这真是他能对一位神父作的最好的回答了！

——他们只能怪他们自己，迪达勒斯先生温和地说。他们要是听我这个傻子的建议，就应该只去管宗教上的事。

——这就是宗教，丹特说。他们对大家发出警告，是尽自己的责任。

73

——我们恭顺地走进上帝的神庙,凯西先生说,是为了去向我们的造物主祷告,而不是去听竞选演说。

——这就是宗教,丹特又一次说,他们是对的。他们得尽力引导他们的教民。

——你是说要在圣坛上宣讲政治,对吗?迪达勒斯先生问道。

——当然,丹特说。这是公共道德问题。如果一位神父不告诉他的教民,什么是对的,什么是错的,他就不能算作一位传教士。

迪达勒斯太太放下她的刀叉说:

——省省心吧,咱们在今天这个一年中难得的日子别再讨论什么政治问题了。

——完全对,太太,查尔斯大叔说。好了,西蒙,咱们也已经说够了。一个字也别再说了。

——对,对,迪达勒斯太太紧接着说。

他大胆揭开盖在菜盘上的盖子,说:

——现在,谁愿意再吃一点火鸡?

谁也没有回答。丹特说:

——一个天主教徒,竟会说出这种话来!

——赖尔登太太,我请求你,迪达勒斯太太说,不要再谈那个问题了吧。

　　丹特向她转过脸去，说：

　　——难道让我坐在这里，听人对教堂里的神父任意诽谤吗？

　　——谁也没有说什么骂他们的话，迪达勒斯太太说，只要他们不搅在政治问题里就行了。

　　——主教和爱尔兰的教士们已经讲话了，丹特说，就必须得到服从。

　　——让他们不要去关心什么政治，凯西先生说，否则人民就不再关心他们的教堂了。

　　——你们听见了？丹特说，转向迪达勒斯太太。

　　——凯西先生！西蒙！迪达勒斯太太说，咱们别再谈这个了。

　　——真太糟糕了！真是糟糕！查尔斯大叔说。

　　——什么？迪达勒斯太太喊叫着说，难道我们要听从英格兰人的吩咐把他[1]抛弃掉吗？

　　——他已经不配领导我们了，丹特说，他是一个公众的罪人。

———

1　指帕内尔。

——我们全都是罪人，全都罪孽深重，凯西先生冷冷地说。

——**让那些制造流言蜚语的人遭殃吧**，赖尔登太太说。**往他脖子上拴一块石头把他扔到深海里去，那比让他去诽谤这些人中的任何一个人，诽谤我的最小的小孩子，对他来说，也都会好得多。**这就是圣灵所讲的话。

——你要是问我，这些话可讲得非常不对，迪达勒斯先生冷漠地说。

——西蒙！西蒙！查尔斯大叔说，当心那孩子也在哩。

——是的，是的，迪达勒斯先生说。我打算要……我正在想着铁路上那个脚夫所讲的那些脏话。现在，那都没有关系，来，斯蒂芬，让我看看你的盘子，老伙计。全把它吃掉吧。来。

他把许多食物堆在斯蒂芬的盘子里，并给查尔斯大叔和凯西先生每人分了一大块火鸡，还给他们倒上一些佐料。迪达勒斯太太吃得很少，丹特把手放在膝盖上坐在那里，满脸通红。迪达勒斯先生用盘子旁边的切刀在盘子里翻弄着，说：

——这儿有一块非常好吃的东西，人们都叫它"教皇的鼻子"，哪位先生或太太……

他用餐叉叉起一块火鸡举在空中，谁也没有说话。他把它放在自己的碟子里，说：

——那么，你们不能说我没有问你们。我想最好还是我自己把它吃掉吧，因为我最近身体不太好。

他对斯蒂芬眨眨眼，然后盖上餐盘盖子，开始吃起来。

在他吃的时候，大家都沉默着。接着，他又说：

——那么，天气一直都还很好。有许多陌生人都到这儿来了。

没有任何人讲话。他又说：

——我想今年来到这里的陌生人比去年圣诞节时还要多。

他四面望望其他的人，他们都低着头吃着各自的盘子里的食物。等了一会儿，没有得到任何回答，于是他非常不高兴地说：

——啊，不管怎么说，我这一顿圣诞节筵席吃得真是窝囊。

——在一个对教堂里的神父毫不尊敬的家庭里，

丹特说，是既不可能有好运，也不可能有幸福的。

迪达勒斯先生使劲把手里的刀叉扔在盘子上。

——尊敬！他说，你是说对阿尔玛的草包该尊敬，还是对此地的饭桶该尊敬？尊敬！

——教堂里的那些老爷们，凯西先生讥讽地说。

——莱特里姆老爷的马车夫，是的，迪达勒斯先生说。

——他们全都是人类的救世主，丹特说，他们是，是他们国家的光荣。

——草包，迪达勒斯先生毫不客气地说，你得知道，他在十分安静的时候，倒有一张漂亮的脸。你应该看看在一个寒冷的冬天，他是怎么把大块火腿和大盘菜往嘴里塞的。哦，天哪！

他扭动着脸装出一副凶恶的怪相，然后，吧嗒着嘴唇让它发出大嚼大咽的声音。

——真的，西蒙，迪达勒斯太太说，你不应该当着斯蒂芬的面讲这些话。这样是不对的。

——哦，等他长大了，他一定会记得这一切的，丹特生气地说，记得在他自己家里听到的这些反对上帝，反对宗教和神父的话。

——让他也记住，凯西先生隔着桌子对她喊叫说，神父们和神父的狗腿子们使得帕内尔感到心碎，最后把他逼进坟墓里去的那些话吧。等他长大的时候，让他也记住那些话吧。

——那些狗杂种们！迪达勒斯先生大喊大叫说，在他倒了霉的时候，他们全都站出来出卖他，像对待阴沟里的耗子一样把他扯得粉碎。那些下流的野狗们！瞧瞧他们那副长相！天哪！他们天生就是那种玩意儿！

——他们做得很对，丹特叫着说，他们服从他们的主教和他们神父的命令，值得尊敬！

——得了，在任何时候讲这种话都未免太可怕了，更不用说今天了，迪达勒斯太太说，咱们就别再进行这种可怕的争论了！

查尔斯大叔温和地举起手来说：

——行了，行了，行了！不管我们有什么意见，难道我们不能好好地说，别这么发脾气，别这么动不动就骂人吗？这可实在太不好了。

迪达勒斯太太低声对丹特说话，可是，丹特仍大声喊叫着说：

——我不能什么话都不讲。在我的教堂和我的宗教受到侮辱的时候，被变节的天主教徒乱吐唾沫的时候，我一定要起来维护它们。

凯西先生把他的盘子推到桌子中间，然后，把两只胳膊肘放在桌上，哑着嗓子对主人说：

——告诉我，我有没有告诉过你们，那个非常著名的啐唾沫的故事？

——你没有说过，约翰，迪达勒斯先生说。

——那么，你们听着，凯西先生说，这是一段非常有教益的故事。这是不久前在威克洛县发生的，当时我们正好在那里。

说到这里，他忽然停住，转向丹特，用一种压住愤怒的声音说：

——我可以告诉你，太太，我，我说的是我，并不是什么变节的天主教徒。我和我父亲一样，也和我父亲的父亲一样，以及他父亲的父亲一样，是一个天主教徒，我们宁可牺牲我们的性命，也绝不会出卖我们的信仰。

——那就说明你现在的态度更可耻，丹特说，你竟会讲出那种话来。

——讲你的故事吧，约翰，迪达勒斯先生微笑着说，让咱们听听你的那个故事。

——还是天主教徒呢！丹特讥讽地重复说，咱们这儿最恶毒的基督教徒也不会说出我今天晚上听到的这些话的。

迪达勒斯先生开始把他的头晃来晃去，他像一个农村歌手一样哼哼着。

——我不是基督教徒，我可以再告诉你一次，凯西先生说，脸有些红了。

迪达勒斯先生仍然摇头晃脑地，开始用一种鼻音很重的声调唱道：

哦，你们所有的罗马天主教徒，

凡从未做过弥撒的都来吧。

他突然愉悦地拿起他的刀叉又开始吃起来，他对凯西先生说：

——让我们听听你的故事吧，约翰，那会给我们助助消化的。

斯蒂芬满怀热情地望着凯西先生的脸，他那时正隔着桌子瞪眼看着他那交抱着的双手。他非常喜欢靠近他坐在火边，抬头看着他那深灰色的带有凶相的脸。可他的黑眼睛从来都不是那么凶，他的缓慢的语调让人听起来觉得很舒服。可是，他为什么要反对教堂的神父呢？因为看来丹特一定是对的。可是，他听他父亲说过，她是一个被惯坏了的修女，还说在她的弟弟拿一些小玩意儿和小链子卖给野蛮人弄到一些钱以后，她就从阿勒格尼山区的修道院里跑出来了。也许就因为这个，她对帕内尔非常生气。她也不喜欢他去和艾琳一块儿玩，因为艾琳是个新教徒，在她还年轻的时候，她认识一些常和新教徒一起玩的孩子，那些新教徒就常常拿对圣母的问答祈祷开玩笑。**象牙塔**，他们常说，**黄金屋**！一个女人怎么可能是一个象牙塔，或是一间黄金屋呢？到底谁是对的？他想起了在克朗戈斯校医院里度过的那个晚上，想起那一片黑色的水、码头上的灯光，以及他所听到的那些人的悲哀的呻吟。

艾琳有一双细长的白手。有一天晚上玩捉迷藏的时候，她把她的手放在他的眼睛上：那手又长又白又瘦又凉又软，那就是象牙：一种又凉又白的东西。那就是他们说**象牙塔**的原因。

——这故事非常短，也非常有趣，凯西先生说，那是在阿克洛的一个非常寒冷的日子里，那时我们的领袖¹死了还不久。愿上帝保佑他吧！

他疲倦地闭上眼睛沉默了一会儿。迪达勒斯先生从盘子里拿起一块骨头，用牙从上面撕下一点肉来，然后说：

——你是说在他被逼死以前。

凯西先生睁开眼，叹口气又接着说：

——就是那一天在阿克洛。我们都在那里举行一次会议，会议完了以后我们必须穿过一些拥挤的人群到火车站去。那一片叽叽喳喳嘈杂的声音你可能从来也没听到过。他们把世界上一切难听的话都使尽了来骂我们。他们中有一个老太太，一个喝醉酒的母夜叉，她可真是个母夜叉，始终一个劲儿盯着我。她老是在我身边的烂泥中跳来跳去，不停地直冲着我大叫大骂：**神父的灾祸！靠巴黎津贴！狐狸先生！基蒂·奥谢²！**

1　当指帕内尔。关于他的死究竟应如何评价的问题，爱尔兰剧作家奥凯西对此事的态度可供参考。他在 1913 年 11 月 15 日《爱尔兰工人》上发表的一文中说："帕内尔，我想，也是爱尔兰人吧！完全是在一帮教棍的唆使下，那群恶狗才把他逼上死路的。"

2　指帕内尔曾在巴黎募捐一事。"狐狸先生"为帕内尔化名之一。

——你当时怎么办呢，约翰？迪达勒斯先生问道。

——我让她叫喊下去，凯西先生说，那天天气很冷，为了提提神，我早把（请你原谅，太太。）一块塔拉莫尔嚼烟放在嘴里，因为我嘴里满是嚼烟的烟汁，我当然没有办法开口说话。

——那怎么样呢，约翰？

——是这样的。我让她骂下去，骂个痛快。什么基蒂·奥谢之类的，一直到她对那位太太又骂了一句，那话我现在不愿在这里重述，让它弄脏了我们的圣诞节酒宴和您的耳朵，太太，也不愿让它弄脏了我的嘴。

他停住了。迪达勒斯先生原来正啃着骨头，现在抬起头来问道：

——你到底怎么样呢，约翰？

——怎么样！凯西先生说。我那会儿满嘴是烟汁，她一边吵吵着一边把她那张又老又丑的脸直朝我的脸贴过来。我低下头去冲她嚷了一声呸！我就是这样对她说的。

他转过脸去做了个吐唾沫的动作。

——呸！我就这样直对她的眼睛来了一家伙。

他马上用一只手捂着一只眼睛，发出一声刺耳的痛苦的喊叫。

——哦，耶稣，圣母玛利亚和耶稣！她说。我眼睛瞎了！我眼睛瞎了，而且，要给淹死了！

一阵止不住的咳嗽和大笑声让他没法再说下去，但他仍勉强重复说：

——我完全瞎了。

迪达勒斯先生大笑着躺在自己的椅子上，查尔斯大叔则不停地摇晃着脑袋。

丹特愤怒地望着他们，当他们正大笑的时候，一直唠叨着：

——太好了！嘿！太好了！

吐在那女人眼睛里的那口唾沫可没什么好的。

可是那女人后来又骂基蒂·奥谢的到底是句什么话呢？凯西先生始终没肯说出来。他想到凯西先生走过拥挤的人群，爬到一架小马车上去做演说的情景。那就是他被关进监牢的原因。他还记得有一天夜晚，奥尼尔班长到他家里来，站在大厅里用一种很低沉的声音同他的父亲谈话，还神经质地不停地嚼着他帽子上的带子。那天晚上，凯西先生没有坐火车到都柏林去，可是有一辆马车赶到大门口来，他还听到他父亲说到关于卡宾蒂里路上的情况。

他是拥护爱尔兰和帕内尔的，我父亲也是那样；照说丹特也应该一样，因为有一天夜里，有一个乐队在广场上演奏的时候，有位先生在听到《上帝保佑女王》时脱下了帽子，她就用她的雨伞在他头上使劲打了一下。

迪达勒斯先生发出一阵轻蔑的咕噜声。

——啊，约翰，他说。他们说的话倒也不错。我们是个不幸的受尽神父祸害的民族，过去是，将来也还会是，得一直到这个时代结束。

查尔斯大叔摇摇头说：

——事情实在糟糕，事情实在糟糕！

迪达勒斯先生重复说：

——一个受尽神父祸害，被上帝所抛弃的民族。

他用手指指挂在他右手边的一张他祖父的画像。

——你看到那边那位老伙计了吗，约翰？他说，在当年干这种事并没有钱可拿的时候，他就是一个呱呱叫的爱尔兰人。但是，他被作为一个反动青年给处死了。他对我们这些教会的朋友们有一句名言，那就是他永远也不会让他们中间任何一个人把他的两只脚摆到他的餐桌下面去。

丹特气哼哼地插话说：

——如果我们真是一个神父当权的民族，那我们应该感到骄傲！他们是上帝的眼珠。**不要触犯他们，**基督说，**他们是我的眼睛里的眼珠。**

——那么我们能不能爱我们的国家呢？凯西先生问道，难道我们不打算追随天生就是来引导我们的人吗？

——国家的叛徒！丹特回答说，一个叛徒，一个色鬼！神父们抛弃他是完全对的，神父永远是爱尔兰的真正的朋友。

——真是这样吗，说句良心话？凯西先生说。

他使劲往桌上击了一拳，愤怒地皱着眉头，然后又一个接一个地伸开他的手指。

——在大联合的时候，在拉尼根主教向康沃利斯侯爵夫人上书表忠心的时候，爱尔兰的神父不是把我们都出卖了吗？难道一八二九年我们的主教和神父不是把他们的国家的一切希望全都卖掉，就为了换来天主教的自由吗？难道他们不曾在教堂的讲坛上，在忏悔亭里对芬尼亚运动[1]大加诋毁吗？难道他们不曾有辱特伦斯·贝柳·麦克马纳斯的英灵吗？

他的脸因为愤怒变得通红，斯蒂芬听到他那些使他激动的话，感到自己的脸也红了。迪达勒斯先生发出一阵轻蔑的冷笑。

——噢，天哪，他叫道，我还忘记了那个老保尔·卡伦！又一只上帝眼睛里的眼珠。

丹特从桌子那边探过身来喊叫着对凯西先生说：

——一点不错！一点不错！他们都永远是对的！最重要的是上帝和道德和宗教。

迪达勒斯太太看到她那么激动，对她说：

——赖尔登太太，在回答他们的问题的时候，不要那样激动。

——上帝和宗教高于一切！丹特大叫着，上帝和宗教高于世上的一切。

凯西先生举起紧握着的拳头，使劲捶在桌子上。

——那好极了，他哑着嗓子喊道，你要那么说，爱尔兰根本不需要什么上帝。

———

1 指19世纪50到60年代在爱尔兰出现的一次反英运动。

——约翰！约翰！迪达勒斯先生大叫着，抓住他的客人的一只袖子。

丹特隔着桌子望着他，两边脸颊不停地哆嗦。凯西先生挣扎着从椅子上站起来，也隔着桌子朝她探过身去，一只手在空中乱抓，仿佛要扯碎眼前的什么蜘蛛网。

——爱尔兰不要什么上帝！他喊叫道，在爱尔兰上帝已经太多了。让上帝全滚蛋吧！

——这是亵渎神明！魔鬼！丹特尖着嗓子叫着站起身来，几乎要对着他的脸吐口唾沫。

查尔斯大叔和迪达勒斯先生把凯西先生又拉到椅子上坐下，站在他的两边平心静气地对他讲着话。他直瞪着一双又黑又亮的眼睛，向前望着，重复说：

——让上帝都滚蛋吧！我说。

丹特使劲把她的椅子推到一边，离开了餐桌，把一个餐巾圈碰掉到地上，由它慢慢在地毯上滚过去，一直滚到一把安乐椅的腿边。迪达勒斯先生很快站起来，跟着她朝门口走去。在门口丹特猛地转过身来，朝着屋子里大叫，满脸通红，气得浑身直发抖。

——来自地狱的魔鬼！我们胜利了！我们已经把

他处死了！妖魔！

她走出去，使劲把门带上。

凯西先生挣脱了抓住他胳膊的手，忽然把头埋在手里，痛苦地哭泣起来。

——可怜的帕内尔！他大声叫喊着。我的死去的皇上！

他大声痛苦地啜泣着。

斯蒂芬抬起他惊恐的脸，看到他父亲眼里充满了眼泪。

同学们三三两两在一起谈话。

有一个同学说：

——他们在莱昂斯山附近被逮住了。

——谁逮住了他们？

——格利森先生和那个神父。他们坐在一辆车上。

还是那个同学接着说：

——是高年级的一个同学告诉我的。

弗莱明问道：

——可是他们为什么要逃跑呢？你对我们说说。

——我知道为什么，塞西尔·桑德尔说。因为他们从校长的房间里偷走了一些钱。

——谁偷钱了?

——基克汉姆的弟弟。他们还都分赃了。

——那就是偷窃,他们怎么会干这个呢?

——桑德尔,你知道的事情可真不少!韦尔斯说。我知道他们为什么逃跑。

——告诉我们,为什么。

——他们让我别说的,韦尔斯说。

——哦,说吧,韦尔斯,在场的人都说。你可以告诉我们,我们不会说出去的。

斯蒂芬把头伸过去听着。韦尔斯向四周望了望,看有没有人走过,然后,秘密地说:

——你们知道他们在圣器室的架子上放着圣坛上用的酒吗?

——知道。

——是啊,他们偷喝了那里的酒,后来因为他们嘴里有酒味儿叫人给抓住了。他们就因为这个才想逃跑,就这么回事。

刚才第一个说话的同学说:

——是的,高年级的那个同学对我也是那么说的。

所有的同学都沉默下来，斯蒂芬站在他们中间，只是静听着，不敢说话，一种莫名的恐惧感使他感到很不舒服。他们怎么会干那个呢？他想到那静悄悄的圣器室。那里有一些黑的木架子，上面放着一些折叠好的、皱巴巴的白色法衣。那里并不是礼拜堂，但是，在那里你也一定得压低嗓子说话，那是一个神圣的地方。他记得，有一年夏天，他曾在那里让人给装扮起来，准备去抬香炉船，就是大家列队到树林里的小圣坛前去的那个晚上。那是一个奇怪的神圣的地方。拿香炉船的那个男孩子，提着中间的一根铁链不停地晃动，好让里面的炭火燃烧得更旺。他们把那燃烧的火叫作木炭：它在那孩子轻轻晃着的时候，静静地燃烧着，并散发出一种淡淡的发酸的气味。然后等所有的人都穿戴好以后，他站在那里向着校长把那个香炉船举过去，校长于是舀一勺香末倒在里面，香末落在红红的炭火上，发出一阵吱吱声。

　　同学们三三两两分散在操场上彼此谈着话，他感到那些同学似乎都长得比原来更小了：那是因为前一天一个短跑运动员，文科二年级的一个学生，把他给撞倒了。那家伙骑着车冲过来，把他撞飞，落在那条煤灰路上，他的眼镜碎成了三瓣儿，煤灰路上的灰渣也弄到他嘴里去了。

这就是为什么他感到他的同学们似乎都变得更小，而且离开他更远，球门门柱也显得更细更圆，柔和的灰色天空也显得更高了。可是，足球场上没有人踢足球，因为大家准备要玩板球了：有人说巴恩斯要来教板球，又有人说弗劳尔斯要来教。操场上到处是在玩圆场棒球的人，他们打吊球和高球。通过温和而灰暗的空间不时从这里或那里传来板球拍子的声音。那声音不停地响着：噼克，啪克，啵克，巴克：像小水滴从泉眼里慢慢向一个水已经漫到边沿的水池里滴答着。

一直沉默着的阿赛冷静地说：

——你们全弄错了。

所有的人都急切地转过头来望着他。

——怎么呢？

——你知道吗？

——请告诉我们，阿赛。

阿赛指着操场那边，大家看到西蒙·穆南正独自在那里散步，脚下踢着一块石头。

——问他去，他说。

同学们都朝那里看看，然后说：

——为什么要问他？

——他也参加了吗？

阿赛压低声音说：

——你们知道那些家伙为什么要逃跑吗？我可以告诉你们，可是，你们一定不许再告诉别人。

——告诉我们吧，阿赛。说吧，如果你知道，你就应该告诉我们。

他停了一会儿，然后，很神秘地说：

——有一天晚上，他们和西蒙·穆南和塔斯克·博伊尔一块儿在广场上被抓住了。

同学们都看着他问道：

——抓住？

——他们在干什么？

阿赛说：

——干些偷偷摸摸的事。

所有的人都沉默着，阿赛说：

——这就是其中的原因。

斯蒂芬看着那些同学们的脸，但是，他们全都向操场那边看着。他想找谁问问。在广场上干些偷偷摸摸的事是什么意思？高年级的那五个同学为什么就因为那个要逃跑？他想，他们准是开玩笑。西蒙·穆南有一身漂亮衣服，有一天夜里，他还让他看到一个奶油糖球，那糖球是当他站在门口的时候，十五人足球队里的同学们从食堂中间的地毯上朝他滚过来送给他的。那天晚上校足球队和贝克蒂夫漫游者足球队进行过一场比赛：那糖球做得完全像个又红又绿的苹果，只是可以从中间打开，里面装有奶油糖。有一天，博伊尔曾对他说，大象长的应该是两个塔斯克，而不是两颗象牙[1]，这是他叫塔斯克·博伊尔的原因。但是，有些同学喊他博伊尔夫人，因为他没事就修剪他的指甲。

艾琳也有一双又瘦又长的发凉的白手，因为她是一个姑娘。她的手像象牙一样，只不过是软的。那就是**象牙塔**的来源，可是新教徒们不能理解这一点，对它百般讥讽。有一天，他站在她身边朝旅馆那边的广场上望着。一个侍者在一根旗杆上升起一面旗子，在

---

[1] "象牙"（tusk）的英文拼写和发音同"塔斯克"（tusker）十分相近。

洒满阳光的草坪上一头猎狐犬来回奔跑着。她把她的手放进了他的口袋，因为他自己的手也插在口袋里，所以他能感觉到她的手是多么纤细、柔软。她曾说，一个人身上有几个口袋真是件很有趣的事。可是，忽然间她又猛地抽出手去大笑着沿那条弯曲的小道跑开了。她的淡黄的头发在她的身后飘动着，在阳光的照耀下简直像金丝一样。**象牙塔**。**黄金屋**。有些事只要想一想你就可以明白的。

可是为什么在广场上？你只有要干什么事的时候，才到那里去。广场上满铺着很厚的方砖。整天有水珠从那些细小的眼里往外冒。到处都可以闻到一种奇怪的腐烂的味道。在一个卫生间的门后边，有人用红铅笔画了一个穿着罗马服装的长胡子的男人，他一手拿着一块砖，下面还写着：

巴尔巴斯正在砌一堵墙。

不知是谁为了好玩画下了这张画。画上的脸长得很滑稽，可是，非常像一个长着胡子的男人的脸。在另一个卫生间的墙上却有人用非常漂亮的向左斜的字体写下了这么几个字：

尤利乌斯·恺撒写下了《花布肚皮》[1]。

也许那里之所以会有这些东西，只因为这里是同学们喜欢为了好玩乱涂乱画的地方。但不管怎样，阿赛讲的那些话和讲话的那种方式总使人觉得有些奇怪。这不会是说着玩儿，因为他们的确跑掉了。他和别人一样向操场那边望去，开始感到有些害怕。

最后弗莱明说：

——难道别人干的事，我们都应该跟着受处分吗？

——我不会再回来了，你看我会不会，塞西尔·桑德尔说。这三天食堂里都很安静，可是现在每分钟同学们都会被叫去十板八板地挨打。

——就是的，韦尔斯说。老巴雷特有一种折叠书信的新办法，让你没有办法打开来看看再折回去，知道谁要挨多少次手心。我也绝不回来了。

——对，塞西尔·桑德尔说，教导主任今天早晨

———

1 恺撒曾写过《高卢战记》（*Commentarii De Bello Gallico*）一书。今戏改为，或误为 "Calico Belly"，便成了《花布肚皮》了。

一直待在文科二年级。

——咱们起来造反吧，弗莱明说。你们看怎么样？

所有的同学全都沉默着。连空气也非常沉寂，你可以听到板球拍拍球的声音，只不过比原来更慢了些。嘛克、啪克。

韦尔斯问道：

——他们会对他们怎么样呢？

——西蒙·穆南和塔斯克准会受到鞭打。阿赛说，高年级的那些同学还可以有个选择，或者挨打，或者被开除。

——他们准备选择哪一样呢？刚才第一个说话的那个同学问道。

——除了科里根，全都宁愿被开除，阿赛回答说，他会受到格利森先生的鞭打。

——是那个大块头的科里根吗？天哪，他足足抵得上两个格利森！

——我知道为什么，塞西尔·桑德尔说，他是对的，其他那些家伙都不对，因为挨一顿打过几天就会好了，可要是从学校被开除出去，那这件事对他来说一辈子都忘不掉。再说格利森也不会真使劲打他的。

——他不使劲打，对他自己也是再好不过了，弗莱明说。

——我可不愿意当西蒙·穆南和塔斯克，塞西尔·桑德尔说，但我不相信他们会遭到鞭打。也许他们会被叫去各挨两个九板。

——不会，不会，阿赛说，每一下都打在致命的地方。

韦尔斯揉了揉自己的手，用一种哭声说：

——请求您，先生，饶了我吧。

阿赛笑了笑，卷起自己的上衣袖子说：

> 这是没有办法的事，
> 事情就得这么结束。
> 所以赶快脱下你的裤子
> 马上亮出你的屁股。

同学们全都大笑起来，可是，他感到他们全都有点害怕。在那沉寂的黑暗的夜空中，他听到远处忽而从这边忽而从那边传来板球的声音：啪克，啪克。这声音听着倒没有什么，但如果打在你身上，你就会感到疼痛。戒尺也发出一种声音，但不像这个。有人说，那戒尺是用鲸鱼骨和牛皮做成的，里面灌有铅，他不知道那打在人身上引起的疼痛会是什么滋味儿。它们发出的声音可完全不一样。一根细长的藤条会发出尖利的口哨声一样的声音，他不知道那打在身上会是怎么个疼法。想到这些，他不禁浑身发抖，心里发凉，还有阿赛讲的那些话也使他难受。可是，这里面有什么可笑的呢？这只使他感到要发抖，可那只是因为每当你脱下裤子的时候，总会有一种要发抖的感觉的。当你在洗澡房里脱衣服的时候，感觉也是这样。他不知道是谁给他脱下裤子，是老师呢，还是那孩子自己。哦，他们怎么可以对这种事那样高声大笑呢？

　　他看着阿赛卷起的袖子和他那骨节很大、沾满墨水的手。他卷起袖子是为了比画给大家看看，格利森先生将会怎样卷起他的袖子。可是格利森先生戴着发光的圆护袖，长着白净的手腕和一双胖胖的白手，手上的指甲也又长又尖。也许他和博伊尔夫人一样常修他的指甲。可是，他的指甲又长又尖，简直可怕。它们看起来是那样的尖，而且是那样的凶残，尽管他的手白白胖胖，并不显得那么凶恶，倒还显得非常温和。

尽管想到那凶残的长指甲和那发出尖啸声的藤条，想到脱下裤子时会感到衬衫下面发凉，因而止不住一阵心寒，恐惧得浑身哆嗦，可就在这个时候，他的内心深处，因为想到那强有力的干净而柔和的胖胖的白手，又止不住暗暗有一种欣喜的感觉。他也想到了塞西尔·桑德尔刚才说过的话：格利森先生不会使劲打科里根的，弗莱明也说他不会那样做，因为他不那样做对他自己也只会有好处。但这并没有说明为什么。

从远处的操场上传来一阵喊叫声：

——全都回来！

另外一些声音也跟着喊叫道：

——全都回来！全都回来！

在写作课上，他交抱着两臂坐在那里，静听着别人的钢笔慢慢画在纸上的声音。哈福德先生来来回回走着，用红铅笔画一些小符号，有时坐在一个孩子的身边告诉他怎么拿笔。他曾试着自己拼写出那标题，虽然他已经知道标题是什么，因为那是书里的最后一课。**"缺乏谨慎的热情完全像一只随风漂泊的船。"** 可是那些字简直像是用看不见的细线描出的，只有当他使劲闭上右眼用左眼望去的时候，他才能看出那个大写字母的完整曲线。

　　但哈福德先生为人非常正派，从来没有发过脾气。所有别的老师生起气来都非常可怕。可是，他们为什么要为高年级同学犯的错误受处分呢？韦尔斯说他们偷喝了圣器室架子上的一些供圣坛上使用的酒，因为他们嘴里有酒味而被发现了。也许他们还偷了一个圣餐盒，准备逃跑以后到什么地方去把它卖掉。那恐怕是一件非常严重的罪行，半夜三更偷偷跑过去打开黑木头橱柜偷走那金光闪闪的东西，而在举行祝福仪式的时候，在圣坛上摆好鲜花，两边都有人摇晃着香炉船，使圣坛前香烟缭绕，多米尼克·凯利开始独自唱着圣歌的头一部分的时候，上帝便是待在摆在圣坛中央的那个圣餐盒里的。当然在他们把它偷走的时候，上帝并不在里面。可是哪怕只是碰一碰它，那都是一件超出常情的罪行。他怀着深沉的恐惧想着这件事。一件可怕的超出常情的罪行，在那只有轻轻的钢笔书写声的沉寂中，他心情十分激动。而从架子上偷喝圣坛酒，又因为有酒的气味而被发现，这也是一种罪行，不过这罪行还不是那么可怕和超出常情。只不过因为牵涉到酒味儿问题让你感到有点恶心罢了。因为那一天，他在礼拜堂里第一次吃完神圣的圣餐之后，他也曾闭上眼睛，张开嘴，伸出自己的舌头来，而当校长低下头来给他分圣餐的时候，他也闻到校长嘴里有轻微的酒的味道。因为那是在刚刚做过饮酒的弥撒之后。这个词听来很美：酒。它让你想到深紫色，因为长在希腊一些庙宇般的白色房子外面的葡萄都是深紫色的。可是，校长嘴里的轻微的酒味却让他在第一次圣餐之后的那个早晨，一直都有一种恶心的感觉。第一次圣餐的那一天应该是一个人一生中最快乐的日子。有一次，一大群将军曾经问拿破仑他感到他一生中最幸福的是哪一天。他们以为他一定会说是他获得某次大捷，或者他登基做皇帝的那一天，可是，他说的却是：

——先生们，我一生中最幸福的一天，是我第一次吃圣餐的那一天。

阿纳尔神父走进来，拉丁语课开始了，可他仍然两手交抱着倚在桌子上一动也不动。阿纳尔神父发给他们作文本，他说他们的作文都写得不成话，并要他们把改过的作文都重新再抄一遍。而其中最坏的是弗莱明的作文，因为他的几页作文全被一摊墨水黏到一块儿了：阿纳尔神父提着一个角儿起来给大家看，并说这种作文卷子送给任何一位老师都是对老师的污辱。然后，他又要杰克·劳顿拿"海"这个词来变格，杰克·劳顿只知道单数的夺格，复数他就不知道了。

——你应该自己感到可耻，阿纳尔神父严厉地说，你还是全班的带头人呢！

然后，他就问另外一个孩子，又问另一个孩子。谁也不知道。阿纳尔神父于是变得非常沉默，在一个个孩子试图回答，而又全回答不上来的时候，他变得越来越沉默了。他的脸色非常阴沉，两眼也呆呆的，虽然他说话的声音还是那么平静。然后，他又问弗莱明，弗莱明说那个词没有复数。阿纳尔神父猛然把书合上对他喊道：

——到教室中间去给我跪下，你是我从没见过的最懒惰的孩子。其他的人都把你们的作文重抄一遍。

弗莱明拖着沉重的脚步从座位边走出来，在最后两条板凳中间跪了下来。其他的孩子都低下头去，在作文本上抄写着。教室里一片沉默。斯蒂芬胆怯地偷看阿纳尔神父阴沉的脸，看到他因为正发怒脸有些红了。

发怒对阿纳尔神父来说是一种罪恶吗？或者当孩子们懒惰的时候，他完全应该发怒，因为这样可以使他们学习得更好一些，或者他不过是有意装出发怒的样子呢？恐怕他是应该发怒的，因为一个牧师一定知道什么是罪行，他一定不会明知故犯的。可如果他一时失误，犯了某种罪行，他怎么进行忏悔呢？也许他会去对管事的神父忏悔。如果管事的神父犯了罪，他会去向校长忏悔，校长将向大主教忏悔，大主教就必须去向耶稣会的会长忏悔了。这就是所谓的秩序。他曾听到他父亲说，他们都是些聪明人。如果他们不曾成为耶稣会会员，他们全都可能变成世界上最高级的人物。可是，他弄不清要是阿纳尔神父和巴雷特老汉，以及麦格莱特先生还有格利森先生都没有变成耶稣会会员，他们将会成为什么样的一些人。这是很难想象的，因为你必须先想出，他们如何过着完全不同的生活，穿着不同颜色的衣服和裤子，留着小胡子和大胡子并戴着各种不同的帽子。

教室门被轻轻地推开又关上了。一阵急促的耳语声立刻在教室里传开：教导主任。一时间教室里鸦雀无声，然后就听到从最后一排书桌边，传来啪的一声板子拍在桌上的声音。斯蒂芬的心马上恐惧地乱跳起来。

——这儿有哪些孩子应该挨打，阿纳尔神父？教导主任叫喊着。这个班上有哪些最懒惰的孩子应该挨打？

他走到教室中间，看到弗莱明跪在地上。

——哦呵！他大叫着。这孩子是谁？他为什么跪着？你叫什么名字，孩子？

——弗莱明，先生。

——哦呵！弗莱明，当然是个懒虫，这一点我从你的眼神里就可以看得出来。他为什么跪在地上，阿纳尔神父？

——他写了一篇拉丁文的文章，写得太坏，阿纳尔神父说，文法方面的问题他也全答不上来。

——他当然答不来，教导主任大声说，他当然答不上来！天生的懒虫！我从他的眼角上就可以看得出来。

他把戒尺往桌上使劲敲了一下，大叫道：

——站起来，弗莱明！站起来，我的孩子！

弗莱明慢慢站起身来。

——把手伸出来！教导主任叫着。

弗莱明伸手，戒尺打在他手上发出一声巨大的噗噗声：一，二，三，四，五，六。

——另外那只手！

那戒尺发出巨大的噗噗声，又打了六下。

——跪下！教导主任吼叫着。

弗莱明跪下去，把他的两只手伸在胳肢窝里使劲地压着，他的脸痛苦地扭动着。可是，斯蒂芬知道他的手皮有多么硬，因为弗莱明常常使劲往手心里擦松香。可是，也许他的确很疼，因为那板子打下来的声音实在太可怕了。斯蒂芬的心不停地扑通扑通跳着。

——你们所有的人，全都做你们的功课！教导主任叫喊着。我们这里不要任何什么都不干的懒鬼，也不要懒惰的小捣蛋鬼。做你们的功课，我告诉你们。多兰神父会每天来看着你们的。多兰神父明天还会来的。

他用戒尺捅着一个孩子的腰，说：

——你，孩子！多兰神父什么时候再来？

——明天，先生，汤姆·弗朗说。

——明天和明天和明天[1]，教导主任说，你们好好地做好思想准备吧，每天多兰神父都来。写你们的。你，孩子，你叫什么名字？

斯蒂芬立即吓得心直跳。

——迪达勒斯，先生。

——你为什么不和其他人一样写你的作文？

——我？我的……

他害怕得说不出话来了。

——他为什么不写，阿纳尔神父？

——他的眼镜打碎了，阿纳尔神父说，我免除了他的作业。

——打碎了？你说什么来着？他的名字叫什么？教导主任说。

——迪达勒斯，先生。

——站出来，迪达勒斯，懒惰的捣蛋鬼。我从你的脸上就可以看出你是个捣蛋鬼。你在什么地方打碎你的眼镜的？

斯蒂芬哆嗦着走到教室中间去，因为恐惧和着慌

---

1 这里是对莎士比亚的作品《麦克白》中台词的引用。

感到眼前一片漆黑。

——你在什么地方打碎你的眼镜的？教导主任又一次问道。

——在煤渣路上，先生。

——哦呵！煤渣路上！教导主任喊道。我知道你那种鬼花招。

斯蒂芬惊异地抬起头来，对多兰神父的灰白色的不很年轻的脸看了一眼，看到他灰白色的光秃的头两边残留的绒毛，看到他的金边眼镜和透过眼镜向外看的没有颜色的眼珠。他为什么说，他知道那种鬼花招呢？

——什么也不干的懒惰的混子！教导主任喊叫说。打碎了我的眼镜！这是一个老油条学生的老花招了！马上把你的手伸出来！

斯蒂芬闭上眼睛，把哆嗦着的手掌心朝上伸了出来。他感到教导主任用手摸了摸他的手指头，让他把手伸得更直些，然后，在他举起戒尺向下打的时候，还听到他的法衣袖子呼地响了一下。像针扎一样刺心的火辣辣的一击发出像棍子被折断似的一声巨响，立即使他哆嗦的手像在火里燃烧的树叶一样皱作一团了：随着这响声和疼痛，火热的眼泪涌进了他的眼眶。他的整个身子因恐惧而哆嗦着，他的一只膀子也哆嗦着，他的蜷曲的、发烫的、青色的手像在空中飘荡着的一片叶子。一声请求饶恕的呼喊跳到了他的舌边。但是，尽管火热的眼泪烧着他的眼睛，尽管他的手臂因痛苦和恐惧哆嗦着，他仍然勉强忍住了哭泣和使他的喉咙发烫的那声叫喊。

——另一只手！教导主任又喊道。

斯蒂芬抽回他受伤的哆嗦着的右手，把左手伸出去。法衣的袖子在举起戒尺的时候，又呼地响了一声，一声清脆的巨响和一阵刺骨的、火烧一般的、令人发疯的猛烈疼痛使他的手掌和手指全缩成一团，变成了一块哆嗦着的发青的死肉。火烫的眼泪从他的眼眶里淌了出来，羞耻、痛苦和恐惧燃烧着他的心，他恐惧地缩回哆嗦的手臂，低声嘤嘤地哭泣起来。他的身子在恐惧和羞辱和愤怒中哆嗦着，他感到火热的喊叫从他的喉咙里跳了出来，火热的眼泪从他的眼眶里流出，流过了冒着火焰的脸颊。

——跪下，教导主任叫喊着。

斯蒂芬连忙跪下，把两只被打过的手贴在身子的两边。想到被打过的双手很快就会肿痛起来，他不禁为它们感到非常难过，仿佛它们并不是他自己的手，而是他深感同情的什么别人的手。他跪下以后，极力压抑住喉咙里的最后一阵哭泣声，忍住压在身体两边的火烧一样的刺骨的疼痛，同时却又想起自己手心向上，向外伸出的手，想到教导主任为让他哆嗦的手指老老实实而狠狠地摆弄，想到那挨打后变作红肿的一团的、毫无办法地在空中乱哆嗦的手掌和手指。

——做你们的功课去，所有的人，教导主任在门口喊道。多兰神父会每天来看着你们，看看有没有哪个懒惰贪玩的小懒虫需要打手心。每天。每天。

他走出门去，把门带上。

一班学生鸦雀无声，继续抄写他们的作文。阿纳尔神父从椅子上站起来走到他们中间，温和地指点着孩子们做作业，并告诉他们什么地方错了。他的声音非常安详，非常柔和。然后，他又回到座位上对弗莱明和斯蒂芬说：

——你们可以回到自己的座位上去了，你们俩。

弗莱明和斯蒂芬站起来走到自己的座位旁，斯蒂芬羞得满脸通红，用一只无力的手匆匆打开他的本子，然后，低下头去，把他的脸尽量贴近纸面。

因为大夫曾经告诉他不要不戴眼镜看书，而且，那天早晨他已经给父亲写信让他给他再送一副新眼镜来，他们这样打他实在太不公平，太残酷了。再说，阿纳尔神父也说过，在新眼镜送来以前，他不用再做功课了。可是，现在当着全班同学的面，他被称作捣蛋鬼，还被打了一顿。而他过去一直是约克派学生的骨干，不是考第一，就是考第二。教导主任怎么会说他是耍花招呢？在教导主任伸手摸他的发抖的手的时候，他感觉到了他的触摸，在一开始他还以为他是要和他握手呢，因为他的手指头既柔软又坚定有力，但是一刹那间他就听到了他的法衣袖子呼呼响，还有那戒尺的声音。让他在教室中间跪下来，这也是非常残酷和不公平的；阿纳尔神父也只是说让他们俩都回到座位上去，丝毫没有对他们两人加以区别。他听着阿纳尔神父给学生们指点作文时低沉而柔和的声音。也许他现在感到很抱歉，希望弥补一下。但这是不公平和残酷的。教导主任是一位神父，但他那样做是残酷和不公平的。他的灰白色的脸和金边眼镜后面的那双灰白色的眼睛，看来非常残酷，因为他用坚定而柔和的手指去抚摸他的手，却是为了打得更疼、更响一些。

——他们这样做真是卑鄙下流已极，的确是这样，下课后，大家排队到食堂去，走过走廊的时候，弗莱明说，这样无缘无故因为别人的错误毒打一个同学。

——你的确是无意打碎你的眼镜的，对吗？纳斯蒂·罗奇问道。

斯蒂芬觉得弗莱明的话噎得他喘不过气来，所以没有回答。

——当然是无意，弗莱明说，要搁我，我可绝不能就这么算了，我一定得到校长那里去告他。

——对，塞西尔·桑德尔急切地说，我看到他把戒尺举过了肩膀，他这样做是违反规章的。

——打得你非常疼吧，纳斯蒂·罗奇问道。

——疼极了，斯蒂芬说。

——要是我，可绝不能就这样算了，弗莱明重复说。不管是这个光头还是别的哪个光头都不行。这样干真是无耻下流已极，真是那么回事。要是我，我一定在吃完饭后，马上去找校长，把事情经过全告诉他。

——对，就这么干。对，就这么干，塞西尔·桑德尔说。

——对，就这么干。对，去找校长告他，迪达勒斯，纳斯蒂·罗奇说，因为他说他明天还要来打你。

——是的，是的。去报告校长，所有的人一起说。

当时，还有文科二年级的几个学生在那里听着，他们中一个人说：

——元老院和罗马人民都已经宣布迪达勒斯受到了不应有的惩罚。

这是不对的，这是不公平和残酷的，他坐在食堂里，不时又想起那令人难堪的羞辱，直到最后他开始怀疑是不是他脸上真有什么异样，使他看起来像一个捣蛋鬼，他希望那时有一面小镜子，可以让自己照照。可是，不可能有小镜子，而这是残酷的和不公正的。

在那四旬斋期的星期三，食堂给预备下了黑乎乎的鱼肉煎饼，但是，他完全吃不下，他面前的土豆上还有一个铲子印记。是的，他一定要照他的同学们讲的去做。他要到办公室去，告诉校长他受到了不应当受的惩罚。在历史上，过去也有人这么做过，那都是些伟大的人物，历史书上还有他们的头像。校长一定会宣布他受到了不应受的惩罚，因为元老院和罗马人民常常宣布那些提出申诉的人是受到了不应受的惩罚。他们都是些伟大的人物，在《里奇马尔·马格纳尔问答》一书中可以找到他们的名字。历史书上讲的全是他们这些人和他们所干过的事，彼得·帕利所编的《希腊、罗马故事》也全是讲他们的故事。彼得·帕利本人的肖像就在那本书的扉页上。一片石楠丛生的荒地前面，有一条路，一边长满野草和矮小的丛林；彼得·帕利像一个新教的牧师一样戴着一顶宽边帽，拿着一根很大的手杖，正沿着那条路快步朝着希腊、罗马走去。

他需要做的事是很容易做的。他只需要在吃完饭轮到他去散步的时候溜出来，不要跟着大家一起走进走廊，而是爬到右手边通往楼上办公室的楼梯上去。除此之外，他不需要再干任何别的事：他只要向右边走，快步走上楼梯，然后，只要半分钟，他就会走上一条低矮的、狭窄黑暗的走廊，从那里一直走到校长的办公室去。所有的人都说这是不公平的，甚至文科二年级的那个同学也说到关于元老院和罗马人民的那些话。

那结果会怎么样呢？

他听到食堂上边高年级的同学们站了起来，还听到他们沿着地席朝这边走来的声音：爱尔兰佬拉思走在最前面，然后是吉米·马吉，然后是那个西班牙人和那个葡萄牙人，第五个是高大的科里根，他很快就要挨格利森先生的打了。那就是教导主任叫他捣蛋鬼，并且无缘无故打他的原因。他尽力睁大由于哭泣而疲劳无力的眼睛，注视着高大的科里根宽大的肩膀和他耷拉着的黑色的头从队伍中间过去。可是，他的确犯了错误，而且格利森先生是不会使劲打他的；他还记起了高大的科里根在洗澡房里的样子。他的皮肤颜色和浴池里浅水那边泥炭般的水色完全一样，当他在池边走过的时候，他的脚踩在带水的湿砖上发出巨大的噼啪声，而且，因为他太胖，每走一步大腿上的肉都一哆嗦。

食堂里已经半空了，学生们还在排着队往外走。他完全可以上楼去，因为食堂门口既没有一位神父也没有一位级长。可是，他不能去。校长很可能跟教导主任站在一边，也认为这是一个学生耍的花招，如果那样那教导主任就仍然会每天来，而且情况只会更糟，因为有学生到校长那里去告他，他必然会非常生气。那些同学都让他去告状，可是，他们自己谁也不去。他们完全忘了这件事。别去了，最好把所有的事都忘掉，也许教导主任的那句他还要来只是那么说说。算了，最好躲开这些事吧，因为你身体和年龄都还小，你常常可以就这样躲过去的。

他同桌的同学们都站了起来。他也站起来和他们一起排成队走了出去。他必须作出决定了。他已经走到了门口。如果他和其他人一起再往前走，那他就绝不可能去找校长了，因为他不可能从操场上再走出来去办这件事。而如果他去了，最后还是照样挨打，那别的同学一定会讥笑他，大家就会大谈小迪达勒斯跑到校长那里告教导主任的事。

他沿着地席朝前走，他已经看到那扇门就在他的眼前了。这是不可能的：他不能这样。他想起了教导主任的光头和盯着他望的那对残酷的没有颜色的眼睛，并听到教导主任两次问他名字的声音。在他第一次告诉他，他叫什么名字的时候，他为什么不能记住？是他第一次没有好好听，还是他有意要拿他的名字开玩笑？历史书上的大人物就有人叫他这个名字，可并没有人拿他们的名字开玩笑。如果他要开玩笑，他应该拿他自己的名字开玩笑。多兰：这就像一个给

117

人洗衣服的女仆的名字。

他已经来到门前，但他猛地向右一转身走上了楼梯，而在他还不能拿定主意再向回走的时候，他已经走进了通向办公室的那条又窄又矮的黑暗的通道。在他跨过那条通道的门口的时候，他不用回头也能看到，其他的同学在排队往外走的时候都回过头来在看着他。

他走过那条狭窄黑暗的过道，走过一些矮小的门，那是这里的住家户的门。他向前面望着，在那黑暗的光线中向左右看看，想着那墙上挂的一定都是些人像。那里很暗，很安静。但他的眼睛因为已哭得软弱无力，所以什么都看不清。但是，他想那一定都是些圣者和伟大人物的像，在他走过的时候，都正低着头望着他：圣伊格内修斯·罗耀拉[1]正对他举着一本摊开的书，并指着书里的 Ad Májorem Dei Gloriám[2] 几个字；圣弗朗西斯·泽维尔正指着自己的胸前；洛伦佐·里奇头上戴着方僧帽，和他们班上的级长一样；还有三位神圣的青春保护神——圣斯坦尼斯洛斯·科斯特卡、圣——

1　16世纪西班牙耶稣教会创始人。
2　拉丁文：为了上帝更大的荣光。这句话可以说是耶稣会的会标。

阿洛伊修斯·冈萨戈和受到上帝祝福的约翰·伯奇曼斯，他们的脸看上去都非常年轻，因为他们死的时候年岁都不大，还有彼得·肯尼神父穿着一件宽大的大氅坐在一把椅子上。

他爬上门厅上面的楼梯口，朝四面看看。那里正是汉密尔顿·罗恩出事的地点，那里还可以看到士兵们留下的弹痕。正是在这里一些老仆人曾看到一个穿着白色将军制服的鬼魂。

有一个老仆人正在楼梯口那边扫地。他问他校长的房间在哪里，那个老仆人指着尽头的一扇门，并一直看着他走过去，直到他开始敲门。

里面没有回答。他更使劲地又敲了几下，这时从里面传出一声含糊不清的声音，他的心扑扑地跳起来。

——进来！

他转动门把推开了门，又乱摸着寻找里面那层蓝绒面内门的门把。他终于找到了，然后，推开门走进去。

他看到校长坐在一张写字台前写字。桌上摆着一个骷髅头，房间里有一种奇怪的严肃味道，那味道很像古老的皮椅子。

一进入这严肃的地方，又看到屋里是那么安静，他的心跳得更快了：他看了看那骷髅，又看了看校长仁慈的脸。

——啊，我的小人儿，校长说，你有什么事呢？

斯蒂芬勉强咽下了哽在喉咙里的什么东西，然后说：

——我打碎了我的眼镜，先生。

校长张开他的嘴说：

——哦！

然后，他笑了笑说：

——啊，如果咱们打碎了眼镜，咱们就只好写信回家再要一副新的。

——我已经写信回家了，先生，斯蒂芬说，而且阿纳尔神父也说，在新眼镜送来以前我可以不学习了。

——完全对，校长说。

斯蒂芬又一次咽下喉咙里的什么东西，尽力使自己的腿和声音不要哆嗦。

——可是，先生……

——怎么样呢？

——多兰神父今天来打了我一顿，因为我没有做作文。

校长一直沉默地看着他，他可以感觉到血液已经流到他的脸上，眼泪也快要涌进他的眼眶了。

校长说：

——你的名字叫迪达勒斯，对吗？

——是的，先生。

——你在什么地方打碎你的眼镜的？

——在煤渣路上，先生。一个同学从存自行车的房子里出来把我撞倒，眼镜就给打碎了。我不知道那个同学的名字。

校长又一次一声不响地看着他，然后，他微笑着说：

——哦，那么，这是一次误会。我敢肯定多兰神父一定不知道。

——可是，我告诉他我的眼镜碎了，先生，可他还是打了我。

——你告诉他说，你已经写信回家要一副新眼镜了吗？校长问道。

——没有，先生。

——啊，那么好，校长说，多兰神父不了解情况，你可以对大家说，我已经免掉你这几天的功课了。

斯蒂芬于是匆忙地回答了几句，因为他怕一会儿他会哆嗦得说不出话来了：

——好的，先生，可是多兰神父说，他明天还要再来打我一顿。

——好啦，校长说，这是一个误会，我回头一定和多兰神父谈谈这件事。这样是不是行了呢？

斯蒂芬感到眼泪润湿了他的眼睛，他喃喃地说：

——哦，行了，先生，谢谢。

校长隔着那张放着骷髅头的桌子向他伸过手来，斯蒂芬把自己的手在他的手上放了一会儿，感到他的手掌又凉又潮。

——那么，再见吧，校长说，收回他的手，并点了点头。

——再见了，先生，斯蒂芬说。

他鞠了个躬，一声不响地走出去，非常小心地慢慢把门关上。

可是，他一走过楼梯口的那个老仆人，再次进入那个狭窄的又低又暗的通道，便开始越走越快。他在阴暗的过道里一步快似一步地走着，在拐角处竟把胳膊撞在门框上了。但他仍然匆匆跑下楼梯，迅速走过两条走道，走出去，来到开阔的地方。

他能听到同学们在操场上的喊叫声。他于是开始奔跑，越跑越快，越跑越快，跑过了那条煤渣路，气喘吁吁地跑到操场上三年级同学的地段。

同学们都看到他跑了过来。他们向他围过去，你推我挤地在他身边围成一个圈儿。

——快告诉我们！快告诉我们！

——他怎么说？

——你去了吗？

——他怎么说的？

——快告诉我们！快告诉我们！

他告诉他们，他说了什么，以及校长是怎么说的。他说完以后，所有的同学都脱下帽子向空中扔去，一边大声喊叫。

——乌拉！

他们抓住落下的帽子，又旋转着把它往空中扔去，同时又喊叫道：

——乌拉！乌拉！

他们用手搭成一个摇篮，把他放在上面往上抛，并抬着到处走,直到他使劲挣扎着从他们手里挣脱出来。他挣脱以后,他们又四散跑开,再一次吹着口哨把帽子往高空中扔去,一边望着旋转的帽子,一边叫着:

——乌拉!

他们为光头多兰发出三声咒诅,又向康米发出三声欢呼,他们说,他是克朗戈斯从没有过的最正派的校长。

欢呼声在阴暗柔和的夜空中慢慢消失了,他身边已经再没有别人。他感到无忧无虑,非常快乐,可是,他想,他一定不能在多兰神父面前露出得意的样子,他应该显得非常沉静和顺从:他希望他能为他做一些好事,让他感到他丝毫没有骄傲的意思。

夜幕已快降临了,晚上的空气是那样的柔和、阴暗。空气中充满了黄昏的气息,充满了乡村田野的气息。有一次,他们散步到梅杰·巴顿那里去,还在那些田野里挖出一些萝卜来剥皮吃,空气里还有长着五倍子的那个亭子那边的小森林的气味。

别的同学们正在练习高球、低手球和旋转球。在那灰暗、柔和的寂静中,他能听到击球的声音,也能听到穿过宁静的空气从这里或那里传来的拍板球的声音：噼克、啪克、啵克、巴克，像是水滴从泉眼里慢慢滴入一个已经很满的水池。

第 二 章

查尔斯大叔抽的那种黑色的板烟，实在让人受不了，最后，他的侄子建议他每天早晨带着一袋烟到花园尽头那间小屋里去享受。

——好极了，西蒙。一点问题没有，西蒙，那老人安详地说，你愿意我到哪儿去抽烟都行。那间小屋就非常好：那对我来说更卫生。

——要我的命，我也没法知道，迪达勒斯先生坦白地说，你怎么能抽这种臭不可闻的可怕的烟草，这简直像铳药一样，天知道。

——这烟的味道可非常好，西蒙，那老人回答说。清凉，而且非常提神。

于是，每天早晨，查尔斯大叔在给他后面的头发擦过头油，精心梳理一番，刷干净并戴上他那顶高帽子之后，就必定到那间小屋里去。他在那里抽烟的时候，从门外望去，只能看到他那高帽子的边沿和他的烟斗的烟袋锅。他把这间发着臭味的、他和家里的猫和一些农具分享的房子叫作他的凉棚，有时还拿它当作他的共鸣箱，因为每天早晨他都要兴高采烈地唱他最喜欢唱的那几支歌：《哦，请为我搭一间小屋》或者《蓝色的眼睛和金色的头发》或者《布拉尼的小树林》，而让烟斗上的蓝灰色的青烟袅袅上升，在清新的空气中飘散。

在布莱克罗克居住的那个夏天，开头一段时间，查尔斯大叔经常和斯蒂芬在一起。查尔斯大叔是个身体强健的老人，皮肤黝黑，粗糙的脸上长着白白的络腮胡。平常日子里，他总在卡里斯福特大街他们的住处和经常跟他们家打交道的大街上的几家商店之间跑腿。斯蒂芬很喜欢跟他一块儿到处跑，因为查尔斯大叔常常会毫不吝惜地把商店柜台外面敞开的匣子和木桶里的东西大把大把地抓起来塞给他。他可能会抓一大把还带着锯末的葡萄或者三四个美国苹果，慷慨地塞在他这个侄孙的手里，而店铺的店员也只好尴尬地笑笑了事。有时，在斯蒂芬假装不肯接受的时候，他就会皱着眉头说：

——拿着吧，小少爷，你听见了吗，小少爷？这些
东西对你的肠胃会有好处的。

在商店店员看过订货单之后，他们俩就会一块
儿上公园去，在那里斯蒂芬的父亲的一位老朋友，迈
克·弗林，准会坐在一条板凳上等待着他们。然后，
斯蒂芬就开始绕着公园跑圈儿。这时迈克·弗林便站
在靠近车站的门边，手里拿着一块表，看着斯蒂芬按
照迈克·弗林所喜欢的姿势在跑道上跑着：高高地昂
着头，膝盖也提得很高，两手直挺挺地放在身体两边。
在早晨的这一段训练过去之后，这位教练就会对他的
跑步作一番评论，有时还穿着他那双破旧的蓝帆布鞋
蹒跚地跑几步作为示范。一群感到惊异的小孩和保姆
可能会围过来看着他，甚至在他和查尔斯大叔已经重
新坐下来谈论体育和政治问题的时候，他们还迟迟不
肯离去。虽然，他听父亲说，迈克·弗林曾经训练过
许多现代赛跑能手，可是每当他低头用细长的脏手指
卷香烟的时候，斯蒂芬总禁不住要看一看他这位教练
满是皱纹和胡子茬儿的脸，有时更带着几分怜悯的心
情看着他那双温和的没有神采的蓝眼睛。这双眼睛有

时会忽然离开手上的工作，猛地抬起来，失神地向远处的蓝天望去，而他的发肿的长手指这时也就不再继续卷烟，而是让那些松散的烟丝重新撒回到烟荷包里。

在回家的路上，查尔斯大叔常常要到教堂里去看看，因为圣水池太高，斯蒂芬自己够不着，那老人常会把自己的手伸到水池里去，然后轻快地把圣水洒在斯蒂芬的衣服上和门廊前的地上。在祷告的时候，他总跪在一方红手绢上，喘着气，看着那本书角已被翻黑的祷告书大声朗读，那本书的下角都重印着下一面书上的第一个字。斯蒂芬虽没有他那样虔诚，却也满怀敬意跪在他的身旁。他常常纳闷儿，他的这位叔祖究竟为了什么事那样认真祷告。也许他是在为陷身炼狱的灵魂祷告，或者是要求得一个幸福的死亡，再或者是在乞求上帝赐给他一部分他在科克港挥霍掉的那一大笔财产。

星期天的时候，斯蒂芬和他父亲以及他的这位叔祖，常常一块儿出去健身散步。那老人尽管脚上有鸡眼却非常矫健，常常能一气步行十或十二英里。斯蒂洛根那个小村子在他们走的那条路上有一个分岔口，在这里他们或者向左走向都柏林的山区，或者沿着戈特斯汤路走到丹卓姆，然后，再从桑迪福德回家去。在路上走着，或者站在路旁某一个阴暗的酒店前的时候，他的父辈们常常谈一些他们最感兴趣的东西，爱尔兰政治、芒斯特以及他们家过去的典故等，对所有这一切斯蒂芬都十分感兴趣地倾听着，有些他不理解的话，他总一遍又一遍地自己重复念着，直到他能把它们完全记在心里：通过那些谈话，他对他周围的现实世界有了一个初步的了解。他自己也必须去参与现实世界的那种生活的时间似乎很快就要来临了，因此，他现在正暗暗准备着，准备接受他感到早晚会落到他身上的重大责任，虽然对那种责任的性质，他现在仅能模糊地理解。

晚上的时间总是他自己支配的。他常常读着一本破烂的《基督山伯爵》的英译本。他在孩提时代不管听到或者想到什么可怕的不合情理的事，那个怀着阴暗心情的复仇者的形象总会鲜明地出现在他的脑海里。夜晚他在客厅的桌上用一些印花纸、纸花和颜色纸，还用一些包装巧克力的金银纸，搭起一个岛上的奇异的岩洞。而最后由于感到这些东西毫无意义，又全部给扯碎的时候，他脑子里总会浮现出马赛、阳光下的藤蔓和美茜蒂丝[1]的鲜明形象。

在布莱克罗克镇外通往山区去的路上，有一座刷得很白的小房子，房子四周的花园里种了许多蔷薇：他常对自己说，那所房子里还住着另外一个美茜蒂丝。每次出门或者回家的路上，他都拿这所房子作为计算路程的里程碑：在他自己的想象中，他已经历过一长串的冒险活动，其神奇的程度不次于那本书中描写的情景。在临近故事结尾的部分，则出现了他自己的形象，那时他已经很老，满面含悲，和美茜蒂丝一块儿站在月光下面的花园中，因为她多年前曾拒绝了他对她的爱，因而他做出一个悲伤和骄傲的手势，说：

——小姐，我是从来不吃麝香葡萄的。

他和一个名叫奥布里·米尔斯的孩子联合起来在街头组织了一个冒险集团。奥布里在一个扣眼儿里拴着一支口哨，腰上的皮带上还挂着一个自行车车灯，其他人就只好在皮带上插根短棍当作匕首。斯蒂芬曾经读过拿破仑关于穿衣要俭朴的主张，有意不作任何打扮，因此在他对下级军官下命令之前，和他们在一

---

1 《基督山伯爵》中的女主人公。上文所说"奇异的岩洞"等亦是该书中所描写的景象。

起商议问题的时候，更感到自己十分了不起。这个集团常常跑去骚扰一些老太太的花园，或者跑到城堡那边，在高低不平、满是野草的岩石上彼此打仗，等到他们疲惫不堪、歪歪斜斜地跑回家的时候，他们的鼻孔里都充满了海滩上腐烂植物的味道，手上和头发上也都沾满了海上的沉船留下的发臭的油污味。

奥布里和斯蒂芬都认识一个送牛奶的人，他们常常一同坐在一辆奶车上跑到奶牛放牧的卡里克迈因斯去。工人们挤奶的时候，这两个孩子就轮流骑上那头很容易驾驭的母马在田野里奔跑。可是当秋天来临，母牛被从牧场赶回家的时候，只要看一眼斯特拉德布鲁克的牛棚，看看那里发绿的臭水坑、稀牛粪和冒着热气的湿草料，斯蒂芬就会打心眼里感到恶心。在洒满阳光的牧场上，看起来是那么美丽的牛群现在却使他非常反感，连它们所挤出的奶他都不愿多看一眼了。

今年九月份的来临并没有给他带来麻烦，因为他家已经决定不再把他送到克朗戈斯去了。在迈克·弗林进了医院以后，公园里练跑步的活动也已告结束。奥布里也已经上学校去，他每天晚上只有两三个小时可以自由活动。他们那个集团因此也就自行解散，晚上不再出去胡乱骚扰或到山崖边打仗去了。斯蒂芬有时随着晚上送牛奶的车到处闲逛，路上的晚风吹散了他对肮脏的牛牧场的记忆，看到送奶人大衣上的牛毛和草籽儿，他也不再感到那样厌恶了。每当车子在一家门前停下的时候，他总等着想偷看一眼一间擦洗得很干净的厨房或点着柔和的灯光的大厅，看一看那家的女仆怎样抱那奶罐，以及她如何把门关上。他想，如果他有一双暖和的手套，口袋里装满姜汁饼干任他随便吃，那每天晚上赶着牛车沿路去给人送牛奶倒是一种很愉快的生活。可是，他在公园里练跑步时曾使他忽然心里烦闷，两腿发软的那种预感，以及当他的训练者低下头去用他肮脏的长手指卷烟卷，他不禁怀着不安的心情看着他满是皱纹和胡子茬儿的脸面时所得到的那种直觉的印象，现在更使他对自己的前途感到一片茫然了。他模糊地理解到他父亲出了麻烦，而那也正是他们不再送他到克朗戈斯去学习的原因。一段时间以来，他已经感觉到家里发生了一些细微的变化。有些事情他原以为是不会改变的，而现在正是那方面的变化一次又一次轻轻冲击着他幼小的心灵，改变了他对人世的理解。不时搅动着他的阴暗心灵的抱负，并未找到任何出路。当他听到母马的蹄子沿着大石路的车道发出嘚嘚声，身后的奶罐不停摇晃着发出叮咚声的时候，一种和外在世界一样的黑暗也蒙住了他的心。

他又开始想着美茜蒂丝，反复回味着她的形象，竟感到全身的血液中出现了一种奇怪的不安的感觉。有时他感到浑身发热，因而使得他每到黄昏时刻便独自沿着那条安静的大道默然游逛。那些花园里的宁静气氛和从窗口射出的柔和的灯光都能对他的不安的心灵产生某种安抚作用。孩子们玩耍时的叫嚷声使他厌烦，他们的愚蠢的讲话声使他感到自己和所有那些孩子完全格格不入，现在他的这种感觉比他在克朗戈斯上学的时候更加严重了。他无意游玩，他渴望到现实生活中去寻找长期存在于他的心灵中的那空幻的形象。他不知道在什么地方可以找到它，也不知道如何去找，但是，有一种预感总领着他前进，并告诉他不需要他做任何明显的努力，有一天这个形象自会来和他相见。他们将仿佛彼此早就相识一样，早就约定了一个可以在那里安静地幽会的地方，那地方也许是在某一扇大门前面，也许是在一个什么秘密的地方。

在那里，他们将在一片黑暗和沉寂的包围中单独相见，而在那个充满柔情的时刻，他自己的形象也将会有所改变。他会在她的眼前失去形象，变得不可捉摸，然后一转眼间完全变成了另外一个形象。在那个神秘的时刻，虚弱、胆怯和幼稚便将完全从他的身上消失。

有一天早晨，两支黄色的大车队来到门口停下，车上的人全咕咕咚咚跑到屋里去搬东西。各种家具全从前院被搬出来，搬到门口的大车上去。路上撒满了乱草绳和绳子头。东西都安稳地装妥以后，那些车便叮叮当当沿着大路赶走了：从火车车厢的窗口上，斯蒂芬看到它们颠簸着沿着梅里昂路驶去，他和他的红着眼睛的母亲那时已经坐在火车车厢里了。

那天晚上客厅里的火怎么也烧不旺，迪达勒斯先生把拨火棍挑在炉架的横档上支着火，想让它烧得更旺一些。查尔斯大叔在一间没有地板、家具很少的房间的角落里打盹儿，他身旁的墙边倚着他们家里人的画像。桌上的微弱灯光照在被车夫们踩脏的地板上。斯蒂芬坐在父亲旁边的一个踏脚板上，倾听着他东一句西一句的冗长独白。最初，他对他的话懂得很少或几乎完全不懂，后来他慢慢明白，有人在和他父亲为敌，现在很快就要发生一场战斗了。他还感觉到，这次战斗他自己也必须参加，他感觉到他也必须肩负起某种责任。如此匆匆地离开布莱克罗克舒适的、充满梦想的生活，穿过那阴暗多雾的城市的一段行程，以及他们现在要搬进去居住的那几间毫无生趣的空荡荡的住房，这一切全都使他的心情非常沉重。一种直觉，一种对未来的预感又一次占据了他的心灵。他现在也明白为什么仆人们常常在大厅里彼此交头接耳，为什么他父亲常常背向炉火站在火炉边，在查尔斯大叔一再催促他坐下吃饭的时候仍不停地大声谈话。

——我还完全有办法再搞点名堂出来的，斯蒂芬，老伙计，迪达勒斯先生使劲捅着那半死不活的火说。咱们还没有完蛋，我的儿子。耶稣基督作证（上帝原谅我吧），完全没有，绝不能说完蛋了。

都柏林让他产生了新的复杂的激动心情。查尔斯大叔已经老得很糊涂了，不能让他再出去跑腿。相比布莱克罗克，新住处缺乏秩序的生活使斯蒂芬空闲的时间更多了。起初他很乐意怀着几分羞怯的心情在广场边闲逛，或者最多向旁边的街道里略略走一段，可是，后来当他对这个城市的地形有了一个粗略的了解之后，他便大胆沿着它的一条中心线走下去，一直走到海关附近。他通行无阻地在船坞和码头上闲逛，好奇地观望着满是黄色泡沫的水面上漂浮不定的大群的浮标，观望着成群的码头工人，来回奔跑的车辆和留着胡子、穿着很坏的警察。大包大包的货物堆积在堤岸边或被从轮船上吊举出来，这些东西使他体会到生活的广阔和离奇，又一次唤起了他心中的那种曾使他在黄昏时刻从一个花园溜到另一个花园寻找美茜蒂丝的不安心情。在这新的繁忙生活中，他可能幻想过他是到了另一个马赛，可是因为这里没有绚丽的天空，没有酒店前阳光下的藤蔓，他不免感到遗憾。在他朝码头、河上和低垂的天空观望的时候，他模模糊糊有一种愤愤不平的感觉，但是，他仍然一天又一天，上上下下到处游荡着，仿佛他真要寻找一个一直想避开他的什么人。

他和他的母亲一块儿去拜访过一两次他们的亲戚。虽然他们走过了为过圣诞节装饰得十分漂亮的灯烛辉煌的店铺，但他那种郁郁寡欢的心情始终没有改变。他烦恼的原因很多，有远因也有近因。他因为自己太年轻，变成了许多愚蠢的一时冲动的感情的俘虏而感到生气，也因为境遇的改变使他对身边的世界完全改观，使自己面临一个卑贱和虚妄的前景，而为之气恼。然而，他的愤怒并不能改变这种前景。他耐心地依次记录下他所见到的一切，尽力使自己置身事外，只是偷偷品尝那令人心绪烦乱的滋味。

他在姨母的厨房里坐在一把没有后背的椅子上。炉火前一面油漆得十分光洁的墙壁上，挂着一盏带罩的灯，他姨母正就着灯光阅读一份摊在她膝头上的晚报。她久久地端详着报上一个满脸含笑的人的相片，同时若有所思地说：

——这就是漂亮的梅布尔·亨特[1]！

一个满头鬈发的小姑娘踮着脚走过来，偷看那张图片，她柔和地说：

——她站在什么地方，泥里面？

——她在演一出哑剧，小乖乖。

那孩子把满是鬈发的头倚在母亲的袖子上，注视着那张图片，仿佛非常入迷地喃喃地说：

———

[1] 当时的一位著名演员。

——漂亮的梅布尔·亨特！

仿佛被那张图片迷住了，她的眼神久久地停留在那双严肃而似乎又带着讥讽神态的眼睛上，她怀着无限崇敬的心情低声说：

——能说她不是个了不起的美人吗？

一个男孩子扛着一小筐煤从街上歪歪斜斜走进来，正好听到她的话。他连忙把煤放在地上，跑到她身边来看。可她并没有把挡住他视线的头抬起来。他一边用发红又发黑的双手抓住报纸，一边把她往一旁拱，嘴里叨咕说他看不见。

他此刻坐在一所古老的、窗子很暗的住宅里高处那间狭窄的早餐间里。火光在墙上跳动着，窗外鬼魅一般的黑暗已经在河面上聚集起来。炉火前，一位老太太正忙着烧茶，她一边烧茶，一边用一种低沉的声音讲述牧师和大夫所讲的话。她也谈到他们所看到的她近来的变化和她的一些奇怪的谈吐和举止。他坐在那里静听着，他的心却正追随着穿过煤坑、拱门和甬道，穿过弯弯曲曲的通道和高低不平的山洞向前伸展的一条条探险之路飞去了。

突然他注意到门口好像有个什么东西。在黑魆魆的门洞里似乎出现了一个悬在半空中的骷髅头。一个瘦弱得像猴子一样的人出现了，显然是因为听到火炉边谈话的声音跑来的。门口一个带着哭腔的声音问：

——是约瑟芬吗？

正在炉边忙着的老太太高兴地回答说：

——不是，埃伦，这是斯蒂芬。

——哦……哦，晚安，斯蒂芬。

他回答了她的问候，随即看到门口出现了一张傻笑的脸。

——你要什么东西吗，埃伦？站在火边的老太太问道。

可是，她却没有回答她的问题，只是说：

——我以为是约瑟芬来了。我以为你是约瑟芬，斯蒂芬。

她把这句话重复了好几遍，接着便无力地大笑起来。

他现在是坐在哈罗德十字街举行的儿童集会上。他变得越来越沉默寡言，孩子们的游戏他几乎完全没有参加。那些孩子们佩戴着从各种游戏中赢来的战利品，吵吵闹闹，蹦蹦跳跳，四处乱跑，虽然他也想一起分享他们的欢乐，但他总感到在那一群戴着无边小礼帽和宽边帽的欢乐的男女儿童中，自己是一个十分阴郁的人物。

但是，在他唱完他的一支歌，退到屋里一个安静的角落时，他却开始品尝到孤独的欢乐。那天晚上开始，使他感到无聊和虚假的欢乐，转而对他具有了某种安抚作用，它轻快地掠过他的各种感官，掩住其他所有人的眼睛，不让他们看到他血液中的火热的激动，因为这时越过一对对旋转着的舞伴，在音乐声和笑声中，她的眼神正不时瞟向他所在的那个角落。关注、责怪、爱怜，使他的心无比激动。

在娱乐厅里待得最久的孩子们也开始穿衣服了：晚会已经结束。她把一条头巾披在肩上。在他们俩一块儿向街车走去的时候，她嘴里吐出的温暖、芳香的气息凝聚在她的包着头巾的头边，欢快地飘动着。她的鞋踏在光滑的路上，不停地发出轻快的声响。

这是最后一趟街车了。驾车的高瘦的枣红马也知道这一点，它们在清澈的夜景中摇晃着脖子上的铃铛，提醒人们注意。车上的售票员和车夫在谈话，在蓝色的灯光下，他们不时点点头。大部分空着的车座位上乱扔着几张红红绿绿的车票。马路上听不到有人来去的声音。除了高瘦的枣红马有时彼此蹭蹭鼻子、摇动几下脖子上的铃铛之外，再没有任何其他声响打破黑夜的宁静。

他们似乎在倾听着什么，他站在较高一步台阶上，她站在他下面。他们谈话的时候，她多次爬到他那一步台阶上来，但很快又下去了，也有一两次她上来站在他身边，竟好一会儿忘了下去，但后来仍然下去了。他的心像涨潮时的浮标一样随着她的活动跳动着，他可以听到她的眼睛从头巾下对他所讲的话，而且他知道，在某一段模糊的过去当中，不知是在现实生活中还是在梦境中，他已经听到过她的眼睛的倾诉了。他看到她一再摆弄着她的各种装饰、她的漂亮的衣服和腰带，以及她的黑长袜子，而他知道，在这些东西面前他已经拜倒不止一千次了。然而，在他的思想中，他听到一种声音，压过他跳动的心所发出的嘈杂声在对他说话，问他是否准备接过他只要一伸手就能接过来的她的这份礼物。他还记得，那一天艾琳和他站在一块儿望着那家旅馆前面的广场，看着几个侍者往旗杆上升起一面小旗，一只猎狐犬在阳光下的草坪上来回奔跑着，忽然间她却大笑几声沿着那条弯曲的下坡路跑开了。这会儿也和那会儿一样，他无精少神地站在那里，仿佛自己只不过是眼前这片景色的沉默无语的观望者。

——她也一定希望我搂抱她，他心里想。所以她才跟我一同上了这辆车。在她爬上我这步台阶的时候，我可以很容易地就搂抱住她，没有任何人会看见我们。我可以抱着她，亲吻她。

可是，他完全没有这样做。当他单独坐在那辆无人的街车上的时候，他失神地望着起棱的地板，把手里的车票撕得粉碎。

第二天，他坐在那间很少家具的房子里的桌边，一连坐了几个小时。在他面前摆着一支新钢笔、一瓶新墨水和一本新的绿色练习本。出于习惯，他在第一页的开头写下了耶稣会的那个座右铭的简写字母：A.M.D.G.[1]。在那一页的头一行有一首诗的标题，那是

他正准备要写的一首诗：献给"E-C-"[1]。他知道他这样写是对的，因为在拜伦勋爵的诗集上他就看到过类似的题目[2]。在他写下这个题目，并在下面画上一根装饰线之后，他又开始做起白日梦来，并在那个本子的封面上画下了各种各样的图形。他看到自己在那次圣诞节宴会上的讨论之后，第二天早晨坐在布雷的一张桌子边，企图在他父亲的通知单存根的背面写一首关于帕内尔的诗。可是，他的头脑当时竟拒绝处理这个主题，为了摆脱那种思想，他在那张纸上写满了他的某些同学的姓名和住址：

罗德里克·基克汉姆

约翰·劳顿

安东尼·麦克斯威尼

西蒙·穆南

---

1 应为献给艾琳（Eileen）。这一人物在这部小说的前身《斯蒂芬英雄》中被称作埃玛·克莱瑞（Emma Clery），当为"E-C-"两缩写字母来历。
2 拜伦早期作品中有以"To E-"为题一诗。

现在看来，他又要重蹈覆辙了，可是，通过反省过去发生的那件事，他努力提振自己的信心。在这个过程中，一切他认为平凡和无意义的成分，都从眼前的景象中消失了。他已经不再看见那辆街车的任何痕迹，也看不见车上的人和拉车的马匹，甚至他和她的形象也已变得不那么生动鲜明了。那首诗只不过讲到那天的夜晚和那令人快意的微风，以及那散发着少女光泽的明月。在那些诗里的主人公无声地站在那光秃无叶的树下的时候，他们心中却埋藏着某种不可名状的悲愁，而到最后应该吻别的时候，其中一人虽有些迟疑，最终两人还是热情地拥吻了。在这之后他在诗稿的脚下写下了 L.D.S.[1] 几个字母，然后藏起那本子，立即跑到他母亲的卧室去，在她的梳妆台前长时间对镜看着自己的脸。

可是，他这种长时期安闲自由的生活终于结束了。有一天晚上，他父亲带着一肚子消息回家来，在吃晚饭时，他一直说个不停。斯蒂芬本来一直在等待他父亲回来，因为那天家里要吃羊肉羹，而他知道，有他

---

1 拉丁语 "Laus Deo Semper" 的缩写，意为 "永远感谢上帝的恩惠"。

父亲在，他一定会让他用面包泡那肉羹吃的。但是，由于一提到克朗戈斯他就感到舌头上仿佛结上了一层令人厌恶的厚皮，因而他对那肉羹也根本不感兴趣了。

——就在广场旁边那个街角上，迪达勒斯先生第四次说，我完全是无意中和他撞上了。

——那么我想，迪达勒斯太太说，他一定能够帮忙解决吧。我是说，关于去贝尔维迪尔的事。

——他当然会，迪达勒斯先生说，我不是已经对你们说过，他现在已爬到大主教一级的职位了吗？

——我从来就不想把他送到基督教兄弟会去，迪达勒斯太太说。

——让基督教兄弟会见鬼去吧！迪达勒斯先生说，你以为是要把他送到乡巴佬或者烂泥潭那里去吗？不，以上帝的名义，他既然一开始接近的就是耶稣会的成员，那么，还是让他始终跟他们在一起吧。若干年后，他们对他会有好处的。只有他们那些人可以给你找到一份差事。

——他们那些人还都很有钱，是不是，西蒙？

——相当有钱，告诉你吧，他们都生活得很富裕。你看到过在克朗戈斯他们的伙食情况。天知道，简直是像喂斗鸡一样，吃得可好了。

迪达勒斯先生把他的盘子推到斯蒂芬面前，让他把里面剩下的东西吃掉。

——现在，斯蒂芬，他说，你也该开始卖卖力气了，小伙计，你已经舒舒服服度过了很长一段时间的假期。

——噢，我敢说，他现在一定会尽量努力学习的，迪达勒斯太太说，特别是他能够和莫里斯在一块儿的话。

——哦，我的老天，我完全把莫里斯给忘了，迪达勒斯先生说。啊，莫里斯！过来，你这个没头脑的混账东西！你知道，我准备把你送到一所学校去，让他们教你一撇一捺是个人字，我还要给你买一块一便士一块的漂亮小手绢，让你把鼻子擦干净了。那不是非常好玩儿吗？

莫里斯对他父亲笑笑，然后又对他哥哥笑笑。

迪达勒斯先生把一个眼镜片塞到眼眶里，然后瞪眼看着他的两个儿子。斯蒂芬无声地吃着面包，对他父亲的注视未作任何表示。

——真格的，迪达勒斯先生最后说，那校长，或者说大主教还告诉我关于你和多兰神父的那档子事。你是个冒失鬼，他说。

——哦，他可没有说，西蒙！

——不是说他说，迪达勒斯先生说，可是他把情况原原本本都对我讲了。你知道我们原不过随便闲谈，可后来一句引出一句，话越说越多了。再说，你想他对我说是谁将要在那家公司里得到一个职位？可这个我回头再告诉你们吧。啊，我刚才对你们说，我们很友好地随便谈着，他问我，我们这儿的这位朋友现在还戴不戴眼镜，接着他就把全部经过告诉我了。

——他还很生气吗，西蒙？

——生气！他可不！一个很有气派的小伙计！他说。

迪达勒斯先生模仿着那位大主教装模作样瓮声瓮气的腔调。

——多兰神父和我，当我在晚餐桌上对他们大家讲这件事的时候，多兰神父和我大笑了一场，**你自己最好多注意点吧，多兰神父，我说，要不小迪达勒斯会把你送上去打十八大板的**。我们在一块儿可笑了个够，哈！哈！哈！

迪达勒斯先生转向他的太太，用他本来的声音叹息着说：

　　——从这儿你就可以看到他们是怎样对待那些孩子的了。哦，一辈子当耶稣会会员，做个外交家！

　　他又装出那位大主教的声音重复说：

　　——我在吃饭的时候告诉他们这件事，多兰神父和我，还有我们所有的人全都开心地大笑了，哈！哈！哈！

　　降灵节的游艺晚会就要开始了，斯蒂芬从化妆室的窗口望出去，可以看到一个很小的草坪上横拉着许多绳子，上面挂满了中国式的灯笼。他看着参观的人从房前的台阶上下来，往剧场走去。穿着晚礼服的管事和一些年老的贝尔维迪尔人三三两两站在剧场门口，彬彬有礼地把参观者全领进剧场去。在一盏灯忽然发出的明亮的灯光下，他可以看到一个神父的笑脸。

　　为了让讲台和圣坛前多空出一些地方来，圣餐台已经从教堂里移出去，前几排的板凳也往后挪了。靠墙立着很多杠铃和瓶形棒，哑铃乱堆在一个角落里，在堆得像山一样的运动鞋、汗衫和用棕色纸乱七八糟地包着的一些背心中间，立着一个皮面的高大木马，等着在体育表演结束后抬到台上去。一只很大的镶银铜盾牌靠在圣坛的侧板上，也等着在体育表演结束后抬到台上去放在优胜者中间。

斯蒂芬由于一向有擅长写作的名声，已被选为游艺会的秘书，在第一部分节目中他没有担任任何角色，但在作为第二部分节目的一个话剧中他却担任主角，演一个滑稽可笑的教育家。让他演这个角色的原因是他身材合适，态度严肃，因为他现在已经是贝尔维迪尔学校二年级学生，而且是第二号个头。

有一二十个小伙子身穿白色的灯笼裤和背心从舞台上跑下来，穿过圣器室跑进小教堂里去。圣器室和小教堂里等待着许多十分活跃的老师和同学。那个秃头的胖少校正用他的脚在试木马的跳板。那个穿长外衣的清瘦的年轻人站在一旁，带着极大的兴趣观望着，他是来用瓶形棒做特技表演的，他的银白色的瓶形棒从他两边的口袋里露了出来。在另一队人准备上台的时候，大家听到木哑铃发出的空洞的梆梆声。又过了一会儿，那个十分激动的级长把一群孩子像轰鹅似的从圣器室里轰了出来，他一边像扇动翅膀似的神经质地扇动着他的法衣袖子，一边催促走在后面的孩子快走。一小队那不勒斯农民正在教堂的那一头练习舞步，有些举起胳膊在头顶上旋绕着，有些晃动着用纸花做成的花篮，弯腰行礼。在教堂讲坛的那一边较阴暗的角落里，一位穿着很大的黑裙子的老太太正跪在地上。她站起来后，大家看到她身边还有一个穿着粉红色衣服，戴着卷曲的金色假发和一顶旧式草帽的姑娘，她的眉毛画得很黑，脸上涂满了脂粉。大家看到这个小姑娘的形象时，教堂里立即响起一阵好奇的惊叹声。一位级长微笑着点点头，朝那个阴暗的角落走去，他向那位胖老太太鞠了一躬，一边笑着说：

——你身边这位究竟是一位漂亮的小姑娘，还是一个洋娃娃，塔隆太太？

接着，他弯下腰去细看着那张涂满脂粉的微笑着的脸，不禁大叫着说：

——不对！我发誓，我相信这就是小伯蒂·塔隆！

斯蒂芬正待在窗口，从那里他可以听到那位老太太和那神父一起大笑的声音，还听到他背后那些学生挤过去看那个马上要单独登台跳草帽舞的小男孩时，发出的啧啧的赞叹声，他禁不住感到一阵心烦。他放下面前的窗帘，从他站着的板凳上跳下来，走出了小教堂。

他走出校舍，跑到花园边一间棚子里。从对面剧场里传来观众发出的低沉的嗡嗡声，同时他还忽然听到了士兵乐队的管弦乐声。从玻璃屋顶上放射出来的灯光，使剧场显得像节日方舟，停泊在其他房舍形成的小船之中，那吊着灯笼的细绳便似乎是拴着它的缆绳。剧场的一个旁门忽然打开，一道强烈的光线直射到草坪那边去。从那方舟中忽然传出一阵响亮的乐声，那是一支华尔兹舞曲的前奏；当那扇旁门又关上的时候，他在外面还可以隐约听到那乐曲的节奏。那乐曲开始时柔和而微带哀愁的情调，使他心中产生一种难以言表的情绪，也正是这种情绪使他那一天都感到心神不安，它也是他刚才感到十分烦躁的原因。他这种不安像一阵阵声浪似的从心里发出。在流动的音乐的浪潮中，那方舟前进着，让那挂着灯笼的缆绳漂浮在它的身后。接着一阵仿佛是隆隆的小炮声的声音打断了乐曲的节奏。这是哑铃队上台时观众发出的热烈的掌声。

在棚子远处的一头，靠近街那边，黑暗中可以看到一点猩红色的火光。他朝着那火光走去，慢慢闻到一股淡淡的香料的味道。两个孩子正站在门口抽烟，他还没有走到他们跟前去，便已听出赫伦的说话声。

——我们高贵的迪达勒斯来了！一个喉音很重的声音喊叫道。让我们向我们这可靠的朋友表示欢迎！

这欢迎最后以一种毫无热情的笑声结束，赫伦行了一个额手礼，然后就把他的手杖挂在地上。

——是我来了，斯蒂芬说，站在那里看看赫伦，又看看他的朋友。

那个人他并不认识，可是，在黑暗中借着香烟发出的红光，他可以看出一张微微带笑的很神气的苍白的脸，看到他穿着外衣的高高的身材和他戴的一顶硬壳帽。赫伦根本没有给他们做介绍，却只是说：

——我刚才正跟我的朋友沃利斯讲到，今天晚上你扮演校长的时候，如果能模仿我们那位校长的样子，那一定会把人给逗死了。那可真是一份无比精彩的笑料。

赫伦想为他的朋友沃利斯模仿一下校长学究气很重的低沉的说话声，但是，学得很不像，于是，他自己笑笑，要斯蒂芬学一学。

——来吧，迪达勒斯，他催促说，你能学得呱呱叫。**谁要是挺（听）不进教汤（堂）的声音，那就让他去当一（异）教秃（徒）和酒秃（徒）吧。**

沃利斯露出愠怒的表情，他于是不再模仿下去，沃利斯的烟嘴忽然堵塞住抽不动了。

——这烟嘴儿真他妈该死，他说，同时拿下烟嘴来皱着眉头微笑地望着它。它常常会这样忽然就堵塞住了。你抽烟用烟嘴吗？

——我不抽烟，斯蒂芬回答说。

——那是，赫伦说，迪达勒斯是一位模范青年，他不抽烟，不到市集上去。也从不跟女孩子调情，他从来都不干任何这类的事，或者说，他他妈的什么都不干。

斯蒂芬摇摇头，微笑着看看他这个对头的表情丰富的微红的脸，他的嘴尖得像鸟嘴一样。他常常觉得实在奇怪，为什么文森特·赫伦生着一张鸟一样的脸，同时也取一个鸟一样的名字[1]。一束颜色很淡的头发贴在前额上，也像鸟的凤头一样；前额又窄又小，

---

1 "赫伦"的单词为 Heron。heron 在英文中有"鹭"的意思。（编者注）

一只细小的鹰钩鼻长在两只鼓出的挨得很近的眼睛下面，眼睛颜色很淡，看上去似乎毫无表情。他们这两个对头在学校时原是朋友。他们俩在教室里坐在一块儿，在小教堂里跪在一块儿，做完祷告吃饭的时候坐在一起闲谈。因为一年级的同学都是些很不起眼的笨孩子。在那一年斯蒂芬和赫伦实际上是学校里最出色的学生。他们俩总是一块儿去找校长，请求校长放一天假，或者请求他饶恕某个同学。

——哦，说到这儿，赫伦忽然说，我刚才看到你们老头子进去了。

斯蒂芬脸上的笑容立刻消失了。任何一个同学或老师只要一提到他的父亲，就能马上完全破坏他宁静的心情。他心神不定地默默地等待着，想听听赫伦还会讲些什么，而赫伦只是用胳膊肘推推他，似乎怀着无限深意地说：

——你可真是一只狡猾的小狗。

——你为什么这样说？斯蒂芬说。

——谁都以为你是个再正经不过的孩子，赫伦说。可是，我恐怕你真是一只狡猾的小狗。

——我能不能问问你说这话是什么意思？斯蒂芬

非常有礼貌地说。

——你当然可以，赫伦回答说。我们看见她了，沃利斯，我们是不是看见她了？她可真是再漂亮不过了。而且，还非常好寻根问底！**斯蒂芬担任什么角色，迪达勒斯先生？斯蒂芬不愿唱歌吗，迪达勒斯先生？**你们老头子从他的眼镜后面死死地瞪着她看，所以，我想你们老头儿也已经发现了你的秘密。天知道，要搁我，我可不在乎。她真是呱呱叫，你说是不是，沃利斯？

——可真是不坏，沃利斯平静地回答说，把他的烟嘴又放在嘴角上叼着。

赫伦这样在一个不相识的人面前谈这些话，使得斯蒂芬心中突然燃起一阵无名火。对他来说，一个女孩子对他感兴趣或者关心，根本不是一件什么有趣的事。那天一整天，他脑子里除了想到在哈罗德十字路街车的台阶上和她的告别，以及那情景在他心中引起的激动的感情和他因此写下的那首诗之外，他几乎什么也没有想过。那天一整天他都在想再和她见一次面，因为他知道她一定会来看戏的。过去的那种不安和烦躁情绪又一次充塞在他的心中，完全像那天晚会时的情况一样，可他现在还没有来得及写一首诗来发泄他的这种情绪。孩童时期两年的成长和两年所获得的知识使他现在已和过去不同，他不能再那样发泄自己的情绪了；那天一整天，一种阴郁的柔情像河水一样在他心中奔流，然后，又向一些阴暗的通道中慢慢退去，这一切已使他觉得十分无聊，直到最后那位级长的玩笑话和那个男扮女装的孩子更使他忽然感到非常不耐烦起来。

——所以你完全应该承认，赫伦接着说，这回我们肯定已经抓住你了。你从此再也不能在我面前装什么圣人了，这一点是完全肯定的。

他嘴边又发出一阵毫无热情的微笑声，然后和刚才一样，他弯下腰去用他的手杖在斯蒂芬的小腿肚上轻轻打了一下，仿佛是对他进行一种半玩笑的谴责。

斯蒂芬愤怒的心情已经过去了。他现在既不感到高兴也不再那么惶恐了，他只希望这些玩笑话赶快结束。对于那一套在他看来十分愚蠢和无聊的谈话，他也并不愤恨，因为他知道，存在于他头脑中的那些惊险际遇，并不会因为他讲的这些话遭受到什么危险，于是，他脸上也仿照他的对手露出了虚假的微笑。

——坦白交代吧! 赫伦重复说, 再一次用他的手杖在他的小腿肚上打了一下。

他打他原是闹着玩, 但是, 这一次不像前一次那么轻, 斯蒂芬感到腿上像针扎了一下, 有些微微发热, 但也几乎毫无疼痛的感觉。接着, 他仿佛为了配合他这位朋友的调笑兴致, 恭顺地弯下腰背诵《忏悔词》。这一插曲结果倒也很好, 因为赫伦和沃利斯都因为他这牛头不对马嘴的回答纵声大笑起来。

斯蒂芬原不过是空口说着那些表示坦白的话, 但在他正说着的时候, 一个偶然的记忆却像变魔术似的使他忽然回想起过去发生过的情景, 那时他也看到赫伦微笑着的嘴边出现了一对残酷的若隐若现的酒窝, 感觉到同样是那根手杖打在他的小腿肚上, 并且也听到了同样的表示谴责的话:

——坦白交代吧。

那事是他入学第一个学期快结束的时候发生的, 那时候, 他是在第六班。他敏感的天性因受到那种庸俗低下的生活方式的折磨, 还常给他带来极大的苦恼。都柏林的沉闷生活也使他的心情不安而颓丧。他从两年的梦幻般的生活中醒来, 发现自己似乎完全进入了一个新的天地。这里的一切事和人都深刻地影响着他，使他沮丧或给他某种引诱，但是引诱也罢，使他沮丧也罢，这总使他的心中时刻充满不安和痛苦的思想。在学校里，一切可以利用的空闲时间，他都用来阅读具有强烈反抗性的作家的作品，作品中的讥诮之词和激烈的语言使他的头脑始终处于激动状态，直到后来这种激动心情又全在他自己的粗糙作品中表现出来。

他一星期主要的劳动就是写点这类的文章，每到星期二他从家里到学校去的时候，他总以路上发生的事情作为一种征兆来判断他自己的命运，有时他决定和他前面的某个人竞走，加快脚步，看在到达某一目标之前是否能超过那人，或者小心翼翼地在人行道上一块方砖接一块方砖地移动他的脚步，然后以此来判断他那一周的作文能否获得第一名。

有一个星期二，他走向胜利的道路忽然残酷地被切断了。教英文的老师塔特先生用一个手指指着他，毫不隐晦地说：

——这孩子在他的作文中宣扬了异端邪说。

整个教室里鸦雀无声。塔特先生也没有打破那沉默，只是用他的一只手在他交叉的大腿中间掏摸着，弄得他浆得很硬的衬衫的领子和腰部都嚓嚓直响。斯蒂芬连头也不敢抬。这是一个很寒冷的春天的早晨，他的眼睛还感到有些疼痛，看不清东西。他意识到自己的失败，意识到自己被人抓住，也意识到他的思想和家庭的卑下，同时他感到他的向上翻着的粗糙不平的衣领非常不舒服地磨着他的脖子。

塔特先生好不容易笑了两声，使得班上的学生稍感轻松了一些。

——也许你自己并不知道，他说。

——什么地方？斯蒂芬问道。

塔特先生抽出他在两腿中间乱掏的手，把他的作文卷摊开。

——这里。就是关于创世主的灵魂的那几句。呃……呃……呃……啊！**没有可能越来越接近**。这就是异端邪说。

斯蒂芬低声辩解说：

——我的意思是说，**永远没有可能达到**。

这是一种屈服的表现，塔特先生感到高兴了，他把作文卷折起来，交给同学们传给他，同时说：

——噢……啊！达到。那可是另外一个问题了。

可是，全班同学并没有因此安下心来。下课以后，虽然谁也没有跟他再提起这件事，但他可以感觉到周围的人都隐隐有一种幸灾乐祸的高兴的心情。

在他当众受到指责几天后的一个晚上，他手里拿着一封信，沿着德拉蒙康德拉路走着，忽然听到一个声音喊道：

——站住！

他转过身去，看到他班上的三个同学从黑暗中向他走了过来。刚才喊叫的是赫伦，他站在他的两个随从中间向前走着，一边上下晃动他的手杖为他们的脚步打拍子。他的朋友博兰走在他的身边，满脸堆着笑，而纳什却隔他几步紧跟在他后面，他由于跟不上喘着气，并不停地摇晃着他那长满红头发的大脑袋。

这些孩子刚一转进克朗里夫路，他便开始谈论起一些作家和他们的作品，谈到他们正在读些什么书，以及他们各自的父亲的书架上有多少书等。斯蒂芬听他们谈这些，感到有些奇怪，因为博兰是他们班上出名的笨蛋，纳什是出名的懒鬼。事实上，他们在谈了一阵他们各自最喜爱的作家之后，纳什宣称他认为马里亚特船长[1]是最伟大的作家。

——胡说八道，赫伦说，你问问迪达勒斯。谁是最伟大的作家，迪达勒斯？

斯蒂芬注意到他提问时的讥笑口吻，他说：

——你们是说散文作家？

——是的。

——纽曼[2]，我想。

——你是说红衣主教纽曼？博兰问道。

——是的，斯蒂芬回答说。

纳什布满雀斑的脸更笑开了，他转身对斯蒂芬说：

——你喜欢红衣主教纽曼吗，迪达勒斯？

——哦，许多人都说纽曼的散文风格最好，赫伦对另外那两个人解释说，当然他不是一位诗人。

——谁是最好的诗人呢，赫伦？博兰问道。

——坦尼森勋爵，当然，赫伦回答说。

---

1 19世纪初英国一海军军官和作家，主要写一些适合男孩口味的惊险故事。
2 约翰·亨利·纽曼（1801—1890），英国传教士，后被罗马天主教堂任命为红衣主教。。

——哦，是的，坦尼森勋爵，纳什说。我们家就有一本他的诗集。

这时斯蒂芬忘记了他自己立下的永不开口的誓言，忽然插嘴说：

——坦尼森也算诗人！咳，他那全都是些顺口溜！

——哦，算了吧，赫伦说。谁都知道坦尼森是伟大的诗人。

——那么你说谁是伟大的诗人？博兰问道，同时用胳膊肘捅一捅他旁边的人。

——当然是拜伦，斯蒂芬回答说。

在赫伦的带动下他们三人一起讥讽地大笑起来。

——你们笑什么？斯蒂芬问道。

——笑你，赫伦说。拜伦是伟大的诗人！他的诗只是给一些没受过教育的人写的。

——那他一定是个很了不得的诗人喽！博兰说。

——闭上你的嘴吧，斯蒂芬说，大胆地向他转过身去。你们所知道的诗，不过是你写在校园里的石板上然后一扔了事的那些东西罢了。

事实上，据说博兰确曾在校园里的石板上写过两行诗，内容是描写他的一个同学，骑着一匹小马从学

164

校回家去的情景：

> 泰森骑着马前往耶路撒冷，
>
> 他摔下来摔伤了他的亚历克·卡弗泽伦。

他这几句话使得那两个随员不吭声了，但赫伦接着说：

——不管怎么样，拜伦是个异端分子，而且还极不道德。

——我不管他是个什么人，斯蒂芬生气地叫道。

——你根本不管他是否是一个异端分子？纳什说。

——你怎么知道他是不是？斯蒂芬嚷道，除了一些翻译的东西，你一辈子从来也没有读过任何一本书，还有博兰也一样。

——我知道拜伦是个坏人，博兰说。

——来呀，抓住这个异端分子，赫伦叫喊道。

很快斯蒂芬就成了他们的俘房。

——那一天塔特已经搞得你非常着慌了，赫伦接着说，他指出了你的作文里的异端邪说。

——我明天再去告诉他，博兰说。

——你去好了，斯蒂芬说，我就怕你根本不敢开口。

——不敢？

——就是。你会吓得命都没有了。

——你老实点！赫伦大声说，又用手杖砍斯蒂芬的腿。

这是他们要进攻的信号。纳什把他的胳膊往后一扭，博兰拾起扔在水沟里的一根很长的白菜根。斯蒂芬遭到手杖和那个长有疖疤的白菜根的敲打，拳打脚踢地挣扎着，最后退到一个铁丝网连成的篱笆旁边。

——你承认拜伦不是好人。

——没那回事。

——赶快承认。

——我不承认。

——承认。

——不承认。不承认。

最后，经过一番拼命挣扎，他终于挣脱了。打他的那几个孩子朝琼斯路那边走去，还一边朝他讥讽地大笑，而他因为眼泪模糊了视线，跌跌撞撞地向前走，一边哭泣，一边用力捏紧自己的拳头。

他似乎还当着那些纵声大笑的同学的面在背诵《忏悔词》，那个可咒诅的插曲仍然令人痛心地历历在目，迅速从他眼前掠过，但他奇怪，为什么对那几个曾经折磨过他的人，他现在却已并无恶意。他们的怯懦和残酷，他一点也没有忘记，可是对那些情景的回忆，并没有再引起他的愤怒。他在书本中虽读到过关于激烈的爱和恨的描写，但现在在他看来都已显得是那样地不真实。甚至那天晚上他从琼斯路跌跌撞撞往家走的时候，他也感到有一种力量像剥去熟透的果子的果皮一样，从他身上剥去了突然发作的那种愤怒的感情。

他仍然同那两个同伴站在棚子的尽头，听着他们闲谈，或者听听从剧场传出的阵阵掌声。她正和别的观众一起坐在那里，也许正在等他出场。他试着记起她的长相，可是，总也想不起来了。他只记得她头上像戴着帽子似的包着一块头巾，还记得她那双黑眼睛似乎一方面在鼓励着他，一方面又使他十分胆怯。他不知道她是否像他老想着她一样，也一直在想着他。接着，在黑暗中他避开另外那两个人的眼睛，把一只手的指尖轻轻放在另一只手的掌心上，非常轻微地碰一碰。可是，她的手指在碰着他的手的时候，显然比这还要轻，还要稳：忽然间对于她的手的触摸的记忆现在像一股看不见的浪潮流过了他的头脑和他的全身。

一个孩子沿着棚子的屋檐朝他们跑过来。他非常激动，已跑得上气不接下气。

——哦，迪达勒斯，他大叫着，多伊尔可对你大发脾气了。你得赶快进去化好妆准备上场。你最好赶快吧。

——他这就来了，赫伦用一种拉长的傲慢的声音对送信的孩子说，他什么时候愿意去，就会去的。

那孩子转身对赫伦重复说：

——可是多伊尔已经大发脾气了。

——能不能请你向多伊尔转达我最好的问候，说我愿他瞎了双眼吧？赫伦回答说。

——那么好，我现在就去吧，斯蒂芬说，他对这类荣誉丝毫也不感兴趣。

——我可不会去，赫伦说，让他见鬼去吧，我才不去呢。对一个有身份的学生就不能这样随随便便派一个人来叫去。还发脾气哩，真是的！你肯在他那个了不起的破戏里担任一个角色，就已经很对得起他了。

斯蒂芬最近在他的这个对头身上发现的这种整天吵吵闹闹的友情，并没有使他本人改变他历来遇事逆来顺受的习惯。他不相信那种过分激烈的情绪，也不十分信任这种友情的真实性，他觉得这些都使人感到男人气概可悲的一面。这里提出的所谓有关荣誉的问题和其他类似的许多问题一样，他全认为微不足道。过去，当他的思想尽力追逐它的那些不可捉摸的形象，后来又对这种追逐感到犹豫不决而退却的时候，他总不时听到他的父亲和他的老师们的劝导，敦促他一定要千方百计做一个正人君子，敦促他一定要千方百计做一个好的天主教徒。他们的声音现在在他听起来都显得非常空洞了。在运动会开始的时候，他听到另一种声音在敦促他要变得强壮、有男子气概而且健康，而在挽救国家民族的运动进入学校的时候，他却又听到另一种声音，吩咐他必须忠于他的国家，帮助提高它正在走低的语言和传统。在尘世中，他早已预见到一个世俗的声音一定会吩咐他通过他的努力再恢复他父亲昔日的地位，而同时他的学校里的同学们的声音又敦促他对人一定要够朋友,要掩盖别人的过失,要为别人求情,还要尽可能设法让学校多放几天假。正是这些听来十分空洞的声音使得他在追求那些形象时变得犹豫不决了。他只是在某一时期留意了一下那些声音,但要是他再听不见那些声音,远离那些声音,单独待着或者同一些充满幻想的朋友们待在一块儿,他却只会感到非常高兴。

在圣器室里一个胖胖的脸色白嫩的耶稣会会员和一个穿着破旧蓝衣服的中年人正在一个盘子里调油彩和白粉。已经化好妆的孩子们都别扭扭地站在那里,或来回走动,小心翼翼地用手指不时在脸上东捅一下西捅一下。在圣器室中间有一个到学校来参观的年轻的耶稣会会员,站在那里有节奏地从脚尖到脚跟前后摇晃着,两只手深深插在两边的口袋里。他的很小的脑袋上长着一头光亮的红色的鬈发,新刮过的脸和他那一尘不染的法衣和擦得很亮的皮鞋,看来倒非常调和。

斯蒂芬站在那里观望着那个摇晃着的身躯,很想弄明白这位神父面带讥讽的微笑究竟是何含义,这时他却忽然记起在他还没有到克朗戈斯上学以前,父亲对他讲过的一句话，你永远可以从一个耶稣会会员的穿戴上判断他的为人。同时，他感到父亲的思想和这位穿得很讲究的、微笑着的神父的思想之间很有某种共同之处。他还注意到这里的情景对于那神父的身份，甚至对那圣器室本身都是一种亵渎：高声的谈话和玩笑声完全打破了这里的沉寂，连这里的空气中也充满了煤气灯和油彩发出的刺鼻的味道。

一个中年人在他的额头上画上皱纹，并把他的脸画得黑一块蓝一块，他心不在焉地听着那个矮胖的年轻耶稣会会员叨咕着，要他把话说得更响一些，说得更清楚一些。他可以听到乐队正演奏《基拉尔尼的百合花》，并且知道不一会儿幕布就会被拉开了。他并没有怯场的感觉，但是他想他现在要去担任的那个角色实在让他感到很丢人。偶然记起的几句台词便使他已经画上油彩的脸不禁发红了。他看到她严肃而富有诱惑力的眼睛正夹在一群观众中观望着他，那眼神立即消除了他的一切疑虑，使他的意志顿时坚定起来。他仿佛暂时另外借来了一种特有的性格，他周围的激动的心情和青春的气息也感染着他，改变了他满怀狐疑的不安心情。有那么一刹那，他感到自己似乎当真又穿上了少年时代的服装：当他和别的演员们一起站在舞台的一边的时候，他也和大家一样感到无限欢乐，那在欢笑声中刚刚落下的幕布又被两个身强力壮的神父急急忙忙歪歪斜斜地拉了上去。

不一会儿，他便来到五光十色的煤气灯照耀下的舞台上，在一片灰暗的布景前面表演起来，在眼前的一片空虚中只看见无数的面孔。使他感到惊奇的是，这个在排练时他感到毫无意趣，东拉西扯的剧本，现在却忽然活起来了，似乎这个剧本自己在那里表演，他和他那些同台的演员们只不过是通过各自的角色对它略加帮助而已。在最后一场结束幕落的时候，他听到前面的虚空中充满了掌声，从他旁边的幕布的一个缝隙中，他看到了那个使他的表演显得异常神奇的人。无数模糊的面孔忽然四散了，人群三三两两匆忙向外走去。

他匆匆离开舞台，抛开舞台上那套装腔作势的表演，穿过小教堂一直跑到学校花园里去。现在这出戏已经演完，他的神经急需进行某种新的冒险。仿佛为了不错过这新的时机，他匆忙向前跑去。剧场的门已全部打开，观众也已散尽了。在他假想的拴住了那方舟的缆绳上，还有很少几只灯笼在夜风中飘荡，无精打采地发着微光。他匆匆从花园里爬上台阶，急切希望别让他要追赶的人逃掉，他使劲挤过门厅中拥挤的人群，从站在那里观望着散场的人群、向他们鞠躬并和他们握手的两个耶稣会会员面前走过。他心神不安地在人群中推挤着朝前走，装作十分匆忙的样子，也隐隐约约感觉到他走过去后，他扑着白粉的头发在人群中留下的微笑和指指点点的议论。

他走上台阶，看到他家的人正在第一个灯柱下面等待着他。他扫视了一眼，发现那里的人都是他非常熟悉的，于是又生气地往台阶下跑去。

——我得到乔治街去送个信，他匆匆对他父亲说。我可能要在你们后边到家了。

不等他父亲提出任何问题，他便跑着横过马路，开始以最快的速度向山下走去。他自己也不知道他这是要往哪儿走。骄傲、希望和欲望在他心中像被揉碎的花草，在他心灵的眼睛的注视下，散发出令人心烦意乱的迷雾。他那受到伤害的自尊心、破灭的希望和被挫败的欲望，在他胸中翻腾起来，他大步向山下走去。他胸中这股雾气在他满怀忧伤的眼睛前面一团团向上飘去，飘过他的头顶，直到眼前的空气又变得像原来一样清澈而寒冷了。

　　一层薄雾仍然遮着他的视线，不过他的眼睛已经不再那么刺痛了。过去，常有那么一种力量会忽然使他忘却心中的怒火和愤懑之情，现在又有一种类似的力量使他的脚步平静下来。他站在那里向上望着陈尸馆阴暗的门廊，然后又看看他旁边的一条铺着碎石的黑暗的小巷。他看到那条小巷的墙上写着**洛特马场**几个字，同时慢慢地呼吸到散发着臭味的阴沉的空气。

　　——那是马尿和烂稻草的味道。他心里想，这味道闻起来倒挺舒服。它能使我的心情平静下来。我的心情现在已十分平静了。我得回去。

　　斯蒂芬又一次在皇家桥一辆火车车厢的角落里坐在他父亲身边。他正和他父亲一起乘坐晚邮车到科克去。当火车喷着气开出车站的时候，他记起从前对一切都感到惊异的孩子心情，以及他到克朗戈斯去念书头一天所发生的一切事。但是，现在他对什么都不感到惊奇了。他看到越来越暗的大地迅速从他身边滑过，看到沉默无声的电线杆每隔四秒钟便有一根从他的窗口闪过，看到只有几名沉默无声的路警守卫着的灯光闪烁的小车站很快被邮车抛在后面，然后，像举着火把赛跑的人抛下的火星一样，在黑暗中闪烁几下便完全消失了。

他毫无兴趣地听他父亲谈着科克的情况和他小时候发生的一些事，当他谈到某个死去的朋友，或者当他忽然记起他们这一回到科克去的实际目的时，他的话就会被一声叹息，或者从口袋里掏出酒瓶来喝一口的动作所打断。斯蒂芬尽力听着，可是那些话丝毫引不起他的同情。他所讲的已死去的那些人，他全都不认识，只除了查尔斯大叔，而他的形象最近也已慢慢从他的记忆里消失了。不管怎样，他知道他父亲的财产马上就要被拿去拍卖，这实际上是剥夺掉他自己的一部分所有权，因而他感到这个世界实际是已残酷地粉碎了他的一切梦想。

列车到达马里博罗车站时，他已经睡着了。等他醒来时，火车已开过了马罗站，他父亲也蜷着身子在另外一张椅子上睡着了。黎明前的一派冷光笼罩着四周的山村，笼罩着空无一人的田野和关门闭户的村舍。观望着寂静的山野，不时听到他父亲低沉的呼吸，或在睡梦中猛然一动的声响，使得睡眠的恐怖似乎对他也具有很大的诱惑。身边看不太清的已入睡的乘客使他有一种离奇的恐惧感，仿佛他们可能会伤害他，因而他祷告着希望白天赶快来临。他那既不是向上帝也不是向圣徒发出的祈祷，由于清晨凄冷的微风从车厢门口的缝隙里直吹到他的脚边，实际是以他的一阵寒战开始，而以一连串毫无意义的、仅仅为了配合火车始终不变的节奏而发出的声响作为结束。那毫无声息的电线杆以四秒钟为间隔，不停地演奏着它们节拍急促的音乐。这种疯狂的高速度的音乐减缓了他的恐惧感，他倚在身旁的窗棂上，慢慢地又合上了眼睛。

他们乘坐一辆带篷马车穿过科克时，时间还非常早，之后，他在维多利亚旅馆的一个房间里继续睡了一觉，温暖的阳光从窗口照进来，他可以听到马路上人来人往的声音。他父亲正站在一个梳妆台前非常细心地研究着他的头发、他的脸和胡子，他伸着脖子避开身旁的水罐，然后为了看得更清楚一些，又把水罐向一边拉了拉。他一边这样做，一边柔和地用一种有些奇怪的腔调唱着下面的歌：

只是天真无邪和颠顶
给年轻人带来一时心欢，
因此我爱，我不能再
    在这里盘桓。
无法医治的创伤，当然，
便只能忍受痛苦，当然，
因此我已决定
    去美洲，不再回转。

我的爱她美似鲜花，
我的爱她匀称、柔腻，
她恰像上等的美酒，
    味道正浓郁。
但一旦它变得冰冷，
一旦它失去芬芳气息，
它便将枯萎、死去，
    像山谷中的露滴。

    想着窗外阳光普照的晴和的城市，听着他父亲断断续续把离奇、哀怨的小调串联在一起的柔和、轻快的颤音，前一天夜里苦恼的迷雾完全从斯蒂芬的头脑中消散了。他匆匆爬起来穿好衣服，等他父亲的歌声一停便说：

——这支歌可比你过去唱的所有那些**大家唱**都更好听。

——你这样想吗？迪达勒斯先生问道。

——我喜欢这支歌，斯蒂芬说。

——这是一支非常老的曲调，迪达勒斯先生说，用手卷着他两边的胡须。啊，你应该听听米克·莱西唱这支歌的，可怜的米克·莱西！他唱起来拐好多小弯儿，就是你们唱歌时常用的那种花腔，我可唱不出来。要说唱大家唱，那孩子可真是个能手。

迪达勒斯先生要来一些煎饼当早点，吃饭的时候，他反复询问那个侍者当地的新闻。每当提起一个人的名字时，他们的谈话常常彼此东岔西岔，因为这位侍者的脑子里想着的，是现在叫这个名字的人，而迪达勒斯先生想到的却是这个人的父亲或者甚至是他的祖父。

——啊，我真希望他们没有把皇后学院搬走，迪达勒斯先生说，因为我想让我的这个小家伙也去看一看。

　　沿着马尔堤生长的树木现在都已经开花了。他们走进皇后学院的校园，一个非常爱唠叨的工友领着他们走过方形的广场。但在他们走过一段石子路的时候，每走十来步就因为那工友要站住回话，只得停下一会儿。

　　——啊，你刚才怎么说来着？可怜的大肚汉已经死了？

　　——是的，先生，死了，先生。

　　每当他们在路上停下的时候，斯蒂芬站在那两人背后总感到非常尴尬，对他们的谈话丝毫不感兴趣，他十分烦躁，希望赶快再往前走。在他们走过那个方形广场以后，他的烦躁更使他几乎像害了热病。他纳闷儿，据他所知，他父亲原是一个很机灵而且多疑的人，现在怎么会让这个满口奉承话的工友给蒙混住了。一早晨他还感到很悦耳的那种生动的南方口音，现在已使他感到十分刺耳了。

　　他们走进解剖示范室，迪达勒斯先生在那个工友的帮助下到那些桌子上去寻找他自己名字的缩写。斯蒂芬躲在较远的地方，示范室的阴暗和沉闷的空气，以及那种进行十分无聊的严肃的研究的气息，使他的心情变得更加低沉。在一个颜色很暗的脏污的桌面上，他看到好几处用小刀刻上的"胎儿"字样。想象中的往事忽然袭来，他的血液沸腾了：他似乎感觉到过去的那些学生现在都围在他身边，而他却极力想躲开他们。关于他们生活的具体情况，父亲虽然讲过许多，但他未能领会，现在竟只因为桌面上刻下的这个词而忽然鲜明地呈现在他的眼前了。一个宽肩膀、长着小胡子的学生正严肃地用一把折刀刻那个词。其他学生在他身边站着或者坐着，大笑着看着他操作。有一个人推了推他的胳膊。那个大个子学生转过脸来，皱了皱眉头。他穿着宽大的灰衣服和一双棕黄色的靴子。

有人喊斯蒂芬的名字。他匆忙跑下示范室的阶梯，希望尽可能远离他可能留下的影像。然后近距离地看他父亲名字的缩写，掩盖他不禁发红的脸。

在他穿过那个方形广场朝学校门口走去的时候，那两个字和那番景象却不时在他的眼前出现。现在竟然在外在世界中发现了他一直以为只是他自己思想上特有的一种可悲的毛病的痕迹，他不禁感到非常吃惊。他过去的那些可怕的幻梦现在又全部聚集在他的心头了。它们也是急骤而疯狂地从只言片语中忽然显现在他的眼前的。他很快就对它们屈服了，让它们横扫过他的思想领域，降低他的思想境界，但他一直怀疑，不知它们来自何处，来自一个产生离奇幻境的什么洞穴，而且，在它们从他的头脑中扫过之后，他一直变得对别人软弱而谦恭，而对自己却感到不安和厌倦。

——啊，一点不错！那儿肯定就是那些卖私酒的食品店！迪达勒斯先生叫喊道。你常听我谈到那些私酒店的，不是吗？斯蒂芬。好多次只要我们的名字被记下来了，我们就跑到那里去，一大群人，其中有哈里·皮尔德、小杰克·蒙顿和鲍勃·戴斯，还有莫里斯·莫里亚蒂，一个法国人，还有汤姆·奥格雷迪和我今天早上跟你谈起过的米克·莱西，还有乔伊·科贝特和坦太尔的可怜的好心肠的约翰尼·基弗斯。

马尔堤畔树上的叶子不停地摇动着，在阳光下窃窃私语。一队板球队员走了过去，他们是些穿着法兰绒衣服和运动装的活泼的青年人，其中一人手上拿着一个很长的绿色的板球袋。在旁边一条很安静的街道上，一个由五人组成的德国乐队，穿着破旧的制服，用一些破旧的铜管，正对一些街头的流浪儿和无所事事的专门给人跑腿的孩子们演奏着。一个戴白帽子、围着围裙的女仆在给窗口的一盆花浇水，那窗台在温和的阳光下显得好像是用石灰石打磨成的。从另一个开向露天的窗口传出一阵钢琴声，弹出的音符一个音阶一个音阶地高上去，直到最高音部分。

斯蒂芬在父亲身边走着，倾听着那些他已经讲过多次的故事，一再听到在他父亲年轻时曾和他一起寻欢作乐的那些人的名字，他们现在已分散在全国各地或者已经死去了。一股淡淡的哀愁在他心中发出一阵叹息。他想起在贝尔维迪尔时他自己的那种难以名状的地位，一个无忧无虑的孩子，一个对自己的优势地位感到害怕的骨干，骄傲、敏感、多疑，不停地与自己卑下的生活和狂乱的思想进行着斗争。他面前那脏污的桌面上刻着的字迹使他感到非常刺眼，仿佛是在对他肉体上的软弱和无用的热情表示嘲讽，并使他由于自己过去的那种疯狂和下流放荡而对自己十分厌恶。哽在喉咙里的口水仿佛也发出了酸苦的味道，无法下咽。那淡淡的哀愁更慢慢完全占据了他的脑海，他因而暂时闭上了眼睛，在黑暗中摸索着前进。

他仍然能听到父亲的说话声。

——等到你自己开始闯一条路的时候，斯蒂芬——我肯定不要多久你就该自己去闯了——一定记住，不管你干什么，一定只能和一些正人君子在一起干。我年轻的时候，我告诉你，我可是生活得很不坏，和我交往的都是些有脸面的正派人物。我们每个人都能干点什么。这一个有一口好嗓子，那一个是个好演员，再一个能够唱几首好听的滑稽歌曲，又一个是出色的桨手和壁球手，另外还有些人会讲故事等。我们总有办法消遣，寻欢作乐，尽情享受生活，而这对我们可并没有任何坏处。不过我们都是些正人君子，斯蒂芬——至少我希望是那样——我们还都是些十分诚恳的爱尔兰人。我希望你今后来往的也都是那种人，一些有鼻子有眼的人。我是在拿你当作一个朋友来谈话。我不想当严厉的爸爸。我不赞成一个儿子一定要害怕自己的父亲。不，我是像你爷爷在我年轻时对待我一样在对待你，我们更像是弟兄，而不像是父子。我永远也不会忘记，他头一次抓住我抽烟时的情景。有一天，我正站在南台尽头和几个跟我年岁差不多的小伙子在一起，当然，我们都自以为自己是了不得的人物，因为我们每个人嘴角上都叼着一个烟斗。忽然间老头子从那儿经过。他什么话也没有说，甚至也没有停下来看我一眼。可是，第二天正好是个星期天，我们俩一块儿出去散步，在我们快走近家门口时，他掏出他的雪茄烟盒，说——来来，西蒙，我不知道你也有烟瘾，或者是类似的话。当然我当时尽量装作没事的样子。如果你真想抽点好烟，他说，试试这雪茄怎么样。一位美国船长昨天晚上在昆斯敦送给我这几支雪茄。

斯蒂芬听到他父亲的说话声变成了一阵大笑，而那笑声似乎更近于哭泣。

——那时候，他是科克最漂亮的男人，上帝作证，确实是这样。他走在街上，常常有很多妇女停下来看他。

他听到他父亲喉咙里发出一个很大的响声，强咽下了他的啜泣，他止不住一时神经的冲动，又睁开了自己的眼睛。这时忽然闯进他视线的阳光使他头顶上的天空和云彩变成了一个奇异的世界，一片片闪着深红光线的湖泊似的空间之中夹杂着一团团阴暗的浮块。他的头脑本身感到厌倦而无力。店铺前面招牌上的字迹他几乎都认不清了。由于他自己的那种可怕的生活方式，他似乎已使自己置身于现实的界限之外了。除非他在现实世界中听到发自他内心的疯狂喊叫的回声，否则现实世界的一切便已不能再使他有所触动，甚至已不能和他沟通了。现实世界的一切都不再使他感动或对他开口，除非他在其中听到他内心回应的狂吼。尘世和人的呼吁已不能引起他的任何反响，对夏日、欢乐和友情的召唤他已经变得如聋似哑，他父亲的说话声也使他感到十分厌倦和颓丧。他缓慢地对自己重复着下面的话，几乎认不出那些都是他自己的思想了。

——我是斯蒂芬·迪达勒斯。我正在父亲身边走着，他的名字叫西蒙·迪达勒斯。我们现在是在科克，在爱尔兰的科克。科克是一个城市。我们住的房间在维多利亚旅馆里。维多利亚和斯蒂芬和西蒙。西蒙和斯蒂芬和维多利亚。全都是些名字。

忽然间，他对儿时的记忆变得非常模糊了。他试着回忆起过去的某些生动的时刻，可是竟然都想不起来了。他只想起一些人的名字。丹特、帕内尔、克莱恩、克朗戈斯。一个小孩子曾经让衣箱里放着两把刷子的老太太教过地理，然后他就被送到离家较远的学校里去，他接受了他的第一次圣餐会，还用他的板球帽吃过稀薄的果酱。他曾在校医院的小床上看到过不停地在墙上跳动的火光，梦见自己已经死去，梦见穿着金线条黑斗篷的校长给他做弥撒，并梦见自己被埋葬在石灰路旁教堂里的小墓园中了。可是，那时他并没有死。帕内尔死掉了。在教堂里并没有为死者做的弥撒，也没有送葬的队伍。他并没有死，但他像阳光照耀下的银幕上的影像一样消失了。他已经失去存在，或者走出存在之外，因为他现在已不存在了。想一想有多么奇怪，他竟然就这样逃出存在之外，并非由于死去，而是由于在阳光下消失了，或者在宇宙中的什么地方迷失了方向，被人完全遗忘了。更奇怪的是，他竟然看到自己的矮小身躯：一个身穿灰衣服的扎着腰带的孩子，又一次短暂地在他眼前显现。他的双手插在两边的口袋里，套着带松紧带的裤腿紧包着他的两膝。

在他父亲的财产将被拍卖的前夕，斯蒂芬非常温驯地跟着他父亲在满城的酒吧间里乱跑。对市场上的商贩，对酒吧间里的男女侍者，以及对向他讨一点钱的乞丐，迪达勒斯先生总讲着同样一个故事——他是科克大学的毕业生，在近三十年中他在都柏林，一直尽力想去掉他的科克口音，以及他身边的这位彼得·皮卡卡法克斯[1]是他的大儿子，可他只不过是都柏林的一个无名之辈。

那天早晨，他们很早就从纽科姆咖啡店出发了，在咖啡店里，迪达勒斯先生的茶杯老是叮呤哐啷地碰着放茶杯的碟子。斯蒂芬只得故意挪动椅子或咳嗽几声来掩盖这说明他父亲头一天晚上一定狂饮过的丢人的表现。可是，令人蒙羞的事接踵而来，市场上商人们露出虚假的微笑，他父亲不停地跟那些挤眉弄眼的酒馆女招待调情，还有，他父亲的朋友们又对他讲一些鼓励和恭维的话。他们对他说，他颇有他祖父的那股威严气派，迪达勒斯先生同意说，他虽然很像他祖父，可是难看多了。他们尽量挑出他谈话中的科克口音，并要他承认利河比里费河漂亮得多。他们中有一个人要试试他的拉丁文到底怎么样，要他翻译一段迪莱克塔斯的文章，并问他这两句话怎么说才对：是说 tempora mutantur nos et mutamur in illis，还是

---

1 随意取笑之语。

tempora mutantur et nos mutamur in illis[1]。另外还有一位非常健壮的老人，迪达勒斯先生称他约翰尼·卡什曼，这位老人要他说，是都柏林的姑娘漂亮，还是科克的姑娘更漂亮些，弄得他非常难堪。

——他天生不是那路人，迪达勒斯先生说。别理他吧。他是一个沉静、爱思考的孩子，从不费脑筋去关心那类无聊的事。

——那么说他就不能算是他父亲的儿子了。那个矮小的老人说。

——这我可说不清，真的，迪达勒斯先生说，揶揄地笑着。

——你父亲，那个小老头儿跟斯蒂芬说，年轻的时候可是科克城最大胆的调情能手。这个你听说过吗？

斯蒂芬低下头，望着酒吧间的砖地。

——啊，你可别往他脑子里灌输这些东西，迪达勒斯先生说，上帝自然会教导他的。

——当然，我绝不会往他头脑里灌输任何东西，我的年龄已经够做他的祖父了。而且，我已经当祖父

1 "问题提得很肤浅""几乎不能算作一个问题"。原文的含意是：时代变了，我们也都随着有所改变。

了，那小老头儿对斯蒂芬说，这个你知道吗？

——你真当祖父了？斯蒂芬问道。

——我当然是，那小老头儿说。在节日水井那边我已经有两个蹦蹦跳跳的小孙子了。啊，我问你！你看我有多大岁数？我还记得曾经看到过你爷爷穿一件红外衣骑着马出去打猎，那会儿你还没有出生呢。

——是的，也许你在想象中曾经看见过，迪达勒斯先生说。

——我肯定看到过，那个小老头重复说。不仅如此，我甚至还记得你的曾祖父老约翰·斯蒂芬·迪达勒斯的样子，他可真是个可怕的火暴脾气的人。你听听！你说我记得多少事吧！

——那一共是三代——四代了，在座的另一个人说。那么说，约翰尼·卡什曼，那你差不多快活够一个世纪了。

——啊，告诉你实在话吧，那个小老头说，我今年才只不过二十七岁。

——我们的年岁完全决定于我们的感觉，约翰尼，迪达勒斯先生说，把你们面前的酒都喝干吧，咱们全部再来一杯。来，蒂姆或者汤姆或者不管你叫什么名字，给我们每人都照样再来一杯。天哪，我感到我现在才不过十八岁呢。这是我的儿子，他的年龄还没有我的一半大，可是不管什么时候，我不论干点什么都比他强得多。

——说话客气一点，迪达勒斯，我想现在应该是你靠后的时候了，那位一开始就讲过话的先生说。

——不，上帝作证！迪达勒斯先生肯定地说。我可以跟他比赛唱一支男中音的歌，或者和他比赛爬一扇有五道杠的大门，或者到旷野中去和他比赛追逐猎狗，像三十年前我跟克里的一个年轻人干过的那样，那会儿谁也跑不过我。

——可是现在他肯定会胜过你，那个小老头儿说着，用手敲敲自己的前额，然后举起酒杯一饮而尽。

——是啊，我只希望他能和他父亲一样做一个好人，我能说的就是这些了，迪达勒斯先生说。

——如果他是个好人，他一定会有成就的，那个小老头儿说。

——感谢上帝，约翰尼，迪达勒斯先生说，我们已经活了这么久，可并没有干过什么害人的事。

——而且还做了许多好事，西蒙，那个小老头儿严肃地说。感谢上帝，我们活了这么久，还干了这么多好事。

斯蒂芬看着三个酒杯被从柜台上举起来，看到他父亲和他的两位密友为他们的过去干杯。一个财产造成的鸿沟或者是性格上的差异使他和他们分开了。他的思想似乎比他们的更为古板：它像月光观望着年轻的大地一样冷冷地凌驾于他们的斗争、欢乐和悲伤之上。曾经使他们激动的生命和青春的热情似乎都跟他毫无关系。他既不知道什么叫作和别人交往的欢乐，也从来不懂得什么是粗犷的男性的健康的活力，更不知道什么父子之道。在他的心灵中，除了冷漠、残酷、毫无感情的情欲之外，再没有任何使他激动的东西。他的童年已经死去，或者已经消失，和它一起消失的是他的能够欣赏天真的欢乐的心灵，他一直只是像不毛的月球一样在人生的海洋上漂荡。

你之所以那样苍白，是否因为
整天在天空爬行，注视大地，
这孤独的生活已使你无比烦腻？
……

他重复背诵着这几行雪莱的诗的片段。这无比广大的不属于人类的循环活动和人类的无能为力的悲惨境遇的交替使他不寒而栗，完全忘掉了他自己作为一个人的，然而毫无意义的悲伤。

斯蒂芬的母亲、弟弟和他的一个表弟全都在福斯特广场的一个角落里等待着，只有他和他父亲爬上台阶，走进了有几个苏格兰卫兵站岗的长廊。他们走进大厅站在柜台前面，斯蒂芬拿出了开给爱尔兰银行总经理的一张三十三镑的支票。这笔钱是他的论文在展览会上获得的奖金，很快就由出纳员用纸币和硬币付给他了。他装作很不在乎的样子把钱塞进自己的口袋，听任那个和他父亲闲聊着的友善的出纳员隔着宽大的柜台和他握手，并表示希望他将来前途无量。他对他们的谈话感到很不耐烦，脚底下几乎一时也站不住了。可是，那位出纳员还迟迟不肯去接待别的顾客，而是对他说，他现在正生活在一个大变革的时代，没有什么比让一个孩子受到金钱能买到的最好的教育更为重要的了。迪达勒斯先生在大厅里到处东张西望，一直细看到屋顶，迟迟不肯离开。斯蒂芬催他走的时候，他却对他说，他们现在站立的地方正是旧日的爱尔兰国会下院所在地。

——上帝保佑！他非常虔诚地说，想一想当时的一些人，斯蒂芬、希利·哈钦森、弗勒德、亨利·格拉顿、查尔斯·肯德尔·布希，再看看我们现在的这些贵族，他们可都是国内外爱尔兰人民的领导啊。唉，上帝作证，他们就绝不愿和他们同死在十英亩大的一块土地上。不会的，斯蒂芬，小伙计，我不能不遗憾地说，他们的生活简直完全像我在欢乐而甜蜜的六月的晴朗的早晨，无拘无束地到处游逛。

十月的料峭寒风在银行四周不停地吹着。站在泥泞路边的那二个人的脸已经冻得通红，眼睛也冻得直流泪了。斯蒂芬看着衣服穿得很单薄的母亲，想起几天前他在巴纳多的窗口看到过一件标价二十个几尼的斗篷。

——行了，全办妥了，迪达勒斯先生说。

——咱们最好去吃一顿饭吧，斯蒂芬说，上哪儿去好？

——吃饭？迪达勒斯先生说，嗯，我想咱们最好，你说什么来着？

——找个不太贵的地方，迪达勒斯太太说。

——到安德登饭店去？

——对。找一个安静些的地方。

——走吧，斯蒂芬接着说，价钱贵一点没关系。

他激动地踏着碎步在所有的人前面走着，脸上挂着微笑，他们也都尽快地跟着他，看着他急急忙忙的样子也不禁笑了。

——你得像一个有出息的好小子，镇静一点，他父亲说，咱们这不是出来进行一千米赛跑来了，是不是？

一个转眼即逝的欢乐的季节把斯蒂芬的那笔奖金轻而易举地花掉了。从城里不停地寄来大包大包的罐头、糖果和干果等。每天他都开出一个供全家食用的菜单，每天晚上他都要领着三四个人到剧院去看《英戈马尔》或者《里昂贵妇》。他的大衣口袋里随时装着准备请客人吃的维也纳巧克力，裤兜里还鼓鼓囊囊装着大把的银币和铜币。他给每个人都买些礼物，把他的住房彻底清理了一番，订出了各种计划，把他的书架上的书也全部倒腾过一遍，每天拿起一些价目表来仔细阅读，并拟出了一个由他一家人组成的共和国名单，名单上的每一位成员都有一个职务，还给自己家里的人开设了一个贷款银行，并劝促愿意借款的人接受他的贷款，这样他就有机会获得给人开收据、算利息的乐趣。实在没有什么事可做了，他就坐上街车满城里到处去闲逛。然后，这欢乐的季节终于结束了。装着粉红色油漆的油罐已经空了，他的卧房里的护墙板却仍然没有漆完，而且还到处翘起一些油皮。

他们家回到了原来的生活状况。他母亲也没有太多的理由来责备他随便花掉了他那笔钱。他自己也重新回到了从前的那种学校生活，他的一切新奇的幻想已全都落空了。共和国彻底垮台，贷款银行在赔了一笔钱之后完全倒闭，账目全部结清，他为自己的生活制定的一切规章现在全都无用了。

他那些理想该是多么愚蠢啊！他曾经想筑起一道严谨而典雅的堤坝，借以拦截他身外的肮脏生活的潮流，同时依靠正当行为、实际利益和新的父子关系的准则，借以挡住不时从他内心发出的强大的潮流的冲击。一切全都无用。内心和外界的水流同样都很快漫过了他所建立的堤坝。两股潮流开始又一次在那被冲垮的堤岸上猛烈地互相搏斗。

他也很清楚地看到和外界隔绝的生活毫无意义。他既未能向他梦寐以求的生活跨近一步，也完全未能消除使他和母亲、弟弟、妹妹离心的那种令人不安的羞辱和怨恨。他感到他和他们似乎并不属于同一个血统，他和他们的关系只是一种神秘的寄养关系，寄养的孩子和寄养的弟兄。

他极力想安抚一下随时存在于他的心中、使世上的一切都显得毫无意义和无足轻重的那种强烈的思慕。他并不害怕自己会犯下不可饶恕的罪孽，即使他的生活变成一连串毫无意义的逃避和虚妄，他也全不在乎。面对着他心中无时不存在的那种甘愿沉溺于深重罪孽的野性的欲望，世上似已不复有任何神圣的东西可言。他讥诮地回味着自己秘密的放荡生活的可耻细节，在那种生活中，他实际是通过冷漠地亵渎一切对他具有诱惑力的形象以寻得无上乐趣。他日日夜夜生活在被他歪曲的外在世界的形象之中。一个他白天看来十分端庄和天真烂漫的形象，到了晚上通过曲折幽暗的睡梦向他走来的时候，她的脸色已变得狡猾而淫荡，眼睛里也闪烁着兽性的欢乐。只有清晨当他还模糊地记得头一天晚上阴森森的狂欢和相当强烈的可耻的犯罪感时，他才多少感到一些痛苦。

他又开始了到处游逛的生活。含情不露的秋日黄昏使他从一条街走到另一条街，正像几年前的黄昏曾使他跑遍布莱克罗克的幽静的街道一样。可是，现在已再没有那种整洁的前院花园或者从窗口射出的柔和的灯光能引起他的无限柔情了。只是有时，他心中的情欲暂时熄灭，那使他消耗精神的激烈情绪暂时被哀怨的柔情所代替的时候，美茜蒂丝的形象才会在他的记忆的背景上冉冉出现。他又一次看到通往山边小道旁的白色小屋和长满玫瑰花的花园，并记起当他和她在多年彼此隔绝并各有自己的一段生活经历之后再次在花园里的月光下相会的时候，他将对她作出的那种悲哀而骄傲的拒绝的姿态。每逢那种时候，克劳德·梅尔多特[1]充满柔情的话总会自动跳到他的嘴边，使他不安的心情得到暂时的安抚。一种充满柔情的预感使他想到他一直向往的那次幽会，而且尽管残酷的现实在他的现在和当年的希望之间已形成一条鸿沟，他也仍然不能忘怀他一直幻想着的，到时候他的软弱、

1　前文提及《里昂贵妇》一剧中的人物。原为一园丁之子，爱上一富户小姐，后竟与之结婚。

畏缩和怯生的感觉将会全部消失的那次神圣的会见。

这样的时刻转眼过去了，令人伤神的欲火又一次燃烧起来。在他念完那些诗句之后，一种无法出口的呼喊和无法说出的野蛮词句却从他的头脑中冒出来，强迫他脱口而出。他的血液开始不安地沸腾起来。他在阴暗潮湿的街道上来回走着，不时向阴森的小巷和门洞里观望，急切地希望能听到点什么声音。他像一个被打伤的野兽一样四处徘徊，低声呻吟。他急于想和另一个跟他相似的人一起去犯罪，强迫另一个人和他一起犯罪，并和她一起品尝犯罪的欢乐。他感到黑暗中有一个黑乎乎的形体正以不可抗拒的力量向他走来，那柔和而喃喃低语的形体像水流一样充满了他的全身。那喃喃声像一群睡梦中的人发出的梦呓一样充满了他的两耳，那柔和的水流渗透了他的整个存在。在他忍受着它的渗透和它所带来的痛苦的时候，他的手痉挛地屈伸着，牙齿也紧紧咬在一起。在大街上他伸出两臂去，要紧抱住那个想从他身边逃开，又一再挑逗他的正逐渐消失的瘦弱的形象；长时间哽在喉头的呼喊，现在终于从他口中倾吐出来。它好似在地狱里受尽折磨的人群发出的绝望的哭泣一般从他胸中涌出，最后却像一阵哀求的吸泣声似的渐渐消失，那是一种要求不顾一切是非的纵情呼喊，那喊叫不过是他在小便池旁湿淋淋的墙上看到过的、被胡乱涂下的一些下流话的回声。

他已经走进了一个由许多狭窄而肮脏的街道组成的迷宫之中。从肮脏的弄堂里他听到一阵阵粗野的狂欢声、杂乱的争吵声和醉汉唱出的拖长的歌声。他向前走着，毫不感到畏惧，心里想着不知他是否走到犹太人区域来了。身穿色彩鲜艳的长袍的妇女和姑娘们在街头走过，她们走家串户，看起来悠闲自在，香水味扑鼻。他忽然止不住浑身发抖，眼前也变得一片模糊了。在烟雾腾腾的天空的背景上，他朦胧的视野中出现了仿佛圣坛烛火的黄色的煤气灯光。在门前和门里灯光通明的大厅中聚集着一群群的男女，仿佛正准备举行某种仪式。他现在来到了另外一个世界：他是从几个世纪的睡眠中忽然惊醒过来了。

他一动不动地站在街道中间，他的心慌乱地跳动着，简直像是在用力撞击着他的胸膛。一个身穿粉红色长袍的妇女把手放在他的胳膊上，拉着他仔细看着他的脸。她开心地说：

——晚上好，亲爱的威利！

她的房间里不很亮，却很暖和。一个很大的洋娃娃叉开两腿坐在床边的一张很大的安乐椅上。他极力想说点什么，好使自己显得并不拘束。他看着她脱掉她的袍子，并注意到她骄傲而多少又有些尴尬地晃动着她那洒满香水的头。

他一声不响站在房间中央，她向他走过来，欢欣而严肃地搂抱着他。她滚圆的手臂紧紧地搂着他，而他看到她那样严肃而沉静地望着他，感觉到她温暖而平静的胸脯不停地上下起伏时，却忽然歇斯底里地大哭起来。欢乐和慰藉的泪水在他满怀喜悦的眼睛中闪烁，他一语未发，张开了他的嘴唇。

她用她那使他感到酥麻的手拢了一下他的头发，她喊他小流氓。

——吻我一下吧，她说。

他很想吻她，但怎么也低不下头去。他愿意让她紧紧抱着，慢慢地、慢慢地、慢慢地在他身上抚摸。躺在她怀里，他感到自己忽然变得坚强而自信，什么也不害怕了。但是，他怎么也低不下头去吻她。

她忽然一扬手把他的头弯下来，使两人的嘴唇紧贴在一起了。他从她抬起的坦率的眼睛中看到了她这样做的用意。这一切完全使他神魂颠倒了。他闭上眼睛，把自己的身心全部交给她了。除了她那温柔的微张的嘴唇使他感到某种难以名状的压力之外，整个世界在他心目中似乎都已不复存在了。压在他嘴唇上的嘴唇仿佛也压在他的脑海里，它仿佛是一种传达某种含糊的语音的工具。在那两对嘴唇之中他感到一种从未感觉过的羞怯的压力，那压力比罪孽更令人心情沉重，但又比声音和气味更为轻柔。

第 三 章

　　在一个十分无聊的白天过完之后，十二月的黄昏踏着小丑的踉跄步伐迅速来到了，他呆呆地向教室的方形窗子外面望着，感到肚子不停地咕噜，要求得到食物。他希望那天的晚饭桌上会有烧肉、芜菁和胡萝卜、焖土豆和浇着撒过胡椒面的浓汁的肥羊肉摆在他的面前。尽量往你嘴里填吧，他的肚子和他商量着。

　　那将是一个神秘而阴暗的夜晚。夜幕将会很早降临，在那到处一片肮脏的妓院里，到处都会燃起黄色的灯光。他将拐弯抹角地在那些街道中穿行，怀着一种由恐惧和欢乐引起的战栗越绕越近，直到他的脚最后忽然把他引进一个黑暗的角落。那时那些娼妓将都已为那一夜的夜生活打扮停当，从她们的住宅里走出来，因为她们刚刚睡醒，还都懒洋洋地打着哈欠，整理她们鬓发上的发针。他将平静地从她们身边走过，等待着他自己的意志忽然采取某种行动，或者等待着她们芳香而温柔的肉体忽然对他那热衷于罪孽的灵魂发出一声召唤。但是，在他四处游逛寻找召唤的时候，他那完全被情欲所左右的感官却十分敏锐地感觉到了使他受到伤害和感到羞辱的一切，他的眼睛看到的是一张没有铺台布的桌上的一圈葡萄酒的泡沫，或者一张两个士兵立正站着的照片，或者一张花花绿绿的节目单，他的耳朵听到的是拉长声调用土话喊出的表示欢迎的话：

——咳，伯蒂，脑子里想着什么好事呢？

——是你吗，小鸽子？

——十号房间。弗雷什·内利正等着你呢。

——晚上好，我的丈夫！到这儿待一会儿就走吗？

他草稿本上的那个方程式慢慢展开了一条愈来愈宽的尾巴，上面还有许多眼睛和星星，像孔雀尾巴一样。等到由它的指数组成的眼睛和星星消失以后，它又开始慢慢缩回去，看不见了。那忽而出现忽而消失的指数是忽而睁开忽而闭上的眼睛；那忽而睁开忽而闭上的眼睛却是刚刚诞生或者已经消失的星星。那星辰闪烁其中的巨大的循环圈把他疲惫的心灵时而推向它的边缘，时而又推向它的中心，同时还从远处传来一阵音乐声，伴随着他向内或向外的活动。那是什么乐曲？乐声越来越近，他记起了它的歌词，那就是雪莱关于月亮孤独地在天空游荡，脸色疲惫而苍白的那首只留下片段的诗。星星开始粉碎了，太空中翻起一片由细微的星尘组成的云彩。

更为微弱、呆滞的光线照在另一张纸上，在那里的另一个方程式，也开始慢慢舒展开，显出一条愈来愈宽的尾巴。这是他那准备接受各种经历的灵魂正一个罪孽接着一个罪孽地自我展开，向外扩展它自己的燃烧着的星星的火焰，然后再自我蜷缩，慢慢地消失，直到使自己的光和火焰全部归于熄灭。它们已经熄灭了：只剩下一片寒冷的黑暗充斥着整个混沌的宇宙。

一种寒冷而清澈的冷漠统治着他的灵魂。在他进行第一次狂野的罪孽活动的时候，他感到一股生命的热浪从他的身体中逸出，他曾担心他的身体和灵魂会由于这一过度行为而受到残害。而实际并非如此，那股生命的热浪把他带在浪头上漂出了他的躯体，而后在退潮的时候又把他带了回来：他的躯体和灵魂没有任何地方受到损害，反而在两者之间出现了一种阴森的平静。他的热情已经消融在那个混沌的世界之中了，他对自己漠不关心，十分冷漠。他不止一次犯下了致命的罪孽，而且一犯再犯，他知道，单单第一次罪孽就足以使他永远遭到上天的谴责，而接下去犯下的每一个新的罪孽都会成倍加重他的罪过和对他的惩罚。他将度过的年月、他的工作和他的思想都无法赎清他的罪孽了，清洗罪孽的圣水对他的灵魂也已失去了作用。他向乞丐施舍却不敢接受他们的祝福，他至多也许能勉强希望依靠这类施舍为自己赢得某种限度的神的宽恕。对神的虔诚早已被抛到九霄云外去了。他现在已经明白，他的灵魂所热烈追求的是自身的毁灭，那么祷告还会有什么用呢？某种得意的感情和某种恐怖的情绪使他甚至连在夜里对上帝做一次祷告都难以办到了。虽然他知道，在他睡眠的时候，上帝完全有力量夺去他的生命，而且，在他还未来得及要求宽恕之前，把他的灵魂抛向地狱。他对自己的罪孽的自鸣得意、他对上帝毫无敬意的单纯的畏惧，都使他清楚地知道，他对神的冒犯已经太严重，根本不可能依靠他对无所不见和无所不知的上帝的虚假崇敬来全部或部分地洗去自己的罪孽了。

——那么现在,恩尼斯,我承认你同我的手杖一样也有一个脑袋!你的意思是说,你根本说不清什么是不尽根?

错误的回答又一次引起他对同学们的藐视。在别人面前他既不感到羞耻,也不感到恐惧。一个星期天早晨,他走过教堂门口,冷眼观看那些光着头里外四层站在教堂外面的上帝的崇拜者,他们精神上是在参加教堂里举行的弥撒,而实际上,他们什么也看不见,什么也听不见。他们这种呆痴的虔诚和他们涂在头上的廉价头油的令人恶心的气味,都使他不敢走近他们对着祈祷的那个圣坛。他和其他人一样屈服于邪恶的伪善,但对他们那种他随便可以加以嘲弄的天真,他却十分怀疑。

在他卧室的一面墙上挂着一个光鲜的奖状,那是他在贞女圣玛利亚教会学校担任过班长的证书。每当星期六早晨,全教会的人聚集在教堂里举行一次小型祈祷仪式的时候,他都会被安置在圣坛右边一个铺着软垫的跪榻上,从那里他领着他这边的一群孩子念诵祷告中的答词。他占据这个位置的虚伪性并没有使他感到痛苦。有时，他也感觉到一种冲动，很想从那个充满荣誉的地方站出来，向所有的人坦白，自己根本不配占据这个位置，然后离开教堂，可是，每次只要他抬头对他们的脸看一眼，他便又改变了主意。赞美先知的那些圣歌中的形象对他空虚的自尊心起了安抚作用。圣玛利亚的荣光完全控制住了他的灵魂：甘松油、没药和乳香是上帝赐予她灵魂的礼物，作为高贵血统的象征，她的长袍，她的标志，以及那晚花的植物和晚花的树木象征着千百年来越来越多的人对她的崇拜。临近祷告结束，轮到他念诵一段祷告词的时候，他却用一种柔和的声调念着，依靠那迷人的音乐来安抚他的良心。

Quasi cedrus exaltata sum in Libanon et quasi cupressus in monte Sion. Quasi palma exaltata sum in Gades et quasi plantatio rosae in Jericho. Quasi uliva speciosa in campis et quasi platanus exaltata sum juxta aquam in plateis. Sicut cinnamomum et balsamum aromatizans odorem dedi et quasi myrrha electa dedi suavitatem odoris.[1]

　　他的罪孽已经阻断了上帝对他的青睐，并使他越来越接近罪人的渊薮。她的眼睛似乎带着温柔的怜悯之情正观望着他。她的神光，那从她瘦弱的肌体散发出的神奇光彩，并未使向她走近的罪人感到羞辱。如果他有时也曾感到有必要抛弃自己的罪孽，进行忏悔，那推动他的力量其实也不过是他想变作一个为她奔走的骑士。如果他的灵魂在他肉体的疯狂发作的情欲消耗殆尽，重新羞怯地进入他的皮囊时，又一次无限倾慕那以"令人赏心悦目、给人带来天堂福音和无尽安抚的晨星"[2]为其标志的人儿，那也只是在两片温柔的嘴唇再次喃喃念出她的名字的时候，而在那嘴唇上显然还残留着下流、可耻的话语的余音，还残留着一次淫荡的亲吻的气息。

1　拉丁语："我的崇高有似黎巴嫩的雪松和锡昂山头的翠柏。我的超逸胜过杰里科的玫瑰园和约旦河畔的棕桐，田野中的一株橄榄难比我优美，我和路旁与清泉为邻的梧桐一样清高。恰像陈年桂皮和娇嫩的凤仙，我激发出芳香的气息，也像精选的没药，我散发出甜蜜的芳香。（语出《经外书》（Ecclesiasticus）第二十四章，但文辞小有异。）

2　见《新约·启示录》第二十二章第十六节。

这实在太奇怪了。他反复思索，希望知道一个究竟。但教室里越来越浓的黑暗淹没了他的思绪。钟声响了。老师画出了下一课该做的加法的和减法的练习题，走了出去。

赫伦坐在斯蒂芬的旁边开始不成调地哼哼着：

我的无比崇高的朋友邦巴多斯。

刚才到院子里去的恩尼斯跑回来说：

——从议院来的那家伙要找校长去了。

在斯蒂芬后面坐着的一个高个子的孩子搓搓手，说：

——太棒了。我们可以刷掉整整一个小时。两点半以前他是不会回来的。到那时候，你可以再问问他教义问答上的一些问题，迪达勒斯。

斯蒂芬靠在椅背上，懒洋洋地在草稿本上乱画，听着他身旁的人谈话，只有赫伦不时打断他们说：

——闭上嘴吧，你们。别这么老是鬼吵了！

还有一个奇怪的情况，那就是在他追随教堂的严格教规，使自己进入一种令人意识模糊的寂静之中，从而使他更真切地听到和感受到自己将遭到天谴的时候，他内心中却出现了一种酸涩的喜悦情绪。圣詹姆斯曾说过，谁犯了十戒中的一条，实际就是条条都已触犯，这话直到他开始在自己漆黑一团的处境中摸索以前，他还总以为不过是一种夸大之词。一切不可饶恕的罪孽都可能从情欲的罪恶种子中滋生出来，诸如对自己感到骄傲和对别人的蔑视、希望用钱买得不法欢乐的欲望、恨自己未能犯下别人所犯的更大罪行的怨艾情绪、对上帝信徒的诽谤性的牢骚、对美味食品的贪馋、因无法达到自己所渴求的目的而闷在心中的怒火，以及那产生于精神和肉体的懒惰，最后淹没自己整个存在的泥塘等。

他坐在板凳上宁静地观望着校长那显得很机灵而又很粗糙的脸，他的思想却不停地受到折磨，他反复思考他现在面临的这些奇怪的问题。如果一个人年轻时候偷过别人一英镑，后来用那一英镑聚集了一笔很大的财产，那他应该归回失主多少钱呢？仅是他偷来的那一英镑，还是加上那一英镑多年来按复利计算应该得到的全部利息，还是他的那一笔很大的财产？如果一个外行在给人行洗礼的时候，还没有说出祷词就把水洒掉，那么那个孩子算不算受过洗礼呢？用矿泉水给人行洗礼是否同样有效？第一段神恩圣谕准许感情脆弱的人进入天国，第二段圣谕却又说温驯的人将占有土地，这到底是怎么回事？如果耶稣基督的圣体和圣血、圣灵和圣光只存在于面包中，或只存在于酒中，为什么举行圣餐时却要用两样东西，面包和酒呢？是否每一小块加以圣化的面包都包含着耶稣基督全部的圣体和圣血？还是只包含着他的圣体和圣血的一部分？如果已经被圣化的酒因为变质变成了醋，面包也霉烂了，那耶稣基督作为神和作为人是否还存在于它们之中呢？

——他来了！他来了！

一个坐在窗口的孩子看到校长从屋里走出来。所有的教义问答本都被打开，所有的头都一声不响地低下来看着那本书，校长走进来，在讲台上坐下。斯蒂芬后面的一个高个儿的孩子轻轻踢了他一下，要他提出一个难以回答的问题。

校长没有让大家讨论教义问答本上的问题，他把两手交抱起来放在桌上，说：

——纪念圣弗朗西斯·泽维尔的静休节将在星期

三下午开始，纪念他的正式节日是星期六。这静休节将从星期三延续到星期五，在星期五下午祷告完了之后，开始听大家忏悔。凡是有什么要进行特别忏悔的孩子最好不去换衣服就来。弥撒将在星期六早晨九点开始，那时还要举行全校的圣餐会，星期六放一天假，但因为星期六和星期天都放假，有些孩子也许就会以为星期一也放假了。千万不要犯这种错误。我想你这个无法无天的家伙是很容易犯这种错误的。

——我吗，校长？为什么，校长？

由于校长严肃地笑了笑，一阵轻快的笑声像微波一样在全班孩子们的脸上掠过。由于恐惧，斯蒂芬的心像一朵枯萎的花一样慢慢地凋谢了。

校长接着严肃地说：

——我想你们对于圣弗朗西斯·泽维尔，这位你们学校的守护神的生平都是很熟悉的。他出生于一个古老的著名的西班牙家庭，你们当然记得他是圣伊格内修斯的第一批忠实信徒之一。他们是在巴黎相遇的，那时圣弗朗西斯·泽维尔是巴黎大学的哲学教授。这位年轻有为的贵族和学人当时全心全意地接受了我们的光荣的教会建造者的全部思想，你们当然也知道，完全出于他自己的愿望，他被圣伊格内修斯派遣到印度去传教，你们知道，他当时被人称作印度人的使徒。他跑遍了东方许多国家，从非洲到印度，从印度到日本，给很多人行过洗礼。据说，他曾经在一个月中给一万名耶稣的崇拜者行洗礼。据说，由于在给那些受洗的人行洗礼的时候他老得把左臂举过他们的头，因而他那只胳膊完全麻木了。他当时很希望到中国去，到那里为上帝再争得更多的灵魂，可是他不幸在桑希安岛上因害热病去世了。圣弗朗西斯·泽维尔真是一位伟大的圣徒！一位上帝的勇敢的战士！

校长停顿了一下，然后晃动着他交抱着的手继续说：

——他具有让高山让路的坚强意志，仅仅一个月就为上帝赢得了一万个灵魂。他真可以说得上是一位真正的征服者，完全无愧于我们教会对每一个人经常所作的教导：Ad Majorem Dei Gloriam！他是一位在天堂中享有巨大权力的圣徒，这一点你们必须记住：他有力量为我们减缓我们的悲伤，有力量为我们获得我们祈求获得的一切，只要我们的祈祷是有利于我们的灵魂的。更重要的是，如果我们犯了罪，他有力量为我们获得上帝的恩赐，允许我们进行忏悔。圣弗朗西斯·泽维尔真是一位伟大的圣徒！是一位伟大的灵魂的拯救者。

他不再摇晃他交抱着的双手，而把手放在自己的前额上，睁着一双黑色的严厉的眼睛，从左到右严肃地扫视所有的听众。

在那一片寂静中，他眼中的黑色火焰使越来越浓的夜色也放出了一片棕黄色的火光。斯蒂芬的心，像沙漠里的一朵感觉到大风沙正从远处吹来的小花一样，已完全萎缩了。

——"只要你永远记住最后的几件事，那你就永远不会犯罪了"——这些话，我的亲爱的基督面前的小兄弟们，是从传道书第七章第四十节里引来的。以圣父、圣子和圣灵的名义。阿门。

斯蒂芬坐在小教堂最前排的板凳上。阿纳尔神父坐在圣坛左边的一张桌子旁边。他肩上披着一件很沉重的外套，苍白的脸拉得很长，由于风湿病，他说话的声音显得时断时续。这位他从前的老师的形象忽然奇怪地又出现在他的眼前，使得斯蒂芬的思想又回到克朗戈斯的生活中去：那宽广的挤满孩子的操场；那方形水坑；那石灰铺面的大路旁的小坟场，他自己就曾梦见被埋葬在那里；他生病躺在校医院时在一面墙上看到的火光；还有迈克尔兄弟的悲伤的脸等。当这些记忆重新回到他心中的时候，他的心似乎又完全变成了一个孩子的心灵。

——我们今天，我的亲爱的基督面前的小兄弟们，暂时抛开纷繁尘世的喧嚣，来到这里聚会，完全是为了纪念和崇拜一位最伟大的圣徒，那位印度人的使徒，也就是你们学校的守护神圣弗朗西斯·泽维尔。年复一年，比你们中任何人，我亲爱的孩子们，甚至比我所能记忆的都还要更久得多，这个学校的孩子们每年在他们的守护神的节日之前，都要在这个小教堂里举行一年一度的静休活动。时间不停地流逝，同时带各种变革。甚至是在最近几年里发生的变革，你们大多数人谁不记得呢？许多几年前坐在这里前排的孩子们，现在也许到了很远的地方，也许到了酷热的热带地区，也许正担任着什么重要的职务，或者在学校里任教，或者正航行在浩瀚无际的大海上，或者也可能受到伟大上帝的呼唤，已进入另一个世界，已经把他们在人世的责任全部交卸了。但尽管年复一年的过去，带来或好或坏的变革，这个学校里的孩子们却始终没有忘记，始终怀念着那位伟大的圣徒，他们每年在圣母教堂规定的纪念他的节日的前几天都要举行静休节，以使这个天主教的西班牙的伟大儿子的名字和声望能世世代代传诵下去。

——现在我们所说的静休两个字是什么意思？以及为什么从各方面讲，我们都把它看作是，对一切希望在神前过着真正基督教生活的人来说，一种最有教益的活动呢？我的亲爱的孩子们，一次静休表明一个人将暂时忘掉人世间的一切烦恼，忘掉整天工作着的世界中的一切烦恼，以便能够仔细地检查我们的良心，仔细地思索一下神圣的宗教的奥秘，并更好地理解我们为什么活在世上。我打算在这几天中让你们想一想有关我们的最后四件大事的问题。那四件大事，正像你们在教义问答中已经看到的，就是死亡、最后审判、地狱和天堂。在这几天中我们一定要尽力求得对它们有一个非常深刻的理解，那么，从对这些东西的深刻理解中我们就可以为我们自己的灵魂获得无穷无尽的利益。记住，我亲爱的孩子们，我们之所以诞生在这个世界上，只是为了一件事，仅一件事，那就是实现上帝的神圣旨意，并拯救我们自己不死的灵魂。其他的一切都毫无意义。只有一件事是必须办到的，那就是拯救自己的灵魂。如果一个人最后将失去他永生的灵魂，那他即使得到了整个世界，对他又有什么好处呢？啊，我亲爱的孩子们，请相信我的话，在这个可悲的人世间，没有任何东西能够弥补这样一个重大的损失。

——因此我要你们，我亲爱的孩子们，把尘世间的一切问题，不管是关于学习的还是关于寻欢作乐的还是关于个人抱负的问题，全都从你们的头脑中驱逐出去，以便把你们的全部注意力都用来研究你们灵魂的处境。也许我已经用不着提醒你们了，在这静休的几天中，我们希望所有的孩子都能过安静的虔诚的生活，都能避开一切粗野的不正当的寻欢作乐的活动。当然年龄大一些的孩子更应该注意不要违反了这些规定，我还特别要求我们圣母教会和其他一些以神圣的天使命名的教会的级长和其他职员，都能够为他们的同学做出一个好榜样来。

——因此，让我们全心全意地来尽力过好这个纪念圣弗朗西斯的静休节。愿上帝赐福人类的旨意将体现在你们今年的学习之中。但是最重要和高于一切的是，要让这次静休节变成一个多年后你们还会十分留恋的静休节，那时也许你们已经远离这所学校，生活在截然不同的环境中，但希望到那时你们还会带着无限欢欣和感激的心情回想这次静休节，感谢上帝让你们有机会通过这次静休节奠定了一个虔诚的、可尊敬的、热忱的基督教生活的基础。如果，这当然也可能，就在现在，在你们中间有哪个可怜的灵魂，由于无法述说的不幸已经失去了上帝的神恩，坠入某种可悲的罪孽之中，我在这里十分热切地相信，并向上帝请求，这次静休节将成为那个可悲灵魂的生活转折点。我求上帝通过他的热忱的仆人圣弗朗西斯·泽维尔的功绩，让这个灵魂受到引领，走上诚挚的忏悔之路，并希望今年圣弗朗西斯节的那次神圣的圣餐会，将会变成使上帝和那个灵魂得以永归和解的日子。对一切正派和不正派的人，对圣徒和对犯罪的人都一样，希望这次静休节能变成一个让我们永远怀念的日子。

——帮助我吧，我的基督面前的亲爱的小兄弟们，用你们的虔诚，用你们自己对上帝的热忱，用你们自己的表现来帮助我吧。从你们的头脑中驱逐掉一切尘世的思想，就只想一想那最后的几件事：死亡、审判、地狱和天堂。按照传道书所讲，谁要是记住这最后的几件事，他就永远不会犯罪了。谁要是记住这最后的几件事，在他采取行动或思想的时候，都会永远把它们放在心上，他活会活得很幸福，死也将死得很美，他相信并且知道，如果在尘世间他做出了某种牺牲，那他在另一个世界中，在永恒的天国中，将得到成百倍、成千倍的补偿——我亲爱的孩子们，我衷心希望，你们每一个人和所有的人都能获得这样的福分，以圣父、圣子和圣灵的名义。阿门。

当他和几个不言不语的朋友往家走的时候，他感到似乎有一层浓雾迷住了他的心。他痴呆地等待着，希望那雾能够散开，再显露出它所掩盖住的一切。他毫无胃口，勉强吃了些晚饭，吃完后就将那满是油腻的盘子扔在桌上。他站起来走到窗口，用舌头清理嘴边积存很厚的残渣，将嘴唇舔得一干二净。看来他现在已经落到了牲畜的地位，吃过东西之后还要用舌头舔嘴了。这算是已经到了尽头了。一种微弱的恐惧感开始穿透他心灵中的迷雾。他把脸贴在窗玻璃上，向外面越来越暗的街道观望。从那阴暗的光线中他看到很多人影穿来穿去。这就是生活。组成都柏林的名字的那几个字母沉重地压在他的心头，彼此毫不相让地横蛮地挤来挤去。他的灵魂越变越肥大，最后凝成了一大团油脂，它同时怀着沉重的恐惧感愈来愈深地陷入了阴森可怖的黑暗，而他自己的那个肉体却无精打采地羞愧地站在那里，从他的一对黑眼睛中朝外看着，在一个牛神[1]的眼中显得毫无办法、烦躁不安，但仍又不失为人。

第二天带来了死亡和审判，因而使他的已经沉浸在颓丧的绝望中的灵魂又慢慢活动起来。在一个教士用他那沙哑的声音向他的灵魂中注入死亡之后，原来那微弱的恐惧感就变成了一种精神上的巨大惶恐。他完全体会到了死亡的痛苦。他感觉到死的阴冷已进入他的四肢，并慢慢向他的心脏延伸，他感觉到死的阴影已渐渐蒙住他的双眼，头脑中心处的光亮也像油灯一样，一盏一盏地熄灭了，他感觉到他的皮肤上出现了最后一次渗透出来的汗水，感觉到已经濒于死亡的

1　当指古埃及阿比斯神，此处实借以泛指天主教以外所奉神灵。

四肢的麻木，感觉到他说话的声音愈来愈粗而且已断断续续，最后完全说不出话来，感觉到他的心脏的跳动越来越微弱，越来越微弱，最后几乎完全消失，他的呼吸，那可怜的呼吸，那可怜的无可奈何的人的精神，正哭泣着，叹息着，在他的喉咙中发出咕咕噜噜的声响。完全没有办法！完全没有办法！他——他自己——曾经使他为之屈服的肉体现在正在死去了。把它埋进坟墓去吧。把它放在一个木匣子里用钉子钉上，那个尸体。雇来几个人用肩膀把它扛出房子外面去吧。把它扔进地下一个长形的坑穴中，不让任何人再看见它吧；把它埋进坟墓里去让它腐烂，让它去喂那成堆的到处乱爬的蛆虫，让它被到处奔跑的鼓着大肚子的老鼠吞食掉吧。

在朋友们还含着眼泪站在床边的时候，罪人的灵魂就已经受到审判了。在他还保留着意识的最后一刻，他所经历过的整个尘世生活都将在他的灵魂的眼前再次显现，在他还没来得及思索时，肉体已经死亡，那灵魂便已带着无限恐惧站在审判台前了。长期以来无比仁慈的上帝，现在将会无比公正。他一直都非常耐心地规劝犯罪的灵魂，让它有时间忏悔，一再对它表现出极大的宽恕。但那段时间已经过去了。在那段时间里，人们犯罪、享乐；在那段时间里，他们讥笑上帝，讥笑上帝的神圣的教堂对他们的忠告；在那段时间里，他们不把上帝的威严放在眼里，不服从他的命令，欺骗自己的同类，一次接一次地犯罪，而向所有的人隐瞒自己的一切罪恶活动。但是那段时间已经过去了。现在该轮到上帝讲话了，他是不会受人愚弄或受人欺骗的。任何一种罪过都将从它的隐藏之处显露出来，不管是违反上帝意旨的最狂乱的罪行，还是使我们的可怜的腐烂的灵魂遭受最大屈辱的罪行，不管是最小的过失，还是最不可容忍的暴行，都毫无例外。到了这时候，你曾经做过伟大的帝王、伟大的将军、最出色的发明家或者最有学问的人，又有什么用呢？在上帝的审判席前所有的人都是完全平等的。他将奖赏好人，惩罚恶人。审判一个人的灵魂只需一刹那的工夫就行了。在一个人的肉体死亡以后，只需一转眼的时间，他的灵魂便已在天平上称过。这样，这次特殊的审判就已经结束，那灵魂可能被送进幸福无边的天国，或被送进炼狱，或者被鬼哭狼嚎地抛进地狱去。

　　事情到这里还没有完全结束。上帝的正义还必须在人的面前得到体现。在这次特殊审判之后，还将有一次一般的审判。那是在最后的末日来临的时候，末日已经快来临了。天上的星星，像从无花果树上被风摇落的无花果一样，全都落到地球上来。整个宇宙的巨大的烛光——太阳——也会变得像丧服的颜色似的黑成一片。月亮变成了血红色。整个太空仿佛是一个不停地向前卷去的画轴。天使长迈克尔，那天堂居民的王子，衬着天空显出无限荣光，也显得无比可怕。他一只脚站在海里，一只脚踏在陆地上，用他的天使长的号角宣告棕黑色的死神的来临。天使的三声号角声充满了整个宇宙。时间现在存在，过去存在，可是将来便不复存在了。在最后一声号角吹过之后，宇宙间所有人的灵魂便都将向耶和沙法山谷奔去，其中有富的，有穷的，有温和的和头脑简单的，有聪明的和愚笨的，也有善良的和邪恶的。每一个曾经生存过的灵魂，一切将来还要出生的灵魂，亚当的一切儿女，都将在那个至高无上的日子里聚集在一起。瞧吧，至高无上的审判官已经来临了！从这以后，将不会再有什么低下的上帝的羔羊，不会再有什么温和的拿撒勒的耶稣，不会有什么悲愁的人，不会有什么善良的牧人，上帝已经在云端里显现了。他体现着巨大的力量和威严，由天使组成的九个歌唱队护卫着，其中有天使、天使长，有一级天使，有代表力量和德行的天使，代表王座和统治的天使，还有二级天使和六翼天使，他们团团围绕着无所不能的上帝，永恒的上帝。上帝讲话了：他的声音甚至在太空最远的边缘上，甚至在无底的深渊里也能听见。他是至高无上的审判官，对他的裁决是没有任何地方可以上诉的。他把公正善良的人叫到他的身边，让他们进入天国去，进入为他们准备的永恒的幸福中去。那些邪恶的人，他把他们从他身边抛开，并用威严的愤怒的声音说："离开我，你们这些该死的东西，你们到为魔鬼和他的随从预备下的永不熄灭的地狱之火中去吧。"哦，对那些可怜的罪人来说，这是多么可怕的痛苦啊！朋友从朋友的身边被拉开，孩子从父母的身边被拉开，丈夫从妻子的身边被拉开了。那可怜的罪人向在尘世上曾经爱过他的人，向他们的天真的虔诚曾受到他的讥笑的人，向曾经劝导他，希望把他引到正路上去的人，向和善的弟兄，向可爱的姊妹，向曾经那样热爱过他们的母亲和父亲伸出手去。可是现在已经太晚了：善良的人都向这些可怜的应该受到谴责的灵魂转过脸去。这些灵魂现在在一切人的眼前都显露出了它的可咒诅的邪恶的本性。哦，你们这些伪善者；哦，你们这些涂着脂粉的黑心肠的人；哦，你们这些对所有的人摆出一副温和的笑脸而内心却是一片罪孽的发臭的泥潭的人们，到了这个可怕的日子，你们将怎么办呢？

这一天会来到的，一定会来到，也必然会来到，那就是死亡和最后审判日。人都要死，而且死者将受到审判，这是上天早已注定的。死是肯定的，但死的时间和方式却是不肯定的，一个人可以在长期生病中死去，也可以毫无准备地死于某种意外，上帝的儿子可能会在你完全没有想到的时候出现在你的面前，因此任何时刻都做好准备吧，应该看到你在任何时候都可能死去。死亡是我们一切人的最后归宿。由人类最早的一对父母的罪行带到人世来的死亡和审判，是作为我们尘世生活的最后界限的一个阴森的门洞，那个门洞通向不可知和不可见的世界，每个灵魂都要单独通过那个门，除了自己的善行，再没有任何东西能对他有所帮助，没有朋友或兄弟或父母或师长能帮他的忙，他只能孤独地浑身战栗着穿过那个门去。让这种思想永远存在于我们的头脑中吧，那我们就不会犯罪了。死亡对于一个犯罪的人将会引起恐惧，但对于一个始终走在正道上，尽了自己的生存的责任，从不忘记早祷和晚祷，经常参加神圣的圣餐会，做过很多善事和好事的人来说，它却是上帝赐给的一种福分。对于一个虔诚地相信上帝的天主教徒，对于一个善良的人来说，死亡并不能引起恐惧。英国伟大的作家艾迪生在他临死的时候，不是曾经派人去把罪恶的年轻的沃里克子爵叫来，让他看看一个基督徒可以如何安详地正视自己生命结束的时刻吗？只有像他这样虔诚地相信上帝的基督徒能够在心中对自己说：

啊，坟墓，哪里有你的什么胜利？

啊，死亡，你何尝能给人带来任何痛苦？

这所有的话都是对他讲的。上帝的全部愤怒正指向他下流的秘密的罪孽。传道士的刀已经深深深入他坏了的良心，他现在已经感觉到他的灵魂在无限的罪孽中慢慢溃烂了。是的，那传教士是完全对的。现在该是上帝说话的时候了。像一只野兽躺在自己窝里一样，他的灵魂是躺在自己的罪孽的深坑里，但是天使的号角声却把它从那罪孽的黑暗中驱赶到光明中来。天使发出的审判的号令，在一瞬间完全粉碎了他强装的平静。末日的风吹过了他的头脑。他的罪孽，那在他的想象中眼似明珠的娼妓，现在在这风暴中拼命逃跑，像带着无限恐惧的老鼠一样吱吱叫着，在一撮鬃毛下面缩成一团。

当他横过广场朝家里走去的时候，一个小姑娘轻快的笑声，传进了他正发烧的耳朵。那脆弱的欢乐的声音比天使的号角更有力地刺在他的心上，由于不敢抬眼观看，他只得一边走着，一边转过头去望着黑暗中的乱树丛。羞辱从他受伤的心中溢出来，浸透了他的整个存在。埃玛的形象出现在他的眼前，在她的目光之下，那羞辱的浪潮又一次从他的心中冲了出来。她可是不知道，在他的思想中，他曾如何对她加以侮辱，他野兽一样的情欲曾如何毁损和践踏她的天真！这是一个男孩子的爱情吗？这是骑士的风流吗？这是诗吗？他的放荡行为的各种可鄙的细节仿佛在他自己的鼻子底下发着臭味。那些他曾藏在火炉的烟道里因而弄得满是烟尘的图片，他公然拿出来接连几小时看着，欣赏那上面下流无耻的淫荡图形，而使自己的思想和行为继续犯罪；他的那些充满猿猴一类生物和眼如明珠的妓女的可怕的梦境；他怀着欣喜的心情写下为自己的罪行忏悔的长信，那些信他曾接连许多天偷偷带在身边，只是为了在夜幕的掩盖下把它抛在广场角落的草地上、破烂的门边或某一个篱笆脚下，等待某一个偶尔走过的少女，无意中发现它，拾去偷偷阅读。疯狂！疯狂！这些事当真可能都是他干的吗？种种下流的记忆一时都聚集在他的脑海，他感到自己的额头冒出一阵冷汗。

在这羞辱带来的痛苦过去之后，他力图使自己陷于无能境地的卑下的灵魂再次站起来。上帝和圣母实在离他太远了：上帝过于伟大和严厉，而圣母又过于纯洁和神圣。但是他想象着在一片宽广的土地上，他正挨近埃玛站着，温驯地含着眼泪，弯下腰去亲吻她的衣袖。

在那温和宁静的夜空下的一片宽广的土地上，一团白云在淡蓝色的海一般的天空中向西方飘去，他们俩，两个犯罪的孩子，正并肩站立在一块儿。他们的罪行，虽只是两个孩子的罪行，却严重冒犯了上帝的威严。但这没有冒犯她，而她的美"绝非看一眼便会招来祸害的尘世的美，而是以晨星为其标志的美，而且也和晨星一样充满光明，令人赏心悦目"。她向他转过来的那双眼睛，显然对他并无责备之意，也无受到冒犯的神态。她把他们两人的手放在一起，手拉着手，对他们的心灵说：

——携起手来吧，斯蒂芬和埃玛。这时在天堂里正值美好的黄昏。你们曾经犯过错误，但你们永远是我的孩子。这是一颗心对另一颗心所表现的热爱。把手携起来吧，我亲爱的孩子们。你们将永远幸福地生活在一起，你们俩的心将永远彼此相爱。

一股殷红的光线从窗帘下射进来，照遍了整个小教堂。在最后一个窗帘和窗棂的缝隙间，一道光线像一把长矛直穿到圣坛上带有黄铜雕花的烛台上，那烛台仿佛天使的久经战斗的铠甲闪闪发着亮光。

小教堂顶上、花园里和学校里，到处都在下着雨。这雨将永远无声地下下去，地上的水会一英寸一英寸地高起来，淹没一切花草和丛林，淹没树木和房屋，淹没纪念碑和山顶。一切生命都会被无声地闷死：飞鸟、人、大象、猪、孩子们。在完全被淹没的世界的浮渣中，将会无声地漂浮着这一切生物的尸体。这雨将延续四十个昼夜，一直到整个地球表面完全被大水所淹没。

这是可能的。为什么不能呢？

——"地狱已经无限扩大了自己的灵魂，张大了自己的嘴"——这些话，我的耶稣基督面前的可爱的小兄弟们，是从《以赛亚书》第五章第十四节引来的。以圣父、圣子和圣灵的名义。阿门。

这神父从他的袈裟里面的一个口袋中掏出一块没有链条的表，他默默看了看那表的针盘，一声不响地把它放在自己面前的桌上。

他开始用一种很安详的声调接着说：

——亚当和夏娃，你们知道，我亲爱的孩子们，是我们最早的祖先，你们还应该记得上帝之所以创造他们，是为了让撒旦和他的叛乱的侍从们堕落以后，在天空留下的空缺有人填补。我们都听说过，撒旦是一个充满光明的强有力的天使晨曦的儿子，但是他堕落了。他堕落了，同时天空中三分之一的神灵也跟着他一起堕落了：他和他的叛乱的随从都被抛进地狱里。他究竟犯了什么罪，我们也没法儿说清楚。神学家们认为他犯的是骄傲之罪，是在一瞬间产生的一种罪恶思想：non serviam[1]：我不伺候了。这一瞬间便构成了他的毁灭：他由于这一瞬间的罪恶思想冒犯了上帝的威严，于是上帝把他赶出天堂，永远抛进地狱里去。

——当时上帝造出了亚当和夏娃，把他们安置在大马士革平原上的伊甸园里，那是一个充满阳光的色彩，长满无比茂盛的植物的可爱的花园。那长满各种果实的大地让他们过着富饶的生活，飞鸟和走兽都是自愿为他们服役的仆从，他们完全不知道我们的肉体常常会遭受到的病痛，没有病，没有贫穷，也没有死亡：一个伟大仁慈的上帝能够为他们做到的一切都已经做到了，但是上帝曾对他们提出一个条件，那就是永远服从他的吩咐。他们绝不能去偷吃禁树上的果实。

——天哪，我亲爱的孩子们，他们后来也堕落了。那魔鬼，他虽然曾经是晨曦的儿子，曾经是一位光芒四射的天使，现在却变成了所有生物中最狡猾的一种——蛇的外貌的恶魔。他嫉妒他们。他这个失败的伟大的神，绝不能容忍人这种用泥土做成的生物占据——

---

1 拉丁文，意即下文"我不伺候了"。这是原为天使长的撒旦堕入地狱前对上帝讲过的一句话。

他由于自己犯罪而不得不永远放弃的遗产。他向那女人，他们两人中较弱的一个走去，把他动人的甜蜜的言辞的毒汁灌进她的耳中，并向她许愿说——啊，这对上帝是何等的亵渎啊！——如果她和亚当吃了那禁果，他们就可以变成神，不，变成上帝。夏娃终于在这个头号骗子的诡计面前屈服了，她吃了那苹果，而且还给了亚当一个，亚当竟然没有足够的精神上的勇气来拒绝她。撒旦的毒箭一般的舌头发生了作用。他们从此堕落了。

——然后在那个花园里便出现了上帝的声音，他要让他所创造的人受到应有的惩罚。于是天堂里神灵的首长迈克尔手里拿着冒着火焰的长箭，出现在那一对犯罪人的面前，把他们赶出伊甸园，赶到人世上来，赶到充满疾病和斗争、残酷和失望、劳累和艰苦的世界上来，靠自己的血汗挣得自己的面包。可是甚至在这时候上帝还是多么仁慈啊！他出于对我们可怜的堕落的祖先的怜悯，答应他们，到了一定的时间之后，他将从天上派下一个神来为他们赎罪，使他们再次成为上帝的孩子和天国的继承人。而那个神，那个堕落的人的赎罪者，便是那至高无上的，永恒的三位一体的第二位，也就是上帝的独生的儿子。

——他来到了。他是由圣母玛利亚，一个纯洁的处女生下来的。他出生在朱迪亚的一个破旧的牛棚里，过了三十年贫苦木匠的生活，一直到他应该去执行他的使命的时候。到了那时，他心中充满对人类的爱，于是走出去呼唤所有的人来倾听他的新的福音。

——他们听了没有？是的，他们听了，可是并没有人理会。他们把他像个罪犯一样抓住捆绑起来，把他当作傻子加以嘲笑，并把他看作是一个到处行动的强盗，他们打了他五千皮鞭，给他带上用荆棘做的王冠，让一些犹太游民和罗马的士兵拖着他满街乱跑，扒光了他的衣服，把他吊在绞架上，他身体的两侧都被长矛扎伤，我们的主的伤口上不停地往外流着水和血。

——甚至就在那时候，在那无比痛苦的时刻，我们的仁慈的赎罪者仍然对人类充满了怜悯。可是就在那里，在卡尔法里山上，他修建了神圣的天主教教堂，并且保证要用它挡住去地狱的通路。他把教堂建立在古老的岩石上，他赐给它神的祝福，为它准备下圣餐和各种牺牲，并且应允只要世人肯听从他的教堂所讲的话，他们将仍然可以进入永恒的生活。可是如果在他为他们尽了一切努力之后，他们仍然坚持走上邪恶的道路，那最后仍然会被抛向永恒的折磨：地狱。

那神父的声音慢慢低了下去，他停了一会儿，把一双手掌合在一起，但很快又分开，然后接着说：

——现在让我们尽我们的力量所及来想一想，受到触犯的上帝，出于正义感，给那些应该受到永恒惩罚的罪人预备下什么样的住所呢？地狱是一个狭窄、黑暗和充满臭味的监牢，这个魔鬼和为上帝所抛弃的灵魂的住处充满了火和烟，这个监狱那样狭窄，是上帝有意设计出来，以便严惩那些拒绝接受他的法律约束的人的。在尘世的监牢中，被关在里面的可怜的犯人至少还有某种活动的自由，尽管他只能在他的地牢的四面墙内活动，或者只能在监牢的阴暗的庭院里活动。在地狱里可不是这样。在那里由于受到天谴的人数众多，那些囚犯都是人压人地挤在一个可怕的牢房里，牢房的墙壁据说有四千英里厚。这些罪犯的手脚都给绑住，完全不能活动，一位受到上帝祝福的圣徒圣安塞姆，在一本如实描写地狱情况的书里曾说，如果一个罪犯眼睛上有一个蛆虫咬他，他也没有办法把它弄开。

——从外面看去，他们完全躺在一片黑暗中。因为必须记住，地狱里的火是不会发光的。正如在上帝的命令下巴比伦火炉里的火焰已失去热力，只保留了光亮一样，也是在上帝的指令下，地狱里的火却只保留了强烈的温度，它永远在黑暗中燃烧。这是一个永无止境的黑暗的风暴，燃烧着的石灰岩发出黑暗的火焰和黑暗的烟，在这里所有罪犯的身体全一个压一个堆在一块儿，他们之间甚至连容得下一点空气的缝隙都没有。法老们认为曾经侵犯过他们的土地的一切灾祸中，只有一种灾祸是最可怕的，那就是黑暗。那么对于地狱里的这种不是三天就会过去，而是将永恒存在的黑暗，我们将怎么说呢？

——这个狭窄而黑暗的监狱里的恐怖，由于它可怕的臭味，显得更让人无法忍受。我们早听说过，在世界末日的可怕的烈火把整个世界净化以后，全世界的肮脏、全世界的废物和渣滓都将像流进一个大沟里一样流到地狱里去。那以无比巨大的数量永远燃烧着的石灰石也使地狱里充满不能忍受的臭味，而受惩罚的人本身也会放出一种瘟疫般的气味，那气味，博纳凡契尔曾说，仅是从一个人身上发出的那一点便已足够使整个世界臭不可闻了。这个世界的空气本身，那使一切都得到净化的元素，由于长时间被禁锢着，也变得奇臭无比，令人无法呼吸。咱们来想一想地狱里发臭的空气会是什么样的吧。想一想某个脏污腐烂的尸体长时间在坟墓里腐烂、分解，已经变成了一团腐臭的稀浆，想一想这样一具尸体却被放在火里焚烧，燃烧着的石灰岩的火焰吞噬着它，散发出一股强烈的令人窒息、令人作呕的难以忍耐的臭味。再想想那令人恶心的臭味，由于在那发臭的黑暗中，经常成百万、成千万增加新的发臭的尸体，它也就成百万倍成千万倍地愈变愈浓，整个地狱完全变成了一团腐烂的人堆。想一想所有这一切，你就可以多少对地狱里臭味的可怕程度略有所知了。

　　——但是这种臭味尽管可怕，它却并不是地狱里的罪人所受到的最大的肉体上的折磨。暴君能让他的同胞们受到的最大的折磨是用火去烧。把你的手指头在烛火上放一会儿，你就会感觉到火烧的痛苦。可是我们尘世上的火原是上帝为了人的利益而创造出来的，是为了用它维持人的生命的火花，为了帮助他干一些有用的事，而地狱里的火却完全是另一种性质，上帝创造它就是为了折磨和惩罚那些不肯悔罪的人。我们尘世上的火，由于它所燃烧的物质本身更容易或更不容易燃烧，会烧得更快或者稍慢一些，这样使得聪明机智的人甚至可以创造出一些化学药品，以防止或阻挠火的燃烧，但是在地狱里燃烧的那种硫黄质的石灰岩，是特意设计出来让它永远永远以无法形容的疯狂燃烧着的。不仅如此，我们尘世上的火焰，燃烧任何东西的同时也就把它毁灭了，因此火愈强烈它存在的时间也就愈短，可是地狱里的火有这样一种特性，那就是它永远把它所燃烧的东西保存下来。所以尽管它以难以形容的强烈的疯狂燃烧着，它却可以永远疯狂地燃烧下去。

——再说说我们尘世的火焰，不管它烧得多么凶猛，范围多么宽广，它却总有一个限度，可是地狱里的火海是无边、无际和无底的。根据史料，魔鬼本人，当一个士兵问他的时候，也不得不承认，如果把一座大山抛进地狱的火海里去，它也只会像一小块蜡烛一样转眼就烧光了。但是这种可怕的火焰还只是从外面来燃烧罪人的身体，而是使每一个被上帝抛弃的灵魂本身都变成一座地狱，那无边的火还将在它的生命里面疯狂地燃烧。哦，那些可怜人的命运该是何等可怕啊！他们的血液在他们的血管里冒着泡儿，沸腾着，他们的脑髓在他们的头骨里沸腾着，他们胸腔里的心脏冒着火焰，噼噼啪啪地爆炸，他们的肚子里，是一团被火烧红的肉酱，他们温柔的眼睛都像烧红的铁球一样冒着火花。

——然而我刚才所说的这种无边的火焰的力量和特性，要是和它的强度比较起来那又算不得什么了，这种强度，神灵正是为了用它作为一种同时给人的肉体和灵魂以惩罚的工具而特意创造出来的。这是一种直接从上帝的愤怒中喷发出来的怒火，它不仅依靠自己的活动发生作用，同时还是上天向人报复的一种工具。正如洗礼用的圣水可以在洗净人的肉体的时候也洗净人的灵魂一样，这惩罚的火焰在惩罚人的肉体的同时也惩罚人的精神。肉体的每一个感官都将受到折磨，而同时灵魂的每一种官能也都会感受到痛苦：眼睛所见到的是一片永远穿不透的绝对的黑暗，鼻子所闻到的是一种难以忍受的臭味，耳朵里充满了呼喊、号叫和咒骂，嘴里所尝到的是一种恶臭之物、麻风病患者的腐肉，和不可名状的令人窒息的臭味，触觉所感到的是烧得火红的铁棍和铁叉，上面还不停地冒着残酷的火焰。通过各种感官所受到的这种种折磨，那不死的灵魂，以它存在的本质为基础，将永恒地在无边无际的火海中忍受着永恒的折磨，这火海正是无所不能的上帝由于他的威严受到损害而点燃的，这火海更由于上帝的愤怒的呼吸愈烧愈烈，而且将永不熄灭。

——最后还应该考虑到，这种地狱里的折磨由于无数受天谴的人挤在一起而更为增强了。在人世上，一个罪恶的同伴是那样可厌，就连有些植物，如果把它们和某种对它们致命的或有害的东西放在一起，也会仿佛出于本能地从它的旁边躲开。在地狱里一切法则都颠倒过来，这里没有人想到什么家庭或国家，想到什么友情或者亲属关系，地狱里的罪人都不停地彼此对吼对叫，由于看到别人和他们一样受到折磨，痛苦不堪，他们自己的折磨和痛苦也便显得加倍强烈了。一切人的感觉已全被遗忘，受难的罪人的喊叫声充斥了巨大的深渊的每一个角落。罪人们永远满嘴是对上帝的咒骂和对一同受罪的人的仇恨，以及对那些曾经跟他们一起犯罪的灵魂的咒诅。在早年，按照习俗惩罚弑父者，也就是对举起残暴的手谋杀自己父亲的人的惩罚办法是把他装在一个口袋里扔到深海里去，口袋里同时还放着一只公鸡、一只猴子和一条蛇。法律制定者所以定出这样一条我们今天看来似乎过于残酷的法令，目的是要让那个罪犯受到一种与一些凶恶、可恨的兽类待在一起的折磨。可是那些在地狱里受罪的人，一旦在一同受罪的伙伴中发现了曾经怂恿和帮助他们犯罪的人，曾经用他们的话语在他们身上第一次撒下邪恶思想和邪恶生活的种子的人，曾经以他们不正当的建议把他们引上罪恶道路的人，曾经用他们的眼睛引诱过他们使他们走上背离道德行径的人，他们便立即会从他们干枯的嘴唇和疼痛的喉咙里发出何等疯狂的咒骂！他们的这种愤怒，那几个不会说话的动物却是无法与之相比的。他们会面对他们从前的这些教唆犯和同谋者，责骂和咒诅他们，但他们毫无办法，也毫无希望：现在要忏悔已经太晚了。

——最后让我们再想一想那些受天罚的灵魂、魔鬼的伙伴们所受的折磨吧，不管他们是引诱人的还是被引诱的全都一样。这些魔鬼将在两方面折磨那些受罪的灵魂，一是以他们的存在，一是以他们的咒诅。

我们没法想象这些魔鬼是多么可怕。锡耶纳的圣凯瑟琳有一次曾见到过一个魔鬼，她因而在一本书上说，她宁愿在一条用炭火铺成的道路上走下去，直走到她的生命的尽头，也不愿意再对那可怕的魔鬼看上一眼。这些本来都是美丽天使的魔鬼，现在和他们过去的惊人的美一样变得惊人的可怕和丑陋了。他们对那些被他们拖上毁灭道路的无助的灵魂尽量挪揄、嘲笑。正是他们这些可怕的魔鬼，在地狱里被改变成了良心的呼声。你为什么会犯罪？你为什么听从了朋友对你的诱惑的言辞？你为什么背离了你原来虔信上帝的一切活动和善行？你为什么没有设法逃避犯罪的机会？你为什么没有及早与那个罪恶的朋友断交？你为什么没有放弃那种淫荡的习惯，那些不道德的习惯？你为什么没有接受听你忏悔的神父的劝告？你为什么没有，甚至在你一次或者再次，或者三次，或者四次，或者一百次犯罪之后，对你的邪恶行为表示忏悔，立即再转而求助于上帝，虽然你知道他一直在等待着你去向他忏悔，清洗掉自己的一切罪孽？现在忏悔的时间已经过去了。时间现在存在，过去存在，可是将来就不复存在了！那时候，你可以偷偷地犯罪，可以让自己

242

执迷在懒惰和骄傲之中，追求一些不合法的东西，屈服于你低下的天性的诱惑，过着像野地里的野兽一样的生活，不，甚至比野地里的野兽还要更坏，因为至少它们只是一些畜生，并没有理智来指引它们。时间过去存在，但是将来就不复存在了。上帝曾用许多声音对你说话，可是你从来都不肯听。你不愿意彻底清除掉你心中的骄傲和愤怒，你不愿意归还你通过不正当手段得来的东西，你不愿意服从你神圣的教堂对你的教导，也不愿意履行你的宗教上的职责，你不愿意放弃你的那些罪恶的友伴，你也不愿意避开那些危险的诱惑，这些便是那些着意折磨人的魔鬼所讲的话，这些话里充满了嘲笑和责备，充满了仇恨和厌恶。还有厌恶，是的！因为就连那些魔鬼本身，在他们犯罪的时候，在他们犯下这唯一能和他们的天使本性相适应的罪行，对理智造反的时候，他们，甚至他们这些罪恶的魔鬼，也会对堕落的人用来亵渎和冒犯圣灵的神庙并使自己变得肮脏下流的那种无法形容的罪行，表示反感和厌恶，避之唯恐不及。

——哦，我的基督面前的亲爱的小弟兄们，让我们永远也不要有机会听到这些话吧！希望我们永远不会碰上这种命运，我说！在那可怕的最后的清算来临的时候，我热诚地向上帝祷告，希望今天在这个小教堂里坐着的，没有一个人会听到至高无上的法官命令他永远离开他的眼前，和一群可怜的人一起被赶走，希望我们中没有一个人会听到他的加以驱除的可怕的判决："从我身边走开，你这该死的东西，快到为魔鬼和他的随从们预备的永恒的烈火中去吧！"

他从教堂中间的过道走过去，两腿战栗着，头皮也不停地抖动，仿佛被鬼怪的手指摸了一下。他走上楼梯，穿进过道里去，过道两旁的墙上挂着许多外衣和雨衣，那无头、不成形体又不停滴答着水的衣服简直像被绞死的罪犯。每走一步他都恐惧地想到他恐怕已经死了，他的灵魂已经从他的皮囊中给抓走，他现在正在永不回头地向着无限的空间飞去。

他的脚简直没有办法抓住地面，他心情沉重地坐在书桌边，随便打开一本书来仔细读着。那里每一句话都是对他讲的。这一切都是真的。上帝是万能的。上帝现在就可以把他召唤去，不等他意识到那种召唤，就在他坐在这书桌边的时候就会把他唤走了。上帝已经对他发出召唤了。是吗？什么？是吗？他的皮肉因为感觉到残酷的火舌正向他烧过来开始缩成了一团，并由于感觉到在它四周回旋的沉闷的空气，完全变得干枯了。他已经死了。是的。他已经受到了审判。一股烈火的巨浪穿过了他的肉体：这是第一个浪头。接着又是一个浪头。他的头脑开始着火了。然后又是一个浪头。他的脑汁在碎裂的头颅中已经开始咕嘟和冒泡了。火焰从他的头颅上冒出来变得像一个花冠，而且像人一样发出尖叫声：

——地狱！地狱！地狱！地狱！地狱！

在他的身旁有人在说话：

——专讲地狱。

——我想这回可让你们的印象够深的了。

——你说得一点儿不错。他真让咱们全吓得够呛。

——对你们这些家伙就得这样，满够让你们知道上进的了。

他软弱无力地趴在书桌上。他并没有死去。上帝暂时饶过了他。他仍然生活在他所熟悉的这所学校的世界中。塔特先生和文森特·赫伦站在窗口，交谈着，开着玩笑，并转头向窗外凄凉的小雨望着，不停地摇着头。

——我希望天马上晴起来。我已和几个同学商量好，骑车到马拉海德去转一圈。可是现在路上的水恐怕都漫过膝盖了。

——可能会晴起来的，先生。

这些声音他是非常熟悉的，普通的闲谈，没有人说话时教室里的那种宁静，以及别的孩子们安静地吃着午餐时发出的那种宁静、柔和的牛群吃草一样的声音，对他痛苦的灵魂都是一种安抚。

现在还来得及。哦，圣母玛利亚，罪人的救星，替他说说情吧！哦，圣洁的处女，请从死的深渊中把他拯救出来吧。

英文课从听读一段历史开始。那些王公、朝廷宠臣、大主教等，都藏在他们名字的面纱后面，像一些无声的幽灵在他眼前飘过。他们全都已经死了：全都受到了审判。一个人如果灵魂不能得救，即使占有整个世界又有什么好处呢？现在他终于明白了：在他四周存在着无数人的生命，他们像蚂蚁一样彼此称兄道弟，在和平的土地上劳动，他们中的死者都长眠在宁静的土丘之下。他的一个伙伴用胳膊肘碰了他一下，那似乎是碰到了他的心：在他开始回答老师提问的时候，他听到他自己的声音里充满了羞辱和悔恨带来的沉静。

他的灵魂愈来愈深地陷入了悔恨造成的宁静的深渊。他再也不能忍受那种对死亡的恐惧了，在他灵魂下沉的时候，他发出了一阵微弱的祷告声。啊，是的，他暂时还会被上帝饶过的，他将在心里悔罪，以求得到宽恕。那些在上的，在天堂里的神明一定会看到，他将如何采取新的行动以弥补过去的过失：整个一生，一生中的每一刻他都会那样做的，只是请等一等。

——所有的人，上帝啊！全体，全体！

一个人跑到门口送信说，小教堂里已经开始接受所有的人的忏悔了。四个孩子离开了教室，他还听到别的人走过走廊的声音。一阵令人发抖的寒风从他心头吹过，那不过只是一丝很微弱的小风，然而，他倾听着，平静地忍受着，却似乎把自己的一只耳朵贴在心房的肌肉上，感到它畏惧地往一块儿收缩。并听到它的左右心室不停地舒张和收缩。

完全无法逃避。他必须去忏悔，去亲口说出他所干过和想到过的事，一个罪孽接着一个罪孽。怎么个说法？怎么个说法呢？

——神父，我……

这思想像一把寒光闪闪的匕首刺进了他娇嫩的皮肉：忏悔。可是不能在学校的小教堂里。他可以诚恳地把他的全部罪孽，他的行动上和思想上的每一个罪孽都坦白地讲出来。可是他不能在同学之间讲。到远处某一个什么黑暗的地方，他可以低声说出他自己感到羞耻的一切事情。他诚恳地请求上帝，不要因为他不敢在学校的小教堂里忏悔而对他生气，他同时带着非常沉重的心情，默默地请求他周围的孩子们的心灵都对他宽恕。

时间一刻一刻地过去。

他又一次坐在小教堂前排的板凳上。窗外白昼的光线正慢慢消失，在它渐渐从暗淡的红色的窗帘边流逝时，他仿佛感到那末日的太阳正缓缓下落，所有的灵魂都聚集在这里听候最后的审判了。

——"我已从你的眼前被抛开了"：这些话，我的基督面前的小兄弟们，是从《诗篇》第三十章第二十三节引来的，以圣父、圣子和圣灵的名义。阿门。

那神父开始用一种安详、友善的口气讲着。他的脸色看来非常仁慈，他把两手的手指轻轻放在一块儿，指尖对指尖做成一个歪歪斜斜的鸟笼的样子。

——今天早晨，在我们企图弄明白地狱是个什么样子的时候，我们曾经竭力要弄清楚，我们神圣的创世主在他有关精神训练的书中所讲的地狱的构成是什么意思。那就是说，我们试图在我们的想象中，用我们的理智来想象那个可怕的地方的物质特性，以及所有在地狱里受罪的人所受到的肉体上的折磨。今天晚上我们将花一点时间来想一想地狱里精神上的折磨是什么情况。

——必须记住，罪孽是一种具有双重意义的罪行，它既表明我们在我们的卑劣的天性的鼓动下屈服于低下的本能，屈服于野蛮的兽性，又表明我们背离了我们的高尚的天性的教导，背离了一切纯洁和神圣的东西，背离了神圣的上帝本身。由于这个原因，人的一切罪孽都将在地狱里受到两种不同形式的惩罚，肉体的和精神的。

——要知道在一切精神上的痛苦中，最巨大的一种是感到有所失的痛苦，这种痛苦是如此巨大，事实上它本身就构成比其他一切痛苦加在一起还要更大的痛苦。教堂里的最伟大的医师，大家所说的天使医师圣托马斯曾说，最可怕的上天的谴责是人的理智完全失去了神的光彩，他的爱的感情固执地背离了上帝的善念。必须记住，上帝是代表至善的神灵，因此失去了这样一个神灵的爱，对人来说就必然是一种永无止境的痛苦。在现实生活中，我们还不能明确地理解这种损失是一种什么样的滋味，可是在地狱里受惩罚的人，因为他们受到了更大的折磨，便会完全理解那种损害对他们是何等重要，他们也会懂得，他们失去它完全是由于自己的犯罪行为，并知道他们已从此永远失掉它了。就在死亡来临的那一刹那，灵魂和肉体的纽带已经被割断，那灵魂便立刻飞向上帝。灵魂向上帝的飞奔就仿佛奔向它存在的中心。必须记住，我亲爱的孩子们，我们的灵魂是永远渴望与上帝同在的。我们来自上帝身边，我们靠上帝活着，我们属于上帝：我们是属于他的，永远也不能改变。上帝用神的爱爱着每一个灵魂，每一个人的灵魂都生活在那种爱中。怎么可能会不是这样呢？我们的每次呼吸，我们头脑中的每一种思想，我们生存的每一刻都来自上帝的永不衰竭的仁慈。我们的灵魂是我们的创世主从无到有地使他获得存在，使他的生命延续下去，并使他生活在他的无限的热爱之中的，如果一个母亲失去了自己的孩子，一个人失去了自己的家人，一个朋友和自己心爱的朋友分离了，便会给人带来痛苦，那么想一想，一个可怜的灵魂被从至善和至仁的创世主的面前赶走了，那将会是一种何等的痛苦。那么，这种和至高的善，和上帝永远的分离且由于这种分离而感到的悔恨，以及对这种永远无法改变的情况的明确了解——所有这些就是上帝所创造的灵魂所能忍受的最大的折磨，poena damni[1]，有所失的痛苦。

——在地狱里受罪的灵魂将受到的第二种痛苦，是良心上的痛苦。正好像死去的肉体会由于腐烂而生蛆一样，不能得救的灵魂也会由于蒙罪带来的腐烂而产生一种永无休止的悔恨，一种良心上的刺痛，这种蛆虫，正如教皇英诺森三世所说，具有三重的刺。这种残酷的蛆虫的第一根刺是对过去的欢乐的记忆。哦，那将是一种多么可怕的记忆啊！在那一片烧毁一切的火海中，骄傲的帝王将会记得他宫廷里无比盛大的排场，聪明而邪恶的人将会记得他的图书馆和他研究所

---

1 拉丁文，意即下文：有所失的痛苦。

用的工具，热爱艺术的人将会记得他的雕像、图画和其他一些珍品，尽情享受吃喝的人将会记得他的盛大的丰盛的筵席、他的制作精良的佳肴和他的上等名酒，守财奴将会记得他收藏的大量金银，盗匪将会记得他通过不正当手段弄来的钱财，喜欢报复的愤怒而残暴的杀人凶犯将会记得他过去从中取乐的血腥事迹和凶残的活动，那些肮脏、淫乱的人便将记得他们过去沉湎其中的那种无法诉说的下流的欢乐。他们将会记得所有这一切，因而为自己的罪孽感到无比痛恨。因为对那些灵魂来说，这种欢乐和他们将在地狱的烈火中千年万载接受的痛苦相比，会显得是多么可悲啊。他们将会想到只因为自己曾贪恋某些贱如粪土之物，贪恋几块破金属块，贪恋云烟一般的荣誉，贪恋肉体的享受，贪恋一点精神上的刺激，竟使自己失去了天堂里的福分，因而对自己是多么愤怒和痛恨啊。他们感到追悔莫及，这是良心的蛆虫的第二根刺，一种对自己已犯的罪孽过晚和无用的悔恨。神的正义迫使这些可悲的可怜虫永远忘不掉他们所犯的罪孽，而且，正像圣奥古斯丁所指出的，上帝还会把他自己对罪孽的了解传给他们，因而罪孽在他们眼前也将会像在上帝眼前一样显得是那样的可恨和邪恶。他们将非常充分地理解自己的罪恶而感到无限悔恨，但是那时已经太晚了，他们为自己错过的良机痛哭流涕。然后就是良心的蛆虫在他们身上扎得最深而且最残酷的那一根刺了。良心将会对他们说：你们本来完全有时间和机会悔罪的，可是你们没有那样做。你们是在浓厚的宗教气氛中由你们的父母抚养成人的。你们有教堂的各种仪式、祝福和宽容来帮助你们。你们有上帝的仆从向你们布道，在你们迷路的时候把你们召唤回来，宽恕你们的罪孽。不管那罪孽是多么严重，数量多么大，只要你们肯忏悔、肯悔罪就行。可是不，你们没有那样做。你们嘲笑神圣的宗教和它的传道士，你们避开听你们忏悔的神父，你们在罪孽的泥坑中愈陷愈深。上帝曾经向你们呼唤，对你们发出警告，请求你们再回到他的身边。哦，多么可耻，多么可悲啊！宇宙的主宰对你们这些泥土做成的生灵提出请求，要你们爱他，不要忘记你们是他创造出来的啊，要你们遵守他的法令。可是不，你们没有那样做。当时在你还活在人世的时候，只要一滴真正悔恨的眼泪就能为你赢得的东西，现在如果你还能够哭泣，即使用你的眼泪淹没整个地狱，即使你那悔恨的眼泪流成了海洋，也不可能再为你赢得了。你现在又请求再回到尘世中去生活一阵好让你悔罪，但是已经没有用了。时机已经错过，永远地错过了。

——这就是良心的三重刺，它是啃啮着地狱里可怜人的心窝的毒蛇，那些可怜人心里都充满了地狱般的愤怒，他们咒骂自己的愚蠢，咒骂把他们引上这毁灭道路的罪恶的朋友，咒骂在生活中诱惑他们，而今在永恒的折磨中却又讥笑他们的那些魔鬼，他们甚至斥责和咒骂，他们尽管可以蔑视和嘲笑他的至善和忍耐，却无法逃避他的公正和权力的至高的神灵。

——受到天谴的人将遭受到的第二种精神上的痛苦是一种扩张的痛苦。生活在尘世中的人尽管可以犯下各种罪恶，但是绝不能同时犯下所有的罪，因为正像我们常常可以以毒攻毒一样，一种罪恶也会改正或克服另一种罪恶。但在地狱里情况可完全相反，一种折磨并不会抵消另一种折磨，只会增强它的力量，而且由于内在的官能比外在的感觉更为完善，所以他们能感受更大的痛苦。正如每一种感官都会受到适合于它的折磨一样，每一种精神上的官能也同样会受到各自不同的折磨。想象的能力将只会想到各种可怕的形象，感官将只会交替感受到希望和愤怒，头脑或思想将被一种比笼罩着可怕的地狱的外在黑暗更为可怕的内在黑暗所充塞。占据着这些恶魔的心灵的怨毒，虽然本身并没有什么力量，却是一种永远无限扩张并将无限存在下去的恶根，这种邪恶的可怕程度，除非我们能够想象上帝对人类的巨大罪恶所怀有的各种深切的仇恨，否则我们几乎完全无法理解。

——和这种扩张的痛苦相对，同时又和它并存的另一种痛苦是强烈的痛苦。地狱是一切罪恶的中心，你们知道任何东西愈靠近中心愈强烈，愈离开中心便愈微弱。没有任何一种缓解的东西或可用来掺和的东西可以稍稍减缓或冲淡地狱里的痛苦。不，甚至原来大家认为好的东西到了地狱也都变成了邪恶。在别的地方被看作是使苦恼的人得到安慰的友情，在那里将变成无休止的折磨；一直被看作是智力的最高要求的、大家都希望得到的知识，在这里将会变得比无知更为可恨；从创世主到树林里最低贱的植物都渴望得到的光明，在这里你将痛恨万分。在人世间，我们的悲哀，时间不会太长或者程度不会很深，因为人的本性可以靠习惯克服它们，或者由于忍受不了其沉重压力使之告于结束。可是在地狱中那些折磨是不可能靠习惯来克服的，因为它们不只是可怕的强烈，而且同时又不断地在那里变换，每一种痛苦，好比说，可以靠另一种痛苦的火焰点着，而它同时却又使点着它的那一痛苦发出更强烈的火焰。人性也不可能通过向它们屈服而逃避这种强烈的变化多端的折磨，因为灵魂永远浸透并存在于邪恶之中，它所能感受到的折磨也就更大。折磨的无限扩张、痛苦的不可思议的强烈、酷刑的不停变换——所有这一切正是被罪人们所激怒的至高的神王的意旨使然。这些便是人们为了追求淫乱、下流的皮肉欢乐而加以蔑视的神圣的上天所提出的要求。这些也正是为了给世人赎罪却遭到恶人践踏的上帝的无罪的羔羊所流洒鲜血的强烈要求。

　　——在这个可怕的地狱中，一切折磨中最高最大的折磨是永恒的折磨。永恒！哦，那个可怕的令人沮丧的字眼。永恒！什么人的头脑能理解它呢？请你们记住，这是一种痛苦的永恒。甚至地狱里的痛苦也没有它们这样可怕，它们将是无限的，因为它们注定要永远存在下去。但是一方面它们将永远存在下去，而

256

同时它们，你们知道，又是难以忍受的强烈，不可思议地不停地扩张。永久忍受哪怕只是一只小虫的针刺也会是一种可怕的痛苦。那么永远去忍受地狱里的多种多样的折磨会是一种什么情形呢？永远！直到永恒！不是忍受一年或者一个世纪，而是永远。你们且想一想，这该是多么可怕吧。你们常常看到海边的沙滩。那沙粒是多么细呀！要多少这样细小的沙粒才能聚成孩子们在沙滩游玩时抓在手里的一把沙子呢？现在你们试想有一个用那种沙粒堆成的高山，它有一百万英里高，从地面直耸入云霄，有一百万英里宽，一直伸展到遥远的地方，而且有一百万英里那么厚。再想一想这个由无数细小的沙粒堆成的无比巨大的山峰，还像树林里的树叶、大海里的水滴、鸟身上的羽毛、鱼身上的鳞甲、牲畜身上的毛发、无限的空气中的原子一样不停地成倍增长着，还要想一想每隔一百万年将有一只小鸟飞到这山上来用它的嘴衔走山上的几颗沙粒。那将要经过多少百万个世纪那只小鸟才能把那座山衔走，哪怕是一立方英尺那么一块地方呢？要多少千百万年、千百万个世纪它才能把整个山衔走呢？然而在我们刚才所说的这个无限长的时间结束以

257

后，对永恒来讲，却是连一分钟也不曾减少。在那无数亿万年、无数兆万年之后，永恒几乎还没有开始。而如果那座山在被完全衔走以后又长出来，如果那鸟又来一粒一粒地把它全部衔走而它又长了出来，如果这座山这样一长一落，经过的次数像天上的星星、空气中的原子、大海里的水滴、树林里的树叶、鸟身上的羽毛、鱼身上的鳞甲、兽身上的毛发一样多，而在这无比巨大的高山经过无数次的生长和消灭之后，永恒也仍然不能说已经减少了一分钟；甚至在那时候，在这么一段时间之后，在经过我们只要想一想就会头昏眼花的无数亿万年的时间之后，永恒几乎还没有开始。

——一位神圣的圣者（我相信他是我们的一位先辈）有一次有机会看到了地狱里的景象。那情景好像他是站在一个很大的厅堂的中间，厅堂里又黑又静，耳边只听到一只大钟嘀嗒的声音。那嘀嗒声不停地响着。这位圣者仿佛感到那嘀嗒声是无尽无休地在重复着几个字：永远，绝不；永远，绝不。永远待在地狱里，绝不可能进入天堂；永远被排除在上天的光照之外，绝不会享受到上帝的福荫；永远在烈火中熬煎，被蛆虫啃咬，被烧红的铁棍刺扎，绝不可能逃脱这些痛苦；永远受着良心的折磨，因一切记忆中的往事怒火中烧，头脑中永远充满黑暗和绝望，绝不可能逃脱；永远谴责和咒骂那些以他们所骗的人的苦难为乐的邪恶的魔鬼，绝不会见到赐福人类的神灵的一线光辉；永远在烈火的深渊中向上帝呼喊，希望有片刻的、仅只是片刻的喘息的时间，能暂时避开这可怕的痛苦，绝不能获得哪怕是片刻的上帝的宽恕；永远忍受痛苦，绝不会有任何欢乐；永远受到天罚，绝不可能得救；永远，绝不；永远，绝不。哦，这是一种多么可怕的惩罚啊！这是在永恒中的无穷的痛苦，无穷的肉体和精神的折磨，没有一线希望，没有片刻的停顿，这是永恒中的无限强烈的痛苦，永远不停地变化着的折磨，一种一方面吞噬一切，一方面又使被它吞噬的东西永远存在的苦难，一种一方面撕裂肉体，一方面又永远给精神以无尽折磨的悔恨，这种永恒，其中的每一片刻本身就是一种无尽的悲伤。这就是犯下罪孽的死去的人在全能的公正的上帝面前将受到的可怕的惩罚。

　　——是的，上帝是公正的！人因为只能按照人的理智思考问题，因而对于上帝竟会让一个只不过犯下一件可悲的罪孽的人，在地狱的烈火中永远受到无尽无休的惩罚感到不解。他们之所以这样想，只是因为他们受到了肉体的错觉和人的懵懂理解的蒙蔽，他们无法真正认识一种可怕的罪孽的邪恶程度。他们这样想，是因为他们不能理解哪怕是一个很小的罪行也具有如此罪恶和恶毒的性质，以至于万能的创世主知道，只要他容许一种这样的罪孽得到宽恕，不受到惩罚，比如一种很小的罪孽、一句谎言、一个愤怒的神态、一时的有意的懒惰等，他就可以结束人世的一切苦难，包括战争、疾病、抢劫、各种罪行、死亡、谋杀等。他，伟大的万能的上帝也不能这样做，因为一种罪孽，不管是思想上的还是行动上的，都是对他的法律的冒犯，而如果上帝不去惩罚冒犯他的法律的人，他也就不成其为上帝了。

——也不过只是一件罪恶，思想上一时的叛乱性的骄傲就使得撒旦和天使中的三分之一从他们的无限荣耀的地位上堕落下去了。也只是一件罪恶，一时的糊涂和脆弱，就使亚当和夏娃被赶出了伊甸园，而给人世带来了死亡和痛苦。为了挽回这一罪恶的可怕后果，上帝派他的独生子来到人间，痛苦地生活着，并在最大的痛苦中死去，在一个十字架上悬挂了三个小时之久。

——哦，我的在耶稣基督面前的亲爱的小兄弟们，我们会冒犯那个善良的赎罪人，惹起他的愤怒吗？我们会再次践踏那已经被砍烂撕碎的尸体吗？我们会在那充满悲愁和热爱的脸上啐唾沫吗？我们也会像那残酷的犹太人和野蛮的士兵一样，嘲笑为了使我们得救经历着悲愁和可怕的酒榨的折磨的，善良而无限同情我们的恩主吗？每一句犯罪的话都是他娇嫩的肉体上的一道伤痕。每一个犯罪活动都是扎进他头脑里去的一根毒刺。每一个有意接受的肮脏的思想都是刺在他的神圣的充满爱意的心上的锋利的长矛。不能，不能。这种如此刺痛我们的圣主的事，这种将受到永恒的痛苦的折磨的事，这种将使上帝的儿子再一次被钉上十字架，也是对上帝进行嘲弄的事，任何一个人都是绝不能做的。

——我乞求上帝让我的这些平凡的话能够更坚定那些受着上帝福荫的人的信念，能够加强正在犹豫着的人的意志，能够把那些走上歧途的可怜的灵魂，如果在我们中间还有的话，领回到上帝的福荫中去。我向上帝祷告，你们也和我一同祷告吧，让我们能够对我们的罪孽表示悔恨。我现在要你们所有的人和我一起，在这个简陋的小教堂里，跪在上帝面前，背诵悔恨的神训。上帝现在就在那圣体盘中，他心中充满烈火一样的对人类的爱，正准备抚慰一切痛苦的人。不要害怕。不管你犯了多少罪或者你的罪恶是多么严重，只要你能够悔罪，你就一定会得到宽恕。不要让尘世的羞辱感封住你的嘴，上帝仍然是我们的仁慈的主，他并不希望有罪的人经受永恒的死亡，而宁愿看到他皈依在他的面前，得以生活下去。

——上帝正在向你们召唤。你们是属于他的。他从无到有地把你们创造出来。他用一种只有上帝才有的爱热爱着你们。尽管你们可能已经对他犯下了罪，但他仍然正张开双臂等待着接纳你们。可怜的罪人们，可怜的、虚荣的、正在犯罪的罪人们，快回到他身边去吧。现在正是合适的时机。现在正是时候。

那神父站起身来，转向圣坛，在越来越暗的光线中，在圣体盘前的台阶上跪下了。他一直等着小教堂里所有的人都跪下来，一切声音都静止下来的时候。然后他抬起头来，以极大的热情一句一句地背诵着悔罪的祷词。孩子们一句接一句跟着他念。斯蒂芬感到自己的舌头粘在上颚上,因此只得低下头来在心里祷告。

——哦,我的上帝!

——哦,我的上帝!

——我从心里感到抱歉——

——我从心里感到抱歉——

——因为我冒犯了你

——因为我冒犯了你

——我痛恨我自己的罪孽

——我痛恨我自己的罪孽

——比对任何其他的罪恶都更愤恨——

——比对任何其他的罪恶都更愤恨——

——因为它们使你不高兴,我的上帝——

——因为它们使你不高兴,我的上帝——

——你是那样的值得我们——

——你是那样的值得我们——

——用我们所有的爱来爱你——

——用我们所有的爱来爱你——

——我现在下定决心——

——我现在下定决心——

——在你的神圣的关怀之下——

——在你的神圣的关怀之下——

——绝不再冒犯你——

——绝不再冒犯你——

——并从此走上新的生活道路——

——并从此走上新的生活道路——

晚饭后，他上楼到自己的房间里去，想要和自己的灵魂单独待一会儿，他每上一步，他的灵魂似乎都要发出一声叹息。他的灵魂一边叹息着，一边跟着他的脚步一步一步上去，穿过了一个非常阴暗、潮湿的地方。

他在楼梯口的门前站住，然后抓住那个陶瓷的门把匆匆把门打开。他恐惧地等待着，他身内的灵魂已变得委顿不堪，静静地祷告着，希望在他跨过门槛时死亡不致轮到他的头上，希望待在黑暗中的魔鬼将不会获得足以制服他的能力。他站在门槛前一声不响地等待着，仿佛他面前是个什么黑暗的山洞的入口。他看见前面有许多人的脸，还有许多眼睛，它们全等待着，观望着。

——当然我们完全知道，虽然这事最后总归会真相大白，他却仍然会感到要使自己努力去试图承认精神上的莫大威力将有很大的困难，所以当然我们也知道得很清楚——

发出喃喃声的许多小脸都等待着、观望着：喃喃的话语声充满了那黑暗的洞窟。他在精神和肉体两方面都感到十分恐惧，但是他仍然勇敢地抬起头来，大步走进房间里去。一个门洞，一个房间，仍然是那个房间，那扇窗户。他安详地对自己说，那些仿佛从黑暗中发出的喃喃话语声是完全没有意义的。他对自己说，这不过就是他自己的房间，现在把门敞开着罢了。

他关上门，匆匆走到床边靠床跪下来，用双手蒙住自己的脸。他的手又冷又黏，胳膊腿都冷得直发痛。肉体上的疲劳、寒冷和沮丧的心情使他十分不安，完全打乱了他的思想。他为什么跪在那里，像一个孩子似的念诵着晚祷词？他要和他的灵魂单独在一起，要检验一下自己的良心，要面对面地正视自己的罪孽，要回想一下他犯罪的时间、方式和当时具体的情况，要为它们放声痛哭。他哭不出来。他没有办法清楚地回想起那些情况。他只感到他的灵魂和肉体都非常痛苦，他的整个生命，他的记忆、意志、理解加上肉体都已经疲惫不堪，完全麻木了。

这完全是魔鬼在作祟，魔鬼打乱了他的思想，蒙蔽住他的良心，在他这怯懦的已被罪孽腐蚀的肉体的门前对他进行攻击，于是他胆怯地祈祷上帝宽恕他的无能，爬到床上去，用毯子把自己紧紧地裹起来，又用双手蒙住了自己的脸。他已经犯罪了。他在上帝的面前，违反上天的意旨，已经陷入很深的罪孽中，他已经不配被称为上帝的孩子了。

那些事竟会是他斯蒂芬·迪达勒斯干的，这可能吗？他的良心叹息着做出了回答。是的，是他干了那些事，秘密地、偷偷地、一次又一次地干下了，而他由于顽固不化，就在圣体盘的前面，在他的肉体里的灵魂已经变得腐烂不堪的时候，竟敢还摆出一副神圣的虚假的面孔。怎么可能，上帝当时竟没有立即把他击毙？那帮和他一起犯罪的混账伙伴也都围在他的身边，对着他呼吸，从四方八面向他弯过腰来。他想开始祷告以便忘掉他们，他紧紧地抱着自己的双臂，低下头去锁住自己的眼皮——可是灵魂的感官是无法锁住的,尽管他紧紧地闭上眼睛,他却仍然可以看到他曾经犯罪的那些地方,尽管他使劲捂着自己的耳朵,他却仍然能听见。他怀着无比强烈的愿望,希望自己什么也看不见,也听不见。他的愿望是那样强烈,一直到那愿望压得他全身发抖,并使得他灵魂的感官也暂时被封闭住了。但它们只是封闭了很短一会儿时间,接着又完全打开。他又能看见了。

他看到一片支棱着野草、荨麻和一束束蓟草的田野。在那一丛丛发臭的乱七八糟的野草中扔着许多瘪瘪歪歪的罐头盒和成卷成团的干屎。在一片杂乱无章似青非青的野草中,一点微弱的沼气发出的光艰难地向上燃烧着。和那光一样微弱而阴森的一股难闻的臭味也有气无力地在那破罐头盒和已结出硬壳的粪便上来回飘动。

田野上有一些人,一个,三个,六个,那些人东一簇西一簇地在田野上活动。他们是些长着人的脸孔的形似山羊的人,眉头长得像犄角一样,稀薄的胡子灰灰的,像橡胶的颜色。他们在田野上来回活动的时候,他们的无情的眼睛闪烁着罪恶的凶光,身后还拖着长长的尾巴。一张残酷而恶毒的露牙的嘴仿佛散发出一种灰色的光，照亮了他们的瘦骨嶙峋的衰老的脸。他们中有一个人正把一件破旧的法兰绒背心拉过来盖住自己的肋骨，另一个人一再咕咕哝哝地抱怨着，说他的胡子和一丛丛的野草纠缠在一块儿了。当他们围着田野慢慢一圈一圈转悠的时候，从他们干枯的嘴唇边还不时发出一阵阵温柔的话语声，他们在野草丛中四处游逛，长尾巴拖在罐头盒上发出叮咚叮咚的声响。他们缓慢地转着圈，越转圈子越小，越转挤得越紧，嘴里仍不停发出低沉的话语声。长长的摇摆着的尾巴上都粘满了已发霉的稀屎，他们把他们可怕的面孔使劲向上仰着……

救命啦！

他发疯似的把毯子从脸上和脖子上扔开。那就是他的地狱。上帝已经让他看到了为他的罪孽保留下的地狱的情景：恶臭，充满了野兽的气味和疠疫，这是淫荡的山羊魔鬼的地狱。这也正是为他预备的！为他预备的！

他从床上跳起来，那股难以忍受的臭味直冲进他的喉咙，使得他的内脏都纠结在一块儿，使他直想呕吐。空气！来自上天的气息！他踉跄地向窗口跑去，嘴里哼哼着，几乎要由于恶心而晕倒过去了。在洗脸盆旁，他感到肚子里一阵抽动，双手疯狂地抱着自己冰冷的额头，他痛苦地吐出了胃里所有的东西。

呕吐过去以后，他无力地走到窗口，推起窗格，坐在窗口的一边，把胳膊靠在窗框上。雨已经慢慢停止了，雾气正在点点灯光之间飘动，整个城市在这浮动着的浓雾中似乎正用黄色的烟尘为自己编织出一个柔软的茧壳。天空十分宁静，闪着淡淡的微光，空气是那样清新，完全像被阵雨浇透的树丛中的空气一样。在这宁静闪烁着的微光和淡淡的芬芳气息之中，他和自己的心灵取得了协议。

他开始祷告：

——他本来曾想让我们带着天堂里的荣光来到人世，可是我们犯罪了。那时他不能安全地前来拜访我们，而只能掩住自己的威严和自己的神光，因为他是上帝。所以他不肯显示自己的力量，而以柔弱的面貌出现，然后他派遣你，一个生灵，作为他的代表，让你具有和我们相适应的一个普通生灵的平庸的外貌和光彩。现在，亲爱的母亲，你的脸面和形态本身都让我们不能不想到永恒，你的美不像尘世的美，让人看一眼就会给人带来危险，而是像作为你的象征的晨星一样悦目、悦耳，散发出纯洁的气息，让人想到天堂的福荫，使人的心里充满宁静。哦，光明的白昼的先驱！朝圣者的灯塔！还像过去一样领导我们吧。在漆黑的夜晚，越过凄凉的荒野，领着我们走向我主耶稣，领着我们回到故里。

眼泪模糊了他的视线，他恭顺地抬头看着天上，为他失去的天真痛哭。

黄昏来临时，他离开了房间，他刚一接触到潮湿而黑暗的空气，一听到他带上门时门框发出的响声，他刚刚由于祷告和哭泣暂时得到安抚的良心又一次疼痛起来。忏悔！忏悔！光是用眼泪和祷告来安抚自己的良心，那是不够的。他必须跪在圣灵的侍者面前，真诚而悔恨地完全讲出他一直隐瞒着的罪孽。当他再一次推开街门进去，听到街门的脚板和门槛摩擦的声音以前，当他再一次看到厨房里摆好晚餐的饭桌以前，他一定要跪下来忏悔。这实际是再简单不过了。

良心的痛苦已经止住，他穿过黑暗的街道迅速向前走着。街边人行道上有那么多铺路的石块，那个城市里又有那么多街道，整个世界上更是有那么多的城市。可是永恒是没有止境的。他已经犯下了不可饶恕的罪孽。尽管只不过一次，那也是不可饶恕的罪孽。罪孽竟可以在一刹那间就犯下了。可为什么会这么快？就只要看一眼或者想着看一眼就行了。你的眼睛开始并没有希望看见，但已经看见了。然后一转眼事情就已经发生了。可是难道一个人的身体的那一部分自有它的知觉，还是怎么的？那毒蛇，那田野中最机灵的畜生，当它一刹那间忽然有了自己的欲望，然后还能使自己的欲望罪孽地一分钟又一分钟延续下去的时候，它必定是有它自己的知觉的。它有感觉，有知觉，也有欲望。这件事该是多么可怕啊！是谁这样使得人体近于禽兽的那一部分，具有禽兽的理解和禽兽的欲望的！究竟是他自己，还是被一个低下的灵魂所控制的某一种非人的东西在起作用？一想到有一个麻木不仁的蛇一样的生命依靠吸吮他的生命的娇嫩的骨髓维持生命，并依靠情欲的浆汁使自己得以发育的时候，他的灵魂便感到无比恶心。哦，怎么会出现这种情况的呢？哦！到底是怎么回事？

他躲在他的思想的阴暗的角落里，在创造一切、创造所有的人的上帝的威仪前，自惭形秽。疯狂。谁会有这样的思想呢？自惭形秽地匍匐在那黑暗中，他无声地向他的守护神祈祷着，请求他用他的宝剑赶走正在他头脑中向他低声耳语的魔鬼。

耳语声停止了，这时他已清楚地知道，他的灵魂在思想、言论和行动方面完全是自愿地通过他的肉体犯下了许多罪行。快忏悔去！他必须为他的每一种罪孽忏悔。他怎么能对一个神父把他所干过的事都讲出来呢？但他必须这样做，必须。他怎么才能把所有的事都讲清楚，而自己不羞死愧死？或者说，他怎么会干了那么多事情却并不感到羞耻？简直是疯狂！无耻的疯狂！快忏悔吧！哦，那他也许真的会再一次获得自由，变得清白无辜了！也许那神父会知道的。哦，亲爱的上帝！

他穿过一条条灯光暗淡的街道向前走去，一刻也不敢停留，唯恐有点显得他现在还不肯笔直朝着正等待着他的命运走去，还害怕赶到他现在正急切想去的地方。当一个灵魂受到上帝的宠爱，当上帝怀着怜爱的感情看着它的时候，它会显得多么美呀！

在马路两旁，许多卖花姑娘坐在那里，面前摆着花篮。她们的板结的头发披在额头上。她们全蹲在泥浆里，看起来一点也不美。可是她们的灵魂正受到上帝的顾盼。如果她们的灵魂受到了上帝的恩宠，那她们看起来就显得十分光彩：上帝是爱她们的，也看见她们。

一想到他怎样堕落下去，并感到在上帝的面前，她们的灵魂比他的显得高贵得多，他马上觉得一股令人伤痛的羞辱的风，凄凉地吹过了他的灵魂。那风从他身上吹过，往前吹去，直吹向不计其数的其他人的灵魂，那些灵魂都或多或少地受到上帝的恩宠，他们像一些或将继续存在，或已临近消灭的星星一样时明时暗。那些闪着光的灵魂有的将继续存在下去，有的已临近毁灭，有的已慢慢消失，它们在一股令人心酸的微风中全混在一起了。但有一个灵魂已经被上帝抛弃了，一个很小的灵魂——那就是他自己的。它闪烁了一下，熄灭了，被大家所遗忘，永不存在了。它的结束是这样阴暗、冷漠、空虚而无味。

对地域的意识，越过一大片没有光线、没有知觉、没有人生活的土地，又慢慢回到了他的心间。他周围的那凄凉的景色是那样的冷漠无情，仍是他经常听惯的话语声，店铺里燃烧着的煤气灯、鱼虾、酒精和潮湿的锯末发出的气味，还有来往活动的男人和女人。一个老妇人正预备横过街去，她手里拿着一个煤油罐。他弯下腰去问她附近有没有教堂。

——教堂，先生？有的，先生。教堂街就有一座教堂。

——教堂街？

她把她的油罐换到另一只手中，给他指路。当她把她的冒着油气的干枯的右手从她的披巾下面举起来的时候，他便对着她低下头去，因为她的声音使他既感到悲伤，又感到安慰。

——谢谢你。

——不要客气，先生。

高高的祭坛上的烛光已经熄灭了，可是敬神的香所发出的香味仍然在那阴暗的殿堂中飘动。脸色显得十分虔诚的留着胡子的工人们正把一个圣坛的顶盖从旁门抬出去，教堂里的司事在一旁用手指画着，偶尔讲几句话，帮着他们一起搬运。几个虔诚的信徒还留在殿堂里旁边的一个圣坛前面祷告，或者在忏悔间旁边的板凳前跪着。他胆怯地走过去，在最后一条板凳边跪了下来，教堂里的安静而充满香味的阴暗的空气使他感到很高兴。他跪着的那个木板很窄而且非常破旧，跪在他近处的那些人都是些较低贱的耶稣教的信徒。耶稣自己也是出生于一个贫穷的家庭，他曾经在一家木工作坊里做过工，锯木板和刨木板。他第一次讲出上帝的天国的福音，也是对一些穷苦的渔民讲的，他教导所有的人都要温和和恭顺。

他低下头去用手抱着头，他命令自己的心也必须温和和恭顺，这样他就可以变得和那些跪在他身边的人一样，他的祷告也就会和他们的祷告一样被上帝所接受了。他跪在他们身边祷告，可是他感到很困难。他的灵魂已经被罪恶所污染，他不敢像他们一样怀着朴实的信赖的心情要求上帝宽恕。上帝的意旨实在令人不解，他们那些人却正是耶稣首先要召唤到他身边去的，那些木工、打鱼的人、干着某一种低下职业的贫穷而头脑简单的人，他们那些人整天搬弄着、砍削着木头，耐心地修补他们的渔网。

一个身材高大的人在过道中走过，那些忏悔的人不免受到了惊扰。直到最后，他匆匆抬头望了一眼，却只看到一把灰色的长胡子和一身托钵僧穿的棕色的服装。那神父一走进忏悔间去，外面就看不见他了。两个悔罪的人站起身来从两边走进了忏悔间。那木头滑门被带上，一阵微弱的低语声扰乱了大厅里的宁静。

他的血液开始在他的血管中也发出喃喃声，那声音仿佛发自一个正在睡眠中被召唤去接受最后审判的犯罪的城市。细小的火花散落下来，粉状的灰烬轻轻落下，全降落在人们的房屋上。他们受到惊扰，从睡梦中醒过来，对那被烧热的空气感到难受。

滑门又被推开。那个悔罪的人从忏悔间旁边走了出来。远处的那个门也被拉开了。一个女人一声不响地轻盈地走进了原来那个悔罪人下跪的地方。又是一阵微弱的喃喃声。

他现在还来得及离开这教堂。他可以站起身来，把一只脚移到另一只脚前面轻手轻脚地走出去，然后迅速地跑过一条条黑暗的街道，跑，不停地跑。他还来得及躲避那种羞辱。要不是这种罪孽，犯下任何其他什么可怕的罪行也好啊！哪怕是杀人了！细小的火花降落下来，他感到落得他身上到处都是，可耻的思想、可耻的言语、可耻的行动。羞辱像不停降落的细碎的燃烧着的灰烬，已把他整个盖了起来。现在要用话把它讲出来！他那感到窒息的难堪的灵魂会因此无法再存在下去了。

那滑门又被拉开了。一个悔罪的人从忏悔间的那一边走了出来。近处的这个滑门又被拉开。一个悔罪的人等着那个悔罪的人走出之后走了进去。一阵低沉的耳语声像小片烟雾和云彩从忏悔间里飘了出来。这是那女人的声音：轻柔的耳语的云雾，轻柔的耳语的轻烟，响一阵又慢慢消失了。

他在椅子的扶手下面偷偷用拳头捶打自己的胸膛。他很快就将和别的人一样同上帝在一起了。他此后一定要爱他的邻人。他一定要热爱创造他并热爱着他的上帝。他将和别的人一起跪着祷告，并因此感到幸福。上帝将会看着他，也看着其他的人，并对他们所有的人都十分热爱。

要变成好人是很容易的。上帝加在人身上的轭是轻巧而甜蜜的。一个人最好永远也别犯罪，永远都是一个孩子，因为上帝热爱小孩子，并愿意让他们都到他的身边去。犯罪实在是一件很可怕，而且也很可悲的事。但是上帝对可怜的犯罪的人，只要他们肯真正悔过，是非常仁慈的。这真是一点不错！这才真正是最大的仁慈。

那滑门又忽然关上了。那个悔罪的人已走出来。下一个就是他了。他怀着满心恐惧站了起来，盲目地向忏悔间走去。

这一时刻最后终于来到了。他在那宁静、阴暗的空气中跪下，抬头看着悬挂在他头上的那白色的十字架。上帝一定能看出他是非常痛心的。他准备把他所有的罪孽都讲出来。他的忏悔一定会很长，非常的长。现在在教堂里的每一个人都将会知道他是一个什么样的罪人。就让他们知道吧。这是事实。可是上帝已经答应，只要他真正悔罪就会宽恕他。他现在是真正悔罪了。他把两手交抱起来，举向那白色的神像，尽管两眼发黑，尽管浑身发抖，他仍然不停地祷告着，祷告着，在低声哭泣中祷告，并像一个已被上帝抛弃的生灵，不停地来回摇动着他的头。

——悔罪！悔罪！哦，我悔罪！

那滑门咔嚓一声被推开，他的心简直马上跳到他的喉咙边来了。在面前的木格子那边，他看到一位老神父的脸，他的脸没有对着他，而是倚在一只手上。他用手画了一个十字，请求神父为他祝福，因为他已经犯罪了。然后，他低下头去，怀着极大的恐惧背诵着"忏悔词"。在背到"我的最可悲的过失"的时候，他屏住气，停住了。

——你上一次忏悔离现在有多久了，我的孩子？

——有很长时间了，神父。

——有一个月，我的孩子？

——还要长一些，神父。

——三个月，我的孩子？

——还要长一些，神父。

——六个月？

——八个月，神父。

他已经开始了。那神父问道：

——从那以后你还记得些什么事情呢？

他开始忏悔自己的罪孽：该参加而没有去参加的弥撒，该做而没有做的祷告，撒谎。

——还有别的什么吗，我的孩子？

发脾气的罪、嫉妒别人的罪、贪吃、虚荣、不听话等。

——还有什么别的吗，我的孩子？

现在是再没有别的办法了。他喃喃地说：

——我……犯过淫乱罪，神父。

那神父并没有回过头来。

——对象是你自己吗，我的孩子？

——还有……和别的人。

——和女人，我的孩子？

——是的，神父。

——她们是结过婚的女人吗，我的孩子？

他也不知道。他的各种罪行一个接一个从他的唇边吐露出来，像一滴一滴可耻的脓血从他那已经腐烂发臭的灵魂深处流出来，汇成了一条肮脏的罪恶的河流。最后的一桩罪孽也带着臭味慢慢流了出来。他再没有什么可以讲的了。他低下头去，完全瘫软了。

那神父一声不响。然后，他问道：

——你有多大了，我的孩子？

——十六，神父。

那神父用一只手几次摸了摸自己的脸。接着他用一只手扶着自己的额头，倚在木格子上，眼睛仍望在别处，一字一句地说。他的声音显得疲倦和苍老。

——你还非常年轻，我的孩子，他说，我现在请求你一定要放弃那种罪恶。那是一种非常可怕的罪行，它会杀害你的肉体，也会戕害你的灵魂。这是许多罪孽和不幸的根源。看在上帝的面上，快抛弃它吧，我的孩子。这是一种下流的行为，不是一个男子汉应该做的。你没法知道这种下流的习惯会把你引导到什么道路上去，也没法知道在什么时候它会让你处于非常难堪的境地。如果你还继续这种罪恶活动，我的可怜的孩子，那你就将在上帝的眼前永远变得一钱不值。快向我们的圣母玛利亚祷告，求她帮助你吧。她会帮助你的，我的孩子。每当那种罪恶的思想进入你的头脑的时候，你就向我们的受到上帝祝福的圣母祷告吧。我相信你一定会那样做的，是不是？你对你所犯的一切罪恶都感到非常悔恨。我相信你一定是那样的。现在你应该向上帝起誓，依靠他的神恩，你将绝不会再犯下那种可耻的罪恶来冒犯上帝了。你极愿意向上帝庄严地起誓，对不对？

——我愿意，神父。

那苍老和疲惫的声音像温和的细雨洒在他颤抖的、火烧一般的心上。那是多么甜蜜而又悲伤啊！

——那就这样做吧，我可怜的孩子。魔鬼已经把你引上了歧途。如果他再来诱惑你，想那样玷污你的肉体，那你就把他赶回到地狱里去吧——他是仇恨我们的主的最恶毒的精灵。现在向上帝发誓，你一定从此放弃那种罪恶，那种非常非常下流的罪恶。

眼泪和上帝的宽恕的光辉迷住了他的眼睛，他低下头去倾听着那神父讲完为他赎罪的祷词，并看到他举起手来，在他的头顶上做了一个表示宽恕的手势。

——愿上帝祝福你，我的孩子。为我祷告吧。

他跪下去，在阴暗的大殿的一个角落里祷告着，说出了自己的悔恨心情。现在从他的已经净化的心中，他的祷词像从一朵白色的玫瑰花心中飘出的芳香一样，向上天飞去。

泥泞的街上一片灰暗。他大步向回家的路上走着，充分感觉到那看不见的神恩浸透了他的全身，使得他的肢体都变得非常轻巧了。不管怎样他最后终于那样做了。他已经向上帝忏悔，上帝已经宽恕了他。他的灵魂又一次变得光彩和神圣了，神圣而且幸福。

只要上帝愿意，现在死去也是一件很美的事。在上帝的关怀之下，过着宁静、高尚和对一切人都容忍的生活该是多美啊！

他坐在厨房里的火炉旁，由于感到无限幸福，他几乎都不敢讲话了。直到刚才他还不知道，生活可以变得多么美好和宁静。围在电灯上的一方绿色的薄纸使屋子里充满了柔和的阴影。碗橱上有一盘香肠和白色的蛋糕，架子上还有许多鸡蛋。这些东西是预备明天早晨在学校的教堂里举行过圣餐会之后做早饭用的。白色的蛋糕和鸡蛋和香肠，还有热茶。现在看来生活是多么简单、多么美妙啊！各种生活等待在他的前面。

在梦中他睡着了。在梦中他爬起来，看到清晨已经来临。在一个醒着的梦中，他踏过宁静的早晨的街道向学校走去。

所有的孩子都已经在那里，跪在各自的位子上。他在他们中间跪下来，幸福而羞怯。圣坛上堆满了一束束芳香的白色的花朵。在晨光之下，白色花束中的蜡烛发出的白色的光是那样清澈而宁静，完全像他自己的灵魂一样。

他和他的同班同学们一起跪在圣坛前面，和他们一起在一排用人手组成的活的栏杆上拉开圣坛上的布。他的手发着抖，在他听到那神父拿着圣餐盘，在那些参加圣餐会的人中间，一个个给他们递圣餐的时候，他的灵魂也不禁发抖了。

——Corpus Domini nostri.[1]

这可能吗？他清白无辜地同时也有些羞怯地跪在那里，他要把圣餐面包安稳地放在自己的舌头上，然后上帝就可以从那里进入他的已经净化的身体里去了。

——In vitam eternam. Amen.[2]

完全是另外一种生活！一种在神的庇荫下的道德的和幸福的生活！这一切全是真的。这并不是一个他一会儿就会醒来的梦。过去的已经过去了。

——Corpus Domini nostri.

神父把圣餐盘送到了他的面前。

---

1 拉丁文：我们的主的圣体。
2 拉丁文：在永恒的生命之中。阿门。

第 四 章

　　星期天一般被用来进行神圣的对三位一体的各种
礼拜仪式，星期一用来礼拜圣灵，星期二礼拜守护神，
星期三礼拜圣约瑟夫，星期四用来进行圣坛上最能得
到神宠的圣餐仪式，星期五礼拜受难的耶稣，星期六
礼拜受神恩的圣母玛利亚。

　　每天早晨他都在一个神圣的神像前或某种神秘的
仪式上再次净化自己的灵魂。他每天一开始就英勇地
把他度过的每一个时辰的思想或行动明确地提出，希
望获得主教的关心，每天一早就参加一次弥撒。冷清
的早晨的空气更加强了他的坚定的虔诚的信念。当他
和很少几个礼拜的人跪在旁边的圣坛前，翻开自己的
插着白页的祷告书，跟着神父低声念诵诗词的时候，
他常常抬头看看站在象征《新约》和《旧约》的两支

蜡烛间的阴影中的、打扮齐全的神父，不禁感到自己仿佛是跪在那里参加一次在地下墓穴中进行的弥撒。

他每日的生活都是在宗教气氛十分浓厚的地方度过的。通过向上帝的呼号和祷告，他毫不吝惜地为许多在炼狱中的灵魂争得了以日计、以月计或以年计的悔罪的日子，那些日子加起来都够好几百年了。然而他这样轻易赢来的难以想象的许多世纪的悔罪期使他感到的精神上的胜利，并不足以完全补偿他祷告时所付出的热情，因为他永远也不知道，他这样为那些受罪的灵魂代做祈祷，究竟能减少多少他们肉体上的惩罚。他担心在那和地狱之火的唯一差别仅在于并非永不熄灭的炼狱之火中，他的悔罪所能起的作用恐怕也只不过是杯水车薪而已，因此他不得不强迫自己的灵魂每天进行更多的超过上帝要求的善举。

他以现在看来是他生存所必须尽的责任来把他的时间加以划分，并让划分出的每一部分时间都围绕着自己的一个精神中心。他的生活似乎越来越接近永恒了，他的每一个思想、每一句言论、每一种行动和头脑中的每一个思绪似乎都可以在天堂中闪耀光辉了。有时他对这种直接发生的反响的感觉是那样鲜明，竟使他感到他的无比虔诚的灵魂似乎已经可以像手指一样按动一个巨大的现金自动出纳器的键盘，并看到他直接送入天堂的财富的数量，但他看到的不是数字，而是缕缕上升的香烟的烟柱或娇嫩的花朵发出的气息。

他还经常念诵玫瑰祷词——因为他总把念珠拆散了放在裤兜里，这样他在街上行走的时候也可以祈祷——那念珠都变成了似非尘世所有的各种花冠，它们在他看来似乎不仅无名，而且也变得无色和无味了。他每天在神前念完他的三串念珠的祷词，以求得他的灵魂在神学所要求的三种品德方面能够一天比一天坚强起来，一是加强对于曾经创造他的天上的圣父的信念，一是加强对于曾经为他赎罪的圣子的希望，一是加强对于曾经为他牺牲的圣灵的热爱。他通过圣母玛利亚，以她的欢乐、悲愁和光荣的神秘仪式的名义，向那三个神灵每日三次进行他的三重的祷告。

在每周七天中的每一天他都进一步向圣灵祷告，希望他的七种神恩之一能够降临于他的灵魂，并从他的灵魂中一天一天驱走过去使它堕落的那七种可怕的罪孽。他祈求每一种神恩都会在它指定的那一天降临，并且相信它一定会降临到他的身上，虽然有时他也觉得这似乎有点奇怪，为什么智慧、理解和知识在性质上竟要分得如此清楚，以致这三者都必须一个个单独地祈求？可是他也相信等到他的精神生活发展到将来某个阶段的时候，这个问题将会自动得到解决的，到那时他的犯罪的灵魂将会摆脱出从前的软弱地位，并得到至高无上的三位一体中的圣灵的启示。由于看不见的圣灵居住的地方是那样幽深和宁静，他对这一点更是怀着极大的敬畏，也更加相信。圣灵的象征是一只柔顺的鸽子和一阵猛烈的巨风，谁要是对圣灵犯下罪孽那是永远无法得到宽恕的，他是一种永恒的神秘莫测的神明，所有的神父每年都要像对上帝一样穿上绘着火舌的红色袈裟为他举行盛大的弥撒。

在他读过的各种劝人皈依上帝的书籍中，他已经约略看到表现三位一体的三个神灵的性质和关系的形象——圣父像对着一面镜子一样对着永恒，默想着他自己的无比完善的神威，因而永恒地产生了永恒的圣子，接着圣灵也就从永恒的圣父和圣子产生出来了——由于这一形象具有神妙莫测的威仪，对他的头脑来说，比那种认为上帝从无限的永恒以来，在他降生到这个世界上来的几个世纪以前，在这个世界开始存在多少世纪以前就已经热爱着他的灵魂的那种简单的说法，似乎更容易接受多了。

他曾经听到过在舞台上和讲台上郑重其事讲出的各种爱与恨的名称，他也曾看到许多书郑重其事地提出那些名称，但他一直纳闷为什么他的灵魂却比任何时候都感到对这些名称难以容忍，也无法强迫自己口服心服地说出这些名称。他自己也常常被一种短暂的愤怒所笼罩，可是他从来也不能让那种愤怒变成一种长期包围着他的情绪，而总是感到自己很快就从那种情绪中解脱出来，仿佛那不过是自己身上很容易剥去的一层外壳或一层皮。他曾感到有一种微妙、阴暗、喃喃低语着的东西钻入他的生命中去，并在他的心中燃起短暂、邪恶的淫欲，这种淫欲常会逃过他的控制，使得他的心灵变得清澈而冷漠。这个，似乎是在他的灵魂中唯一可能出现的爱和恨。

但是既然上帝自己从无限的永恒以来已经用他神圣的爱一直热爱着他的灵魂，他现在不能再对爱这个现实加以否认了。慢慢地，当他的灵魂的精神方面的知识越来越丰富的时候，他看到整个世界已逐渐变成了上帝的神威和爱的巨大而匀称的体现。生命已经变成一种神赐，为它所经历的每一时刻和它的每一种感受，哪怕只是对悬挂在一根树枝上的一片小叶子的一瞥，他灵魂也应对它的创造者表示无限赞颂和感谢。现实世界虽然具有那么多实在的物体，虽然是那样的复杂，而对他的灵魂来说，它除了作为神威、爱和无所不在的神性的表征而外，便不复存在了。他的灵魂对神意的各个方面的了解是那样完善和无可怀疑，他简直难以理解他还有什么必要再继续生存下去了。但那必然是神的意旨的一个方面，至于目的何在，像他那样一个对神的意旨犯下比任何人都更为深重的罪孽的人，又如何敢提出这个问题呢。他的灵魂由于意识到这永恒的、无所不在的、完善的现实，已变得更为温顺和谦恭了，它于是又一次负担起通过弥撒、祷告、圣餐和悔罪以体现自己的虔诚的责任，也只有到这时，自从他开始思索爱情这个巨大的神秘的主题以来，他才第一次感到有某种温暖的东西，仿佛是灵魂本身的新生的生命或某种新的品德在他的心中活动。对神圣的艺术感到狂喜的神态、微微分开举起的双手、仿佛一个快要晕倒的人的微微张开的嘴唇和眼睛，对他来说都变成了在造物主前变得十分谦恭和软弱的正在祈祷中的灵魂的形象。

不过，对于精神上的狂喜可能带来的危险，他是早就有所警觉的，他从不容许自己在任何时候对上帝的虔诚有些微的减退，并随时以强烈的悔恨来清洗自己的罪孽的过去，但他无意使自己达到充满危险的圣洁的地步。他尽力十分严格地约束着自己的每一种感官。为了制服他的视觉感官，他定下一个规矩，在街上走路的时候永远两眼看地，绝不向左、向右或向后看一眼。他的眼神永远避免和任何一个女人的眼神相遇。有时他还必须依靠自己的顽强意志来阻挠它们的活动，好比在一句话还没有念完的时候就得忽然抬起眼来把书合上一样。为了制服听觉的感官，他对他当时正好嘶哑的嗓子完全采取听之任之的态度，他既不唱歌也不吹口哨，而且对那些使他的神经痛苦不堪的噪音，比如在砂轮上磨刀，用煤铲在地上铲煤渣，或用树枝打地毯等的声音从来绝不逃避。他感到在制服味觉的感官方面遇到的困难更大一些，因为他发现对于任何难闻的味道他都没有本能的厌恶感，不管是外在世界的像粪堆和烧焦油等的恶臭，或者他自己身上的各种臭味都完全一样，对他自己身上的各种气味他已经做过许多离奇的比较和实验了。最后他发现使他的嗅觉十分反感的唯一一种气味，是某种像长久存放的人尿一样的腐烂的臭鱼的味道，因而只要情况许可，他就让自己老闻着这种难闻的气味。为了制服他的味觉的感官，他在饭桌上严格地坚持一套办法，对于教堂斋戒的规定一字不落地加以执行，而且尽可能分散自己的思想，使自己不要去注意任何菜饭的味道。然而，他的最突出的创造发明的才能还是表现在他制服他的触觉的办法上。他睡在床上的时候从不有意识地改换姿势，坐时也一定采取最不舒服的姿势，他带着悔罪的心情忍受着身上任何地方的瘙痒和疼痛，冬天远离火炉，在做弥撒的时候除了宣布福音的那一部分之外他始终坚持双膝跪下，擦脸时总让自己的脸和脖子上有些地方不完全擦干，以便受到冷空气的刺激，以及任何时候如果没有数着念珠祈祷，他就一定让自己的双臂像长跑运动员一样僵硬地悬挂在自己身体的两旁，而不把它们插在自己的口袋里或者背在背后。

他并没有受到重犯那重大罪孽的诱惑。但使他吃惊的是他发现，在长时间采取这种复杂的表现虔诚和自我克制的活动以后，他却很容易犯下许多毫无意义的孩子的过失。他的祷告和斋戒对于压抑自己的愤怒的感情并没有任何帮助，常常因听到他母亲打个喷嚏或者有人打扰了他对上帝的祷告，他就会十分生气。他常常需要使用巨大的意志力才能抑制住自己的冲动，而不至于为这种可厌的干扰大发脾气。他过去常常注意到他的老师们因一点小事发脾气时的形象，比如他们的扭动着的嘴、紧闭着的嘴唇和涨红的脸，现在这些又出现在他的眼前了，尽管他曾那样尽力深自贬抑，在两者相较之下，却仍使他感到十分沮丧。要让他使自己的生活汇入别人生活的洪流，对他来说比实行斋戒或整日祈祷还要困难得多，也正因为他常常不能做到这一点，因而对自己感到不满，所以最后在他的灵魂深处出现了一种精神干枯的感觉，同时也滋生了许多疑虑。他的灵魂曾经经历过一段困苦不堪的日子，那时候，圣餐仪式本身似乎都变成了已经干枯的源泉。他的忏悔变成了许多使他良心不安的未能悔改的过失得以逃避的通道。他实际接受一些圣餐，并不能使他经历一个使他心情豁亮的纯贞的自我弃绝的时刻，像他参加某些神圣的圣餐会，临近结束时有时获得的那种精神上的交流曾经带给他的那种感受。他在参加这种仪式时所使用的是一本圣阿方萨斯·尼戈里所写、长期被人忽视的很破旧的书，那书已是字迹模糊，纸张也都发黑并且满是黄斑了。在这本书里，赞歌的意象和圣餐参加人的祷告词交织在一起，他每诵读这本书，便似为他的灵魂召唤来一个充满爱的热情和纯贞感受的已完全凋枯的世界。一个听不见的声音似乎在安抚着他的灵魂，告诉她许多名字和光荣的事迹，告诉她站起来离开这里去寻求婚配，告诉她从阿玛纳和从豹群聚集的崇山中，怀着寻求配偶的心情向前观望[1]，而他的灵魂似乎也用一种同样的听不见的声音加以回答，并表示愿意献出她自己的一切：Inter ubera mea commorabitur[2].

这种贡献自己的一切的思想对他来说具有一种充满危险的诱惑，因为他现在感到，他的灵魂又一次被一种始终不停息的肉欲的声音所扰乱，那声音在他祈

---

1 此数语源出于《旧约·雅歌》，第四章第八节。原文是："我的新妇，求你与我一同离黎巴嫩，与我一同离黎巴嫩。从亚玛拿顶、从示尼珥与黑门顶，从有狮子的洞、从有豹子的山，往下观望。"

2 拉丁文：让他在我的两乳间安卧。此语亦出于《旧约·雅歌》第一章第十三节。但旧译中文《圣经》译作"常在我怀中"。

祷和沉思的时候又开始在他的耳边出现了。这使他强烈地感到自己十分强大,因为他知道他要是愿意,他只要改变一下自己的思想,就能够马上全部推翻他所干过的一切。他似乎感到一个缓慢前进的水浪正朝着他的光着的脚边流过来,而他正等待着那微弱、胆怯和无声的浪花接触到他的发烧的皮肤。然后,几乎就在他接触到水浪的那一刹那,几乎就在他刚要罪恶地表示同意的时候,完全靠自己的意志作用或者说靠自己猛地一声惊叫,他发现自己已经远离那水浪,站在一片岸上了。接着,看到那水浪的银色的边缘已经离他很远,看到它又开始慢慢朝他的脚边流来,他知道他并没有屈服,并没有使自己前功尽弃,于是又十分激动地为自己的坚强感到颇为满意。

在他这样多次避开那洪流的诱惑之后,他的心情越来越烦躁,自己也弄不清他这样尽力不肯丢失的神圣是否已经一点一点被剥夺掉了。自信自己从此一尘不染的明确信念现在已越来越模糊,随之而来的是一种模糊的恐惧,他担心自己的灵魂实际在不知不觉中已经堕落了。为了恢复他过去相信自己正受着神恩庇荫的信念,他不惜费尽力气一再对自己说,他每次遇到任何诱惑的时候都曾向上帝祷告，相信他所祈求的神恩一定会降临到他的头上，因为在那种情况下上帝也不能不使他的祈祷得到满足的。诱惑的经常发生和它的强烈，最后都使他完全相信据说圣徒们都曾经受过各种考验的真实性。频繁和强烈的诱惑足以证明他的灵魂的堡垒至今还没有陷落，因而魔鬼才仍然不断对它进行攻击。

　　常常，每当他对自己的各种疑虑进行忏悔之后——说自己祷告时走神了，说自己在灵魂深处曾经因为很小的事发过脾气，或者在自己的言语或行动中表现了自己的执拗等——他的忏悔神父总要他把他过去的罪孽再拿出来说一遍，然后才为他进行赎罪仪式。他只得带着极大的羞辱重新述说一遍，并再次对那些事表示一番悔恨。特别使他感到羞辱的是，他现在看来，不管他过着如何神圣的生活，或者不管他在品德方面达到如何完善的境地，他都永远也不可能完全清洗掉过去的罪孽了。一种令人不安的犯罪感将永远存在于他的心中：他将忏悔、悔恨，然后得到赎罪，再忏悔、再悔恨，然后再得到赎罪，但永远也不会有最后结果。也许那头一次因为对地狱的恐惧逼得他匆匆做出的忏悔是不符合上帝的意旨的？也许当时由于他只是担心迫在眉睫的天罚，所以他对他的罪孽并没有表现出真正的悲伤？但是，证明他真诚忏悔以及他对自己的罪行确感深切悲伤的最可靠的证据，他知道，应该是在生活上的改过自新。

——在生活上我已经改过自新了，难道不是吗？他对自己问道。

那忏悔神父站在窗口，背向着阳光，一只胳膊靠在棕色的十字窗帘上。在他含笑低语，一边用手摆弄着另一个窗帘的绳子，用它套圈玩儿的时候，斯蒂芬站在他的面前，眼睛不停地看着外面屋顶上愈来愈暗淡的长夏的日光，或者看着那神父慢慢移动着的灵巧的手指。神父的脸完全隐在阴影里，可是从后面照过来的即将消逝的日光却正照在他深陷的太阳穴和两边弧形的头骨上。斯蒂芬也竖起耳朵注意倾听那神父断断续续的谈话声，他这时正在严肃而热情地谈着一些无关紧要的问题，刚刚结束的假期，国外教会学校的情况，以及教师们调动工作的情况。他用一种严肃而热忱的声音非常随和地讲着这类故事，而每当他停下的时候,斯蒂芬总感到自己似乎有责任提出一两个郑重其事的问题,让他再继续讲下去。他知道这些谈话不过是个序幕,他在思想上一直在等待下面的正文。从他一得到忏悔神父要他来见他的消息以后,他便一直绞尽脑汁想弄清他到底找他干什么。在他坐在大学的客厅里长时间不安地等待忏悔神父来临的时候,他的眼睛一直不停地观望着悬挂在四面墙上的一张张神态安闲的人的图片,从这一张看到那一张,各种猜想也一个接一个在他的脑子里闪过,直到最后,这次召唤他的目的他几乎已经完全明白了。接着,正当他希望某种预想不到的原因可能阻止忏悔神父前来见他的时候,他却听到了转动门把的声音和长袈裟摆动时发出的沙沙声。

忏悔神父一开始谈到多明我会和方济各会教会里的情况,还谈到圣托马斯和圣文德之间的友情。方济各会僧侣的服装,他认为,未免太……

看到那神父表示宽容的微笑,斯蒂芬的脸也对他露出一丝笑意,他并不想立即发表自己的意见,所以他只是表示怀疑地轻轻动了动自己的嘴唇。

——我相信,忏悔神父接着说,在方济各会的僧侣们之间，他们自己也在谈论要抛弃这种服装，也按照方济各会神父的样子穿上袈裟。

——我想在修道院里他们还会保留这种服装的，不是吗？斯蒂芬说。

——哦，当然，忏悔神父说。在修道院里那种衣服当然是可以穿的，可是在街上我想最好不要再穿那种衣服吧，你说呢？

——这衣服穿在身上一定让人感到十分麻烦，我那么想。

——当然麻烦，当然是。想一想我在比利时的时候，就常看到他们一年四季就穿着这种齐膝盖头的衣服到处转悠！那样子实在太可笑了。用比利时语说，他们叫它 les jupes[1]。

他在念这个字的时候把母音完全吞掉，几乎听不清他说的是什么了。

——他们叫它什么来着？

——Les jupes.

——哦！

1　法语：普通女裤。故有下文有关妇女服装的一番议论。

由于神父的脸完全背着亮光，他并没看见他的微笑，但斯蒂芬仍然对他一笑作为回答，因为在神父低沉审慎的话语送入他的耳鼓时，他似乎感到在自己心灵中迅速掠过了神父鬼影一般的淡淡的笑意。他沉静地观望着眼前愈来愈暗的天空，凉爽的晚风以及可能掩盖住他脸颊上火烧一般的红晕的淡黄色的晚霞，使他感到很高兴。

女人所穿的各种服装，或者她们用来做服装的各种柔和纤细的衣料的名称，他只要一听到，总仿佛立即闻到一种细腻的浸透着罪孽的香味。还是孩子的时候，他便一直想象驾驭马匹的缰绳都是柔和的丝带做成的，因而当他在斯特拉德河第一次摸到十分油滑的皮辔头时，他简直吓呆了。他第一次用他发抖的手指摸着一个女人的扎乎乎的长袜子的时候，他也同样感到非常吃惊，因为他过去所读过的一切东西，除了仿佛是他目前的处境的回音或者预言的那部分之外，他几乎全都忘记了。但对于具有娇柔生命的女人的灵魂或肉体，他却不敢设想，除了在轻柔的词句中或在玫瑰花一样的环境中之外，还可能在什么别的地方存在。

但出自神父之口的那句话显然是不真诚的，因为

300

他知道一个神父不应该这样随便谈论这个问题。他所以随便这样讲显然是别有目的的，他还感觉到躲在阴影中的那双眼睛正不停地扫视着他的脸。不管他曾经在书本上读到，或者听人说过耶稣会会员多么狡猾，他一直都坦率地不予相信，因为他觉得没有得到他自己的经验的证实。他的老师们，即使他们中有些他也并不喜欢，他却觉得似乎都是些聪明和严肃的教士，都是些身体健壮、精神高超的教职人员。他想着他们都是每天毫不发怵地用冷水洗澡，并穿着清洁而冰凉的亚麻布内衣的男人。他在克朗戈斯或在贝尔维迪尔和他们一起生活的那么多年中，他仅仅挨过两次打，虽然那两次他都认为他们对他是很不公平的，可是，他也知道，他曾经好些次理应受到惩罚，结果却让他逃脱了。在所有那些年中，他从未听到他的任何一位老师讲过一句不负责任的话——是他们使他知道了许多基督教的教义，劝导他过着高尚的生活，而当他犯下了可悲的罪孽的时候，也是他们引导他又回到虔诚的生活中来。他在克朗戈斯长时期一事无成，是由于他们那些人的存在使得他对自己失去了信心，当他在贝尔维迪尔感到自己所处的地位暧昧不明的时候，也是他们的存在使他对自己失去了信心。这种感觉一直到他度过最后一年学校生活的时候，还始终存在于他的心中。他没有一次表示不服从，或者曾让那些爱闹的同伴引诱他放弃自己对一切都曲意服从的习惯。有时他甚至对某位老师所讲的话感到怀疑，他也从来没有公开表示过。到后来，他们的某些判断他听着觉得颇为幼稚，但那也只是使他感到某种遗憾和不安，仿佛他现在正慢慢离开他所习惯的那个世界，以后将再没有机会听到那个世界所使用的语言了。有一天，在小教堂旁边的一个棚子里，几个孩子围着一位神父闲谈，他听到那神父说：

——我相信麦考利男爵[1]这个人也许一生从来没有犯过任何重大罪行，我是说从没有有意犯过什么大罪。

有一个孩子问那神父，维克多·雨果是否可算得上是法国最大的作家。那神父却回答说，维克多·雨果本来是一个天主教徒，后来却背叛了他的宗教，背叛以后他所写的东西的价值，和从前所写的相比，简

---

1 英国19世纪的历史学家、政治家和作家。

直连一半也赶不上。

——可是，也有许多出色的法国批评家，那神父说，他们认为维克多·雨果虽然肯定是一位伟大的作家，可是和路易·弗尔约[1]相比，他缺乏一种纯法国风味的风格。

神父的暗示在斯蒂芬的脸上再次燃起的火烧一般的红晕现在又慢慢平息下去，他于是仍然抬起眼一声不响地望着窗外惨淡的天空。可是有一种使他不安的疑虑在他的脑海中翻腾。蒙上面具的回忆迅速在他的眼前飘过：那情景和人物他全都认识，然而他清楚地感到，他并没有能够完全理解他们的某些重要性。他看到他自己在操场上来回走动，观望着在克朗戈斯进行的体育活动，并用自己的板球帽装着一些稀薄的果酱在吃着。圆形的跑道上有几个耶稣教徒和几位妇女在一起散步。在克朗戈斯经常使用的某些特殊语言的回音，从他头脑中某些遥远的山洞里传了出来。

在客厅宁静的空气中，他正侧耳倾听着远处传来的回声，可是这时他注意到那神父开始用另一种声音

---

1 19 世纪法国的也许是最好争斗的天主教记者和作家。

和他讲话：

——我今天派人叫你来，斯蒂芬，因为我希望和你谈一个非常重要的问题。

——哦，先生。

——你一直以来有没有感觉到你得到了某种神示？

斯带芬微微张开嘴唇本来要说是，但很快他又把那个字吞了进去。神父等待他回答，接着又说：

——我是说，你有没有在内心深处，在你的灵魂中，感到有一种要加入教会的愿望？好好想一想。

——我有时候也想到过这件事，斯蒂芬说。

神父把手里的窗帘绳放开，让它落到一边去，然后他把两手交抱起来，支撑着下巴，严肃地思索着。

——在像这样一所学院里，他最后又说，总会有一个或是两三个孩子得到上帝的召唤，让他进入宗教生活的。这样一个孩子的特点是，他比他的同伴们都更虔诚，他给其他的同学做出了很好的榜样。他们都很尊重他，他的同教会的教友们也许会把他选出来当级长。而你，斯蒂芬，在这所学校里正可以算得上是这样一个孩子，你是我们圣母教会的一个级长。也许你正是这个学校里上帝打算要召唤去为他服役的那个孩子。

一种强烈的自豪感更增强了那神父说话的严肃性，这情况使得斯蒂芬的心急剧地跳动起来。

——接受这样一种召唤，斯蒂芬，那神父说，是全能的上帝所能加之于人的最大的荣誉。在这个世界上，没有一个皇帝或一位帝王具有上帝的传教士的权力。在天上，没有哪一位天使或天使长，没有哪一位圣徒，甚至连圣母自己都没有上帝的传教士所拥有的那种权力：他掌握着力量的钥匙，他有能力让人犯罪和清除人的罪孽，他有驱除邪恶的能力，他有能力从上帝创造的人的心中驱逐能用魔力控制他们的邪恶的精灵。他还有能力，有那种权力让伟大的天上的上帝来到人间的祭坛上，以面包和酒的形式在人的眼前出现。这是多么了不得的权力啊，斯蒂芬！

他听到这一段骄傲的讲话，恰好和他自己常有的骄傲的思想相共鸣，斯蒂芬的面颊上马上感到热乎乎的。他曾多少次看到过自己已变成一个教士，安详而谦恭地行使着连天使和圣徒都感到无比敬畏的那种可怕的力量啊！他的心灵一直都非常喜欢偷偷用各种假想来满足他的这种欲望。他曾经看到他自己变成一位年轻而态度安详的教士迅速地走进一间忏悔间，走上圣坛的台阶，点燃香，双膝跪下执行着一个教士的职务要求他执行的一些活动，那些活动使他很高兴，原因是它们很像现实而同时又离现实很远。在他所度过的这种冥思遐想的朦胧生活中，他曾经极力模仿他所见过的许多神父所使用的声调和手势。他学着某一位神父在跪下时微微侧着身子，又学着另一位神父在摇动香炉的时候摇得那么轻巧，在他向听众祝福后又转向圣坛的时候，他也仿照另一位神父的神态把他的十字裾一甩让它敞开。而特别使他高兴的是，在那些他所想象的模糊的景象中，他始终只担任着二号人物的角色。他完全不愿意享有主祭人的荣誉，因为在他的想象中，要让所有那些寓意模糊的仪式都由他本人来结束，他可很不感兴趣，再说他不愿意看到自己在那套仪式中随便就被委派一个如此明确的最高的职位。他愿意承担较低的神圣的圣职，在大弥撒中穿着副主祭的祭服，站在离开圣坛较远的地方，不为大家所注意，肩上披着长方形的丝披肩，手里端着用披肩掩盖着的圣餐盘，或者等到祭祀过去以后，他作为副主祭穿着金色的主教的法衣站在主教下面的台阶上，交抱两手面向会众唱着，Ite, missa est[1]。如果说他也曾想象着自己是一位主祭，那只是在他翻开儿时的弥撒书看着上面有关弥撒的图片的时候，在那里的那个教堂里除了接受牺牲的天使以外再没有任何其他的崇拜者，圣坛上也光光的什么都没有，作为他的副手的也是一个几乎和他完全一样的孩子气的助手。只有在这些模糊的祭神和参加圣餐的各种行动中，他的意志似乎才真正和现实相接触。他过去或者用沉默掩盖着自己的愤怒或骄傲，或者遭受急于想和人拥抱而又不得而感到的痛苦，至少部分原因是缺少一种他一直强迫自己躲避参加的既定仪式。

现在在这庄严的沉静中他听到那神父向他提出的请求，通过他讲的那些话他甚至还听到一个更为清晰的声音吩咐他走过去，提出要使他获得神秘的知识和神秘的力量。那样，以后他就会知道西蒙·马加斯[2]究

---

1 拉丁文：走吧，一切都结束了。
2 传说是罗马暴君尼禄时代的一位商人。他曾和圣彼得和圣保罗打赌要直接飞向天堂。可在他飞得很高的时候，那两位圣徒向天祷告，又让他摔到地面上来了。

竟犯了什么罪，以及对圣灵犯下什么样的罪行才是永远无法得到宽恕的。他将会知道许多其他的人，所有那些在神怒之下孕育和出生的孩子所无法知道的神秘的事情。他将会知道别人的罪孽、别人的罪孽的向往、罪孽的思想和罪孽的行动，听到妇女和姑娘们在阴暗的礼拜堂的忏悔间里忍着极大的羞辱亲口低声对他讲出她们的罪孽。而他自己经过举手加封之后，便立即神秘地变得对一切罪孽都一尘不染，他的灵魂将会仍然保有原来的清白，再回到雪白的圣坛边去。他将举起的用以掰开圣餐面包的双手是绝不会被任何罪孽所玷污的，罪孽也绝不会玷污他将用来祈祷的嘴唇，使得他把自己的一切天罚都吞下、咽下，不去管里面是否掺杂有上帝的圣体。他将永远像刚出生的婴儿一样纯洁无辜，因而也将永远保有他那秘密的知识和秘密的权力，而且根据最高神灵的祭司梅尔基塞德克的命令，他将永远是一位教士。

——明天早上我准备主持一次弥撒，那位忏悔神父说，让全能的上帝可以向你透露他神圣的意旨。也让你，斯蒂芬，为你的神圣的保护神，那第一位殉道者进行一次九日祈祷，你的保护神在上帝面前说话是非常有力量的，他可以请求上帝让你头脑清醒。可是，斯蒂芬，你必须非常肯定，你的确是接受了神示，因为如果事后你发现你并没有得到神示，那将是不堪设想的。必须记住，你一旦接受了教士的职务就将一辈子是一个教士。你的教义问答也告诉你，对任何神圣的圣旨一个人一生都只能接受一次，因为你接受以后它将在你的灵魂中留下一个永不磨灭的精神的印记，这种印记是永远无法消除的。在事前你必须慎重考虑，不能等到事后。这是一个十分严肃的问题，斯蒂芬，因为这关系到你的永恒的灵魂是否可能得救。不过还是让我们一起来向上帝祷告吧。

　　他推开沉重的大厅的门，并向他伸过手去，仿佛他们在他们的精神生活中已经是亲密的伙伴了。斯蒂芬来到外面台阶上宽广的阳台上，明确感到一股柔和的晚风使他精神为之一爽。在芬勒特教堂那边有四个年轻人手挽手大踏步走着，领头的人正用手风琴演奏一支轻快的曲子，他们摇晃着脑袋踏着拍子向前行进。正和很多急骤的音乐的首段常会发生的情况一样，那音乐很快便侵入他的头脑，像一阵巨浪冲毁孩子们修建的沙楼一样，毫无痛苦地、不声不响地立即使他头脑中的神秘而复杂的结构归于瓦解。他转过在微风中含笑的脸，抬头看看神父，却在他的脸上看到了那即将消失的一天的毫无情趣的反照，然后他从那神父的手中缓缓抽出了他似曾默认某种伙伴关系的互相拉着的手。

他迈步走下台阶，从学校的大门前看到了那即将逝去的一天的毫无情趣的虚假的反照，这情景终于消除了他混乱的思绪。接着，学校生活的严峻的暗影从他的意识中飘了过去。那将是一种严肃的、有秩序的和毫无热情的生活，一种没有物质上的烦恼的生活在等待着他。他想象不出他将如何度过见习期的第一个夜晚，也想象不出当他第一天早晨在宿舍里醒来的时候自己会感到何等的惊愕。他又一次闻到了克朗戈斯漫长的走廊上的令人心烦的气味，又一次听到了燃烧着的煤气灯发出的审慎的低语。忽然间，一种不安的感觉完全笼罩住他生命的每一个部分。接着他发烧的脉搏也加快了跳动的速度，这时他听到一连串毫无意义的刺耳的话语声把他极有条理的思绪搅成了一片混乱。他的肺向外扩张而下沉，仿佛他吸进了一种潮乎乎的没有浮力的热空气，这时他又一次闻到了在克朗戈斯浴池肮脏、浑浊的水面上浮动着的潮湿、闷热的空气。

随着这些回忆，某种比教育或虔诚的思想还更为强大的本能，在他向那种生活步步靠近的时候，迅速地在他的心中滋长起来，这是一种微妙的反抗的本能，它给予他一种力量，使他不甘再默认下去了。那种生活的冷漠和谨严都使他感到非常厌恶。他已经看到他自己，在一个寒冷的清晨起来排着队和别人一起去参加一次早弥撒，毫无作用地拼命想用祷告声压住他从心眼儿里感到的难堪的恶心。他看到他自己和学校里的会众坐在一起吃饭。那种使他从不愿意跑到生人家去吃喝的根深蒂固的羞怯感现在到哪里去了？那种使他永远自视在各方面都与众不同的精神上的优越感现在哪里去了？

耶稣教会神父斯蒂芬·迪达勒斯。

他将在新的生活中使用的名称以文字的形式跳到他的眼前来，紧跟在它后面的是在他头脑中出现的一张没有明确轮廓的脸，或者只是一种脸的颜色。这颜色先慢慢淡去，后来又越变越浓，变成了浓浓不定的红砖一般的土红色。这就是在严冬的早晨，他常常在神父们刚刮过的腮帮上看到的那种红兮兮的光泽吗？
这张脸没有眼睛，脸色阴沉而虔诚，明显地露着压抑
住的愤怒。曾经有一个耶稣会的神父，有些孩子叫他
灯笼下巴颏儿，另一些孩子又叫他狐狸将军，这是否
就是他那张脸的鬼魂在他的头脑里出现了呢？

　　他那时正走过加德纳街耶稣会的会址，心里模糊
地想着，他如果接受了那个教职，将来不知哪一个窗
户将是他的住房所在。接着他又想到刚才那些想法实
在无聊，想到他的灵魂离他一直为她设想的一个修行
之所实在相当遥远，想到这么多年来一味循规蹈矩、
一味服从的生活对他的约束力竟是如此薄弱，现在仅
仅一个明确的、不可挽回的行动已经在威胁着，要在
一定时候，永远永远地剥夺掉他的一切自由了。那神
父一再劝导他接受随着那教职而来的值得骄傲的教会
的权力和神秘的力量的那些话，现在又有气无力地在
他的记忆中回响。可是他的灵魂并无心再去倾听那些
话，更不用说对它表示欢迎了，他知道他曾听到的那
些规劝的话现在已变成一种无聊的故事到处流传了。
他永远也不会作为一个神父在圣体盘前面晃动着香
炉。他命定对一切社会或宗教上的职务都将采取逃避

的态度。那神父所讲的那一套明智的做法完全不能打动他的心。他命定不用任何人的帮助而自己去弄清楚到底什么是明智的做法，或者在经历了世界上的各种陷阱之后，自己去学会别人的明智做法。

这世界上的各种陷阱就是它的犯罪的道路。他一定会堕落的。他现在还没有堕落，但是到了某一个时刻他一定会一声不响地堕落下去。要永远不堕落实在太难了，太困难了。他现在已经感到，他的灵魂正不声不响地向下滑去，正像将来某一个时候一定会发生的情况一样，往下滑，往下滑，但是还没有堕落，现在还没有堕落，可是已经快要堕落了。

他走过了托尔卡河上的大桥，又一次转过脸来对那圣母的神龛冷冷看了一眼，那颜色已经退去的蓝色的神龛，像一只鸟一样蹲在那个贫穷的外形像火腿的村舍中间的一根旗杆上。接着，向左一拐弯，他走进了通向他家的一条胡同。从河岸边高地上的菜园子里飘来烂菜叶淡淡的酸臭味。想着他父亲家的这种杂乱无章、无人管理的混乱的情况，这种停滞不前的植物一般的生活却将会赢得他的灵魂，他不禁微笑了。接着由于想到在房子后面菜园子里干活的孤独的长工，他们曾给他取个诨名叫作帽不离头，一阵短促的笑声不禁脱口而出。在第一阵笑声停息之后，由于想到帽不离头干活时的情景，第二阵笑声竟又违反他的意愿从他口中冒了出来，他在干活时，总要先仔细观察好天上四面的方位，然后才带着十分遗憾的心情把锹蹬进园子里的土壤里去。

他推开廊子上没有门闩的门，通过一条什么东西也没有的走道向厨房里走去。他的一群兄弟姊妹正围着一张桌子坐着。他们刚刚吃完午茶，只剩下一些冲过第二遍的茶底还留在他们拿来当茶杯用的一些玻璃罐和果酱罐里。桌上到处是些乱扔的面包皮和一块块带糖的饼干，这些东西由于浸泡在撒在桌上的茶水里已经都变成棕黄色了。桌上一个个小坑里都积满了茶水，一个已经吃掉大半的卷饼上面，插着一把象牙把已经破碎的餐刀。

那即将死去的一天的蓝灰色的宁静而悲伤的余光，透过窗户和开着的门照了进来，掩盖住并不声不响地减缓了斯蒂芬心中忽然出现的难堪的悲痛。他们长期求之而不得的东西，现在他——众弟兄中的长兄，却很容易就能得到了。但是那黄昏的安静的余晖却让

314

他看到，他们脸上并没有任何怨恨的痕迹。

他走近他们，也在桌边坐下，问他们父亲和母亲到哪里去了。他们中的一个回答说：

——去那个到那个看那个房子那个去了。

还要搬家！在贝尔维迪尔，一个叫法龙的孩子常常带着一脸傻笑问他，他们为什么老是搬家。现在当他再次听到这个问话人的傻笑的时候，一阵轻蔑的乌云很快掩盖住了他的额头。

他问道：

——我们为什么老是在搬家？我想我这样问问总没有什么不可以吧？

——因为那个房那个东那个要那个把那个我们那个赶出那个去了。

坐得离火炉最远的他的最小的一个弟弟开始唱起《每当夜深时分》来了。接着其他人也一个一个跟着唱，直到所有的人组成了一个合唱队。他们常会接连几小时，一首歌接着一首歌，一支曲子接着一支曲子，就这样唱下去，直唱到白天的暗淡的日光已经在地平线上消失，直唱到第一片黑色的夜云在天空飘过，夜幕降临的时候。

他静听着等了一会儿，然后也跟他们一起唱起来。他怀着极大的精神上的痛苦听出，在他们的脆弱而清新的天真的歌声里实际隐藏着一种疲惫不堪的情调。甚至在他们走上生活的道路以前，他们对那条路似乎就已经感到非常厌倦了。

他听到从厨房里传出的这合唱队的歌声，回荡着，越变越强，慢慢和无数世代的孩子们的合唱队融混在一起了，在那无数的回声中，他还听到一个永远重复着的疲惫而痛苦的回声。他们全都似乎在进入生活以前便已对这生活无比厌倦了。他还记得纽曼在维吉尔的残缺不全的诗行中也听出了这种情味："让我们像造化本身的声音一样，尽情表达出孩子们的痛苦、疲惫，然而又总抱着希望的那种心情吧，这正是她的一切男女在任何时候共有的经历。"

他不能再等待了。

从拜伦酒馆门口走到克隆塔夫教堂门口，从克隆塔夫教堂门口又走到拜伦酒馆门口，然后又走向教堂，然后又走向酒店，他一直就这样来回走着，起先很慢，在那露着一片片修补痕迹的人行道上小心翼翼地迈着步子，让自己的脚步和着诗行中的每一个降音。他父亲和丹·克罗斯比一道去替他打听关于上大学的事，现在已经整整一个小时了。整整一个小时，他就那样来来回回地走着，等待着，可是他现在实在没法再等下去了。

他匆匆向一家酒店那边赶去，他走得很快，生怕他父亲的一声尖叫又会把他叫回来。不一会儿他就转过了警察兵营边的那个拐角的地方，他现在已经不再怕他父亲叫喊了。

是的，他母亲对那一套想法根本不同意，他从她不安的沉默中完全可以看出她的心事。然而她的那种不信任却比他父亲的骄傲神态使他触动更深，他冷漠地想到，他早已看到自己灵魂深处逐渐减弱的信念，是如何在他母亲眼中变得日益老练和日益坚强。一种模糊的敌对情绪在他心中慢慢滋长起来，它像一片云彩一样模糊了他对她不忠的思想，但等到这情绪又像云彩一样飘过，他的头脑又变得非常清醒而且恢复了对她的孝心的时候，他却模糊地但毫不遗憾地意识到，在他们的共同生活中已出现了第一个不声不响的裂痕。

上大学！那么说，他是偷偷溜过了守护着他的童年处境的那一排岗哨了，他们一直极力要让他和他们待在一起，这样他就会听从他们的管束，按他的愿望行事。在获得某种满足后产生的骄傲像一排缓慢而宽大的浪头把他高举了起来。他现在尚未能看清的他为之而生的目的引导他从一条看不见的道路上逃了出去，而现在它却又招手让他回来，并在他面前展现了一条新的冒险的道路。他似乎听到一段阵发的音乐的音调，一会儿跳上去变成一段乐曲，一会儿又降下来变成了减四度和弦，一会儿又跳上去变成一种乐调，一会儿又降下来变成第三大调，那神情很像夜半森林中的三条火舌的火焰，一个火焰接着一个火焰忽高忽低地跳动。这仿佛是妖姬的音乐的序曲，无头无尾也没有一定的形式。等到它越变越狂野，节拍越来越快，仿佛那火焰已跳出时间观念之外的时候，他似乎听到树荫下的青草上有许多野兽在赛跑，它们的脚步发出的噼啪声，像雨点打在树叶上一样。它们的脚步发出的混乱的噼啪声在他的头脑中响了过去，其中有家兔和野兔，公鹿和母鹿，还有羚羊的脚步发出的声响，直到后来他再也听不到那脚步声，却只记起了纽曼的

一句节奏鲜明而强烈的诗:

——他的脚在他的永恒的手臂之下完全像公鹿的脚一样。

这一模糊形象所表现的骄傲情绪又使他想起了他曾经拒绝的那一教职可能带来的威严。在整个孩童时期,他常常想着担任教职是他最后的归宿,可是现在到了要他服从这一召唤的时候,他却服从一个更带有野性的本能而逃避开了。现在时机已经错过,任命教职的神圣膏油将永远不会涂在他的身上了。他已经拒绝了。为什么?

他离开多利蒙特的大路朝海边走去,走过薄木板的桥面时,他感到桥板在他穿得很厚的沉重的脚下摇晃着。一队基督教的弟兄们正从酒馆那边走过来,他们排成双行,已经开始过桥了。很快整个桥梁都抖动着发出隆隆响声。他们的不整洁的脸一对一对地从他面前走过,那脸由于海风的侵袭都染上了发黄或发红或青灰的颜色,而在他试图安详地不动感情地观望他们的时候,在他自己的脸上却出现了一种淡淡的羞怯和同情的神情。这使他对自己十分生气,因而他为了避开他们的眼神转过脸去,侧身观望着桥下起着漩涡的清浅的水流，但尽管这样他从水的倒影中仍然看得到他们的高顶的绸帽、朴实地翻着的衣领和宽大的牧师服装。

——希基兄弟。

奎德兄弟。

麦卡德尔兄弟。

基奥兄弟。

他们的虔诚一定像他们的名字一样，像他们的脸面一样，也像他们的衣服一样，他没有必要对自己说，他们的那种谦恭和悔恨的心，非常可能，表现了他从未表现过的更大的虔诚，对他们那种朴实的礼拜，上帝乐意接受的程度恐怕十倍于他那种矫揉造作的虔诚。他用不着敦促自己对他们慷慨一些，也用不着对自己说，如果有一天他抛弃了骄傲的情绪，潦倒不堪，穿着一身乞丐的衣服来到他们门前的时候，他们一定会对他非常慷慨，而且像爱他们自己一样爱他。最后，他还带着既觉得无聊而又痛苦的感情，违反自己一向认定的论点，认为爱的戒条吩咐我们不要使用和爱自己同样数量和同样强烈的爱去爱我们的邻居，但是要用和爱自己同样性质的爱去爱他们。

他从他自己一向珍藏的一些词句中挑出一句，柔和地自己念叨着：

——这一天充满了从海上漂来的斑驳的彩云。

这句话、眼前的日子和眼前的情景似乎形成了一个和弦。语言。这就是它们的颜色吗？他让那各种各样的颜色：朝日的金黄色、苹果园里的黄褐色和绿色、海浪的蔚蓝色、羊毛般云彩的银灰色等一个接一个亮起来，又暗了下去。不，这不是它们的颜色，这是这个时代本身的姿态和风貌。难道他对于语言的抑扬顿挫的热爱更甚于它们的色彩和它们跟一切传说的关系吗？要不就是由于他视力微弱、思想羞怯，通过五颜六色、内容丰富的语言的三棱镜所表现出来的光辉灿烂的世界的缩影，还不如观赏一段明澈、细腻的散文所完美地反映出来的个人情绪的内心世界，能够给予他更多的乐趣吗？

他从那摇晃的桥面又走上了坚实的土地。就在那时，他似乎觉得空气突然变凉了，侧脸朝水面上望去，他看到一股从远处而来的风暴忽然遮暗水面并加快了水浪前进的速度。心脏的一次轻微的跳动，他喉咙里的一次轻微的震颤都又一次告诉他，他的肉体对于那冰冷的非人的颜色是何等的恐惧。然而他并没有横穿过他左边的沙丘，却仍然一直向前沿着那条像脊梁一样指向河口的岩石走去。

被遮蔽的日光微微照亮了河水流入海湾处灰蒙蒙的水面。远处，沿着缓缓流动的里费河，一排排细长的桅杆点缀着远处的天空，更远一些，在一片紫雾中静躺着那轮廓不清的复杂的城市建筑。基督教国家的第七个城市，和人的厌倦情绪一样的古老，和形象模糊的壁毯上的一幅画面一样，通过没有时间观念的空间显现在他的面前。它和它开始存在的那些日子相比起来，并不显得更老，也并不显得更为厌倦，对于自己的臣服的地位也并不比过去感到更容易忍受。

他这样带着沮丧的情绪，抬眼望着由海上飘来的慢慢飞过的斑斑点点的云彩。它们仿佛是沼泽地上的一群游牧民族，在天空的沙漠地带上面飘过，从高处飘过爱尔兰，向西方飘去。它们曾经经过的欧洲现在已被抛在爱尔兰海那边，那是一个使用各种奇怪语言的欧洲，那里布满了山谷、林带和城堡，那里居住着许多深沟高垒、严阵以待的民族。他从自己的内心深处听到一种混乱的音乐，那音乐仿佛唱出了他几乎完全清楚可又全然无法捉摸的一些记忆和一些人的名字。然后那音乐声似乎开始向远处退去，退去，退去，在那模糊的音乐退去的每一个尾声中，总留下一声拉长的喊叫，像流星一样划破那黑暗的沉寂。再来一次！再来一次！再来一次！世界的那边有一个声音在叫喊着。

——哈喽，斯蒂芬诺斯！

——迪达勒斯大人来了！

——啊哦！……唉，别再弄了，听见没有，我在跟你说哩，要不当心我在你的那张臭嘴上给你来一家伙……啊哦！

——老伙计，陶塞！把他摁在水里！

——来吧，迪达勒斯！布斯·斯蒂芬鲁曼诺斯！布斯·斯蒂芬鲁曼诺斯！

——把他摁在水里！使劲灌他一灌，陶塞！

——救命啦！救命啦！……啊哦！

他还没有认出他们的脸，但从他们一起发出的嘈杂声他已经知道他们都是谁了。只是看一眼那相互打闹的湿淋淋的光着的身子就已经使他止不住要浑身发抖了。他们光着的身子，有的像尸体一样煞白，有的显出淡淡的金黄的颜色，有的因为太阳暴晒显得红彤彤的，现在都因为被海水打湿而闪闪发光。用粗糙的木架支撑起来的跳板，每每在他们跳水时都来回摇晃，用粗糙的石头铺成的拦波堤的斜坡，也现出冰凉的湿淋淋的光泽，而他们一直不停地在上面打闹嬉戏。他们用来在彼此的身上胡乱拍打的毛巾全都浸透了冰冷的海水。他们的头发也被寒冷的海水全给粘在一块儿了。

为回答他们的叫喊他站了下来，不在意地随便讲了几句话，力图避开他们的调笑。他们看起来都显得多么没有性格啊：现在在舒利身上已不再看见那敞开的高领，在恩尼斯身上已不再看见那安着蛇头一样的卡子的红色的皮带，在康诺利身上也不再看见他的钉着敞口口袋的诺福克式的上衣了！他们那样子使人看着非常不安，特别是看到那些使得他们可怜的赤裸裸的身子不堪入目地初露青春期的迹象，更使人感到刺心一样的痛苦。也许他们是要依靠许多人聚在一起打闹，来逃避他们的灵魂所感到的隐秘的恐惧。可是他，一声不响地远离他们，却完全记得他对他自己的肉体的神秘曾感到何等的恐惧。

——斯蒂芬诺斯·迪达洛斯！布斯·斯蒂芬鲁曼诺斯！布斯·斯蒂芬鲁曼诺斯！

他们的这种玩笑他并非第一次听到，可是，现在它正迎合了他自以为在一切人之上的轻微的优越感。和过去一样，现在他这个奇怪的名字在他听来似乎变成了一种预言。眼前的灰暗、温暖的空气似乎是那样的毫无时间界限，他自己的情绪又似乎是那样的飘忽不定而且已非个人所有，因而他感到自己已和所有的时代融合在一起了。不一会儿以前，丹麦人的古王国的鬼魂曾经通过那被烟霭笼罩的城市在他面前露出头来。现在有人提到这位神话中的发明家[1]的名字，他似乎听到了远处的海浪声，并看到一个什么东西正鼓着双翼在海浪上慢慢向天空爬去。这一切究竟是什么意思？难道是某种奇异的发明，打开了某本充满寓言和象征的中世纪书籍的一页，因而让他看到了一个像鹰一样的人在海上朝着太阳飞去，借以向他预言他为何而生，以及在他朦胧的儿童时代和少年时代便一直努力追求的最终目的，并借以象征那位艺术家在他自己

---

[1] 这里指伊卡洛斯的父亲迪达勒斯。在希腊神话中，他们父子俩曾用自制的蜡翅飞上天空，后因太阳熔化蜡翅而坠入海中。

的工作室里用这个地球上毫无生气的物质正在创造的一个新的、向上飞去的、摸不着的、永远不会毁灭的生命的形象吗?

他的心开始发抖了,他的呼吸越来越急促,他感到自己的四肢被一种狂乱的精神所占据,仿佛他自己正朝着太阳的方向飞去了。他的心由于恐惧的狂欢而颤抖,他的灵魂则已经飞去了。他的灵魂现在已超出这个世界在向天空飞翔,而他知道他的肉体已经迅速得到净化,摆脱了飘忽不定的状态,和宇宙精神混合在一起,放出了光彩。飞翔的狂喜使得他目光炯炯,呼吸狂乱,并使得他的被疾风扫过的四肢颤抖、狂野、光芒四射了。

——一! 二! ……快注意!

——啊,他妈妈的,我要淹死了!

——一! 二! 三,快跑!

——下一个! 下一个!

——一! ……啊!

——斯蒂芬内弗罗斯!

他的喉咙由于渴望大声喊叫都憋得发痛了,他要像高飞的鹰鹞一样喊叫,响彻云霄地喊出他随风飘去的喜悦。这是生命对他的灵魂发出的喊叫，而不是充满各种职责和绝望的世界发出的粗暴而无味的喊声，也不是呼唤他到圣坛前去终日进行那些无聊活动的非人的声音。片刻狂野的飞翔已使他获得彻底的解放，他的嘴唇勉强抑制住的胜利的欢呼几乎撕裂了他的头脑。

——斯蒂芬内弗罗斯！

那日夜追随着他的恐惧、那始终围绕着他的难以捉摸的犹豫、那从内心到外表都使他感到难堪的羞辱——所有这些现在除了把它们叫作从尸体上剥下的尸衣和死人在坟墓里穿的衣服外，还能叫它什么？

他的灵魂已经从他的儿童时期的坟墓中重新站了起来，抛掉了他身上的尸衣。是的！是的！他将和与他同名的那个伟大的发明家一样，用他的灵魂的自由和力量，骄傲地创造出一个新的、向上的、美丽的、摸不着的、永不毁灭的生命。

他神经质地从那石块上往上爬，因为他已经没有办法熄灭在他的血液中燃烧起来的火焰了。他感到满脸发烧，歌声堵住了他的咽喉。他感到自己的脚有一种要求到处游逛的狂热的欲望，像燃烧着的火焰一样逼迫他出发走向天地的尽头。向前走！向前走！他的心似乎在大声喊叫着。海面上的黄昏很快会越来越浓，平原将被夜幕所掩盖，在他这游荡者的面前将会闪耀着新的黎明，让他看到许多离奇的田野、山冈和人的脸面。可是在哪里呢？

他朝北向着豪思那面观望。在防波堤较浅的那一边海面已经退下去，露出了过去遇难的船只，海浪也从前滩迅速退走了。在一片很小的水浪中间，一条椭圆形的长滩已经暖融融地显露出来。在浅海边的海浪中，这里那里到处都露出了闪闪发光的温暖的沙岛，在那些小岛四周和那长堤的旁边，在海滩边的浅流中，到处是半裸着的人影，有时涉水前进，有时潜入水中。

过了一会儿，他也脱掉了袜子，把它们叠起来装在口袋里，帆布鞋用鞋带拴连着搭在肩头，从一些被海浪漂来停留在乱石中的破烂物件中拾起一根尖头的被盐水浸透的木棍，然后光着脚向防波堤的坡下走去。

沙滩上有一条很长的小河，他慢慢蹚着河水前进，河水里漂着的无尽无休的水草使他颇为惊诧。宝蓝色、黑色、褐色和橄榄色的海草一直不停地在那河水下面移动着，来回摇晃，不停地打着圈。那小河里的水由于充满各种水草的颜色而显得很深，并清晰地照出了在天空飘过的云彩。云彩一声不响地在他头顶上飘过，那墨角藻也一声不响从他的脚下漂走，灰暗而温暖的空气是那样的宁静，一个新的充满野性的生命开始在他的血管里吟唱了。

他的童年时期现在哪里去了？那极力逃避自己的命运的他的灵魂现在又到哪里去了？难道她是独自去忍受她的创伤给她带来的羞辱，或者穿着她的已褪色的尸衣，戴着用手一碰就会凋落的花环在她自己的简陋的与世隔绝的小天地中独自称王去了？再或者他自己现在到底在哪里？

他独自一人待着。没有任何人注意他，他满心快乐，更接近野性生命的中心。他孤独、年轻、任性，充满了野性，他孤独地待在一片荒凉的充满荒野气息的空气和黑色的水潭之中，孤独地待在无尽的贝壳和墨角藻之中，在他的四周是如笼薄纱的灰色的阳光，是许多穿着灰色衣服的半裸着的孩子和姑娘，空气中充满了孩子和小姑娘们的话语声。

一个小姑娘站立在他前面的河水中，孤独而宁静地观望着远处的海洋。她仿佛曾受到某种魔法的驱使，那形象已完全变得像一只奇怪而美丽的海鸟。她的细长的光着的腿像白鹤的腿一样纤巧而洁净，除了一缕水草在她的腿弯处形成一个翠绿色的图案之外，再看不见任何斑点。她那丰满的、颜色像象牙一样的大腿几乎一直光到她的屁股边，那里一圈外露的裤衩的下口完全像由细软的绒毛组成的白鹤的羽毛。她的浅蓝色的裙子大胆地撩上来围在腰上，从后面掖住。她的胸脯也像一只海鸟的一样柔和而纤巧，纤巧而柔和得像一只长着深色羽毛的鸽子的胸脯。可是她的淡黄色的长发却充满了女儿气：她的脸也带着小姑娘气，但点缀着令人惊异的人间的美。

她孤独而宁静地眺望着远处的海面。当她注意到他的存在，并发现他的眼神正对她表示出无限崇拜的时候，她对他转过脸来，以十分宁静的神态谛视着他的凝望，既无羞怯之感，也无淫欲之念。她听任他长时间，很长时间地对她凝望着，然后一声不响转过脸去，低头看着她面前的河水，用一只脚在水里东一下、西一下，轻轻地搅动。水被搅动时发出的微弱的响声打破了沉寂，那声音低沉、微弱、像耳语一样，微弱得像是在梦中听到的铃铛声，东一下、西一下，东一下、西一下，同时一种淡淡的热情燃起的红晕掠过了她的两颊。

——仁慈的上帝啊！斯蒂芬的灵魂在一阵无法抑制的人间的欢乐的激发下止不住大叫着。

他忽然转过身背着她，开始向沙滩那边走去。他满脸发热，感到全身都在发烧，他的四肢也不停地颤抖着。向前，向前，向前，他向前大步走着，踏着沙滩向远处走去，狂野地对着大海歌唱，为那一直在召唤他的生活的来临发出了热情的欢呼。

她的形象已永恒地进入了他的灵魂，没有一句话语打破他的神圣的狂喜的宁静。她的眼睛已经对他发出了召唤，他的灵魂在听到这一召唤时不禁欣喜若狂。生活下去，错误下去，堕落下去，为胜利而欢呼，从生命中重新创造生命！在他面前出现了一位野性的天使，人世的青春和美的天使，她是来自公正的生命的法庭的使者，他要在一阵狂喜中为他打开人世的一切错误和光荣的道路。前进，前进，前进，前进！

他忽然站住，静静地倾听着他自己的心声。他已经走了多远了？现在是什么时候了？

在他四周看不见任何人影，也没有任何声音从远处的空气中传来。但海潮已经快要退去，那一天已经接近尾声了。他转过身去背向大海，朝着海滩那面奔跑，不顾脚下坚硬的鹅卵石，一直跑上了倾斜的海滩，在那里他看到在一圈长着小草的沙丘中有一个安静的沙窝，于是就在那里躺下，让黄昏的安谧和宁静来慢慢冷却他沸腾的血液。

在他的上空，他可以感觉到那巨大而冷漠的苍穹和无数静静运行着的天体，他也感觉到在他下面的大地，正是这大地给予他生命，并把他放在自己的怀抱中。

他懒懒地闭上眼睛，慢慢睡去。他的眼皮仿佛因为感觉到大地和她的观望者的巨大的环形运转而颤动起来，仿佛感觉到一个新世界的离奇的光亮而颤动起来。他的灵魂在昏厥中进入了另一个新的、离奇的、阴暗的、和下面的大海一样难于捉摸的世界，在那里一些模糊的形象和生命正来回穿行。这是一个世界，是一阵闪光，还是一朵鲜花？闪烁着又颤抖着，颤抖着并慢慢展开，像一线刚刚突破黑暗的光明，像一朵正在开放的花朵，它永无止境地自我重复着伸展开去，一片叶子接着一片叶子，一道闪光接着一道闪光，最后展现出一派通红的颜色，然后又继续展开，慢慢凋谢，变成淡淡的玫瑰色，把它柔和的红晕铺满整个天空，每一个红晕的颜色都比前一个显得更红。

他醒来的时候，黄昏已经来临，他用作床褥的细沙和干草已经不再发光了。他慢慢站起身来，回味着他在睡梦中经历的狂喜，不禁发出了欢乐的叹息。

他爬到一个沙丘顶上，向四面观望。暮色已经笼罩着大地。一弯新月划破了暗淡、荒凉的天空，那新月像镶嵌在灰色沙滩上的一个银环。海潮带着唔唔低语的波浪迅速向沙滩边流过来，使远处浅水边的沙丘又变成了一个个小岛。

第 五 章

　　他一滴不剩地喝干了他的第三杯淡茶，开始咀嚼撒在他身边桌上的干面包渣，同时观望着玻璃罐里的黑色的小水潭。上面的黄色的茶水慢慢倒尽，下面剩下的那个水潭让他记起了克朗戈斯浴池里混浊的泥浆一般的水。他胳膊旁边的那个匣子里装着许多当票，刚刚他已经全部翻过，现在他无精少神地用他满是油腻的手一张张拿起印有蓝色条纹的纸条来看着，满是尘土的皱皱巴巴的纸条上字迹写得很乱，上面是戴利和麦克沃伊等典当人的名字。

　　一双高靿鞋。

　　一件四号上衣。

　　杂物三件和白油漆。

　　一条男裤。

他把它们放在一边，出神地看着那匣子的盖，盖上点缀着许多虱子屎般的斑点，他心不在焉地问道：

——咱们那个钟现在快多少？

他母亲把那架面朝下躺在炉台上的钟立起来，从钟面上可以看出现在是差一刻十二点，然后她仍然让它躺下了。

——快一小时零二十五分钟，她说。现在正确的时间应该是十点二十分。天知道，你得尽量赶快，要不赶不上听课了。

——把浴缸里放上水让我好洗个澡，斯蒂芬说。

——凯蒂，把浴缸放满水好让斯蒂芬洗澡。

——布蒂，把浴缸放满水好让斯蒂芬洗澡。

——我不成，我要去参加啦啦队。你给放上吧，马基。

当那搪瓷浴盆被安放在下水坑上，一只破旧的洗澡用的手套也扔在浴盆边的时候，他让母亲给他搓洗后脖，搓洗耳根后面，和他的鼻子根的两边。

——哎呀，真叫要命，她说，一个大学的学生竟会脏成这样，还得他妈妈来给他洗。

——但这只是因为你自己喜欢给我洗，斯蒂芬沉静地说。

楼上传来一声刺耳的口哨声，他妈妈把一件潮乎乎的长外衣塞在他手里说：

——看在上天的面上，你自己赶快擦干，上学去吧。

又是一声尖厉的口哨声，这次带着愤怒的情绪拖得更长，几个姑娘中有一个只好赶快跑到楼梯口下面去。

——有什么事，爸爸？

——你那个懒骨头臭丫头哥哥还没走吗？

——走了，爸爸。

——真走了？

——是走了，爸爸。

——哼！

那女孩跑回来对他做了个手势，让他赶快一声不响从后门出去。斯蒂芬大笑说：

——他对性别的看法可真有点怪，他好像把丫头看作是男性的了。

——啊，你真不知道害臊，斯蒂芬，他妈妈说，你怎么会跑到那个地方去了，你将来一辈子都会后悔不迭的！我可知道，你自那以后已完全变了。

——再见，所有的人，斯蒂芬说，微笑着吻了一下自己的指尖向大家告别。

高台子后面的那个胡同里积满了水，他缓步向前走着，在一堆堆潮湿的垃圾中择路而行。这时他却听到从墙那边关女尼的疯人院里传出一个发疯的女尼的喊叫声。

——耶稣基督！啊，基督！基督！

他生气地一摇头，想把那声音从他的耳朵里摇去，他踏着腐烂的垃圾跌跌撞撞匆匆向前走着，一种厌恶和怨艾的情绪竟使他的心感到说不出的疼痛。他父亲的口哨声、他母亲的唠叨、那个看不见的疯人的喊叫，现在变成了许多使他非常难堪的声音，威胁着要消除他那年轻人的骄傲。他发出一声咒骂，把那些声音的回声从他的心中驱赶出去。但是，在他沿着大马路走去，感觉到灰蒙蒙的曙光穿过雨水淅沥的树枝在他的四周散落下来，并闻到水淋淋的树叶和树干发出的带着野性的离奇气味的时候，他的灵魂终于从痛苦中解脱出来。

完全像过去一样，马路上雨水淋滴的树木马上使他想起了盖哈特·豪普特曼[1]剧中的姑娘和妇女，对她们的淡淡的悲愁的记忆和从带水的树枝上散发出的芳香的气息融混在一起，变成一种沉静的欢乐情调。他每天一早横越街市的散步早已开始了，他事先便已知道，在他穿过费尔维尤泥泞的土地时，他将想起纽曼的带有修道院气味的用银线贯穿的散文。在他走过北滩路时，随便朝那里一些食品店的窗口望一望，他就会想起吉多·卡瓦尔坎迪[2]的阴森的幽默而不禁微笑。当他在塔博特广场走过贝尔的石雕的时候，易卜生精神，一种带着倔强的孩子的美的精神，将会像一阵尖厉的清风在他的心上吹过。而当他在里费河那边一个肮脏的旧货店门口走过的时候，他一定会重复唱着本·琼森所写的一首歌，那首歌的开头是：

我待在这里并不感到更为无聊[3]。

每当他的头脑厌倦于从亚里士多德或亚奎纳斯的

1　近代德国剧作家。
2　13世纪意大利诗人。
3　见其所作《欢乐的幻景》（1641）。

幽灵般的词句中去寻找美的真髓的时候，他总转向伊丽莎白时代典雅的歌曲，从中去寻找乐趣。他的头脑，穿着多疑的僧人的服装，常常站立在那个时代的窗子的暗影之下，倾听着由竖琴奏出的严肃而又虚假的音乐，或倾听着穿坎肩的妇女[1]发出的坦率的大笑声，直到一阵过于低下的大笑，一句被时代所玷污、带着淫浪气息和虚假荣誉的话语，刺痛他那僧侣的骄傲心情，迫使他从他隐藏的地方走了出来。

大家原以为他终日沉湎其中，因而使他远离他的年轻伙伴的那些学问，现在看来也只不过是从亚里士多德的诗学和心理学中搜集来的一些纤巧的句子，只不过来自一本 Synopsis Philosophioe Scholasticoe ad mentem divi Thomoe[2]。他的思想不过是由各种疑虑和对自己的信心不足所组成，仅偶尔被本能的闪电所照亮的一片朦胧，不过那闪电的光是那样清晰而辉煌，它每一闪亮，整个世界便似被烈火烧熔，立即在他的脚下消失了。而自那以后他便感到自己的舌头已笨拙失灵，而且他所见到的别人的眼神也都显得毫无反响，

1 指下等妓女。
2 拉丁文书名：《圣托马斯哲学思想纲要》。

因为他感到美的精神已经像一件外衣一样把他完全裹住，而且至少在一种朦胧的梦境中他已经和真正的高尚结识了。但是如果这短暂的无声的骄傲不再给他以支撑力量，他也很高兴自己仍然生活在无数普通人的生活之中，在这城市的肮脏、嘈杂和混乱中，怀着轻快的心情无畏地向前走去。

在运河上的挡板附近，他遇上那个长着一张娃娃脸、戴着无边帽的肺病患者，迈着细碎的步子从桥上向他走过来，他穿着一件裹得很紧的栗色外衣，把一把收拢的雨伞像占卜的神杖似的举在自己的身边。他想现在应该是十一点了，同时转身朝一家牛奶店里望去，想看看时间。牛奶店里的钟告诉他那会儿是五点差五分，可是他刚一转身，却听到近处什么地方有一个看不到的钟急促而清楚地敲了十一下。听到这钟声他不禁笑了，因为这使他想起了麦卡恩，他当时就似乎看到他那穿着一身射击服装的矮胖的身体，留着淡黄色的山羊胡，站在霍普金斯街角的微风中，并听到他对他说：

——迪达勒斯，你可真是个不合群的动物，整天一个人闷着。我可不那样。我是一个民主派，我决心要为未来的欧洲合众国里的一切阶级和性别的社会自由和平等进行工作,并为之奋斗。

十一点!那么说他要赶去听那一堂课也太晚了。今天是星期几来着?他在一家报社的门前停下,看看张贴在门口的报纸的栏头。星期四。十点到十一点,英语;十一点到十二点,法语;十二点到一点,物理。他自己假想着上英语课的情景,而现在即使他远离那教室他也感到非常不安和毫无办法。他看到他的同学们顺从地低下头去,在他们的笔记本上写下老师要他们写下的一切,字面上的定义、实际的含义、各种例证、生死年月、主要作品,以及互相并列的别人的赞扬和批评等。他的头却没有低下去,因为他的思想早不在教室里了,但不管他是四面转头看看那个不大的教室里的同学,还是朝着窗外越过一片荒凉的菜地向远处望去,他都感到有一股令人沮丧的充满地窖里潮湿和腐烂气味的臭味向他袭来。除开他自己的脑袋之外,在他前面的最前几排椅子中也有一个头在所有低着的脑袋中高扬着,它像是一个神父的头,正无不羞怯地对着圣体盘,在为它周围的恭顺的礼拜者祈求。每当他想起克兰利,他总不能在脑子里形成一个他身体的完整形象，却只能想象他的头和脸，这到底是怎么回事呢？甚至现在映衬着清晨的灰色的帷幕，他眼前所见也只是有如在梦中所见的幻景，只看到一张已和身躯分离的脸，或者是从死人脸上压下的模型，额头上支棱着一头黑色的直竖着的头发，那样子像戴着一顶铁制的王冠。它完全像一张神父的脸，像神父一样脸色苍白，鼻翅很宽，眼睛下面和下巴底下都露着一片阴暗的颜色，也像神父一样长着很长的毫无血色的嘴唇，老是淡淡地微笑着。斯蒂芬忽然记起他日复一日、夜复一夜地对克兰利讲述着他的灵魂所感受到的苦恼、不安和渴望，而他这位朋友的回答始终只不过是一声不响地听着，他实在早应该看出，那是一张有罪的神父的脸，因为他听了许多人的忏悔却完全不能为他们赎罪，可是这时在他的记忆中他又感觉到那脸上的那双女人气的黑眼珠注视着他。

通过这一形象，他在一瞥之中看到了一个奇怪的可以使他沉思的漆黑的地洞，可是他又立刻转过身去，感到现在还不是进入那洞中去的时候。但是他的朋友的那种夜色般阴森的心不在焉的神态，却似乎在他四周的空气中散发出一种稀薄的致命的毒气，并且他发现自己正随意读着在他身边或左或右闪现的一个个单词，十分呆痴地纳闷，为什么它们忽然不声不响，完全失去了任何明白的含义，直到一切毫无意义却在街头巷尾流传的传说像符咒一样紧抓着他的思想，而当他在一堆堆用死亡的语言组成的胡同中走过的时候，他的灵魂却因为衰老，叹息着缩成一团了。他自己对语言文字的意识慢慢都从他的头脑中流出，全部流进那些单词里去，那些单词却自己在那里来回换着样子排列，执拗地定要排出非常别扭的韵脚：

> 常春藤发出凄厉的叫声爬在墙上，
> 它哭泣着蔓延着爬在墙上，
> 黄色的常春藤爬在墙上，
> 常春藤，常春藤爬在墙上。

谁曾听到过这样充满眼泪的诗行？伟大的上帝啊！谁曾听到过常春藤在墙上哭泣？黄色的常春藤，那倒也还可以。还有黄色的象牙。可是有没有像象牙一样的常春藤呢？

现在那个字在他的头脑中闪着光，比从大象的斑斑点点的长牙上锯下来的任何象牙都更为清晰，更为明亮。Ivory, ivoire, avorio, ebur[1]. 他学拉丁文时学的第一个例句便是：India mittit ebur[2]。他记起了教他拉丁文的那位校长的狡猾的北方人的脸，他曾经教他用典雅的英文重新改写奥维德的《变形记》，但因为他一再提到小猪肉、陶片和猪肉火腿，总显得非常荒唐可笑。他所知道的那点拉丁文诗歌的规律不过是从一位葡萄牙神父写的一本破烂不堪的书上学来的。

Contrahit orator, variant, in carmine vates.[3]

罗马历史的危机、胜利和动乱就是通过 in tanto discrimine[4] 这句滥调慢慢传授给他的，他同时还试图通过 implere ollam denatiorum 几个词来窥探那众城之城的社会生活，这几个字曾经被他那位校长用十分响亮的声音翻译成"用银角子装满钱罐"。他那本久经时间磨炼的贺拉斯的作品什么时候摸上去都一点也不冷，尽管他的指头是那么冰凉。那些书页都带有人的

1　分别为英、法、意、拉丁文，均为"象牙"之意。
2　拉丁文：印度出产象牙。
3　拉丁文：演说家力求简约，诗人却需铺张。
4　拉丁文：十分危殆。

345

味道，五十年前就被约翰·邓肯·英弗拉里蒂用他的手指翻阅过，后来他弟弟威廉·马尔科姆·英弗拉里蒂也翻过它。是的，在那些发黄的扉页上写的都是些高贵的人的名字，而对他这个拉丁文知识少得可怜的人来说，那些含义朦胧的诗行也仿佛这么多年来一直都放在常春花、薰衣草和马鞭草中一样而显得无比芳香。但是，一想到在世界文化的筵席上他将永远只不过是一位羞怯的客人，他不禁感到非常伤心。另外使他感到伤心的是那僧侣的知识，他原来极力想以它为基础建造起一种美的哲学，现在却看到在他生活的这个时代，一般人把它看得还不如纹章学和驯鹰术所使用的那些微妙而奇怪的术语更为重要。

在他左边的三一学校的灰色的建筑，由于全城人的无知，不过像一块无用的顽石稳坐在一圈笨重的栏杆之中。这形象使得他的心绪非常低沉，他正想尽各种办法，企图使自己的脚从获得改造的良心的桎梏中解脱出来，这时他却遇上了那爱尔兰民族诗人的滑稽可笑的塑像[1]。

---

1 指该学校西侧托马斯·穆尔塑像。

他并不生气地观望着它，因为，尽管身心的懒散像看不见的蛆虫一样爬满了它的全身，爬满了它那似乎不停移动着的脚和外衣的衣褶，爬满了它那显得很卑贱的脑袋，但它似乎十分谦卑地意识到了自己无足轻重的地位。这是一位古艾尼人穿着借来的古爱尔兰人的外衣。这时他不禁想到了他的朋友达文，那个农民学生。他们彼此开玩笑时他曾对他使用过这个名字，可是那年轻的农民毫不在意地接受了。

——就么叫吧，斯蒂维，正像你说的，我这人是死脑袋瓜。你愿意叫我什么都行。

这样用家人之间的亲昵称呼来使用他的教名，他在第一次听到这一称呼出自他这位朋友之口的时候，曾感到十分高兴，因为他不论对谁讲话，也和别人对他讲话一样，总是非常严肃的。当他坐在格兰瑟姆街达文的屋子里，一面带着惊异的心情观望着他的朋友沿墙根摆着的一双双做工极好的靴子，一面为满足他朋友的容易满足的耳朵，而实际也是为了掩盖他自己的渴望和沮丧心情，念诵着别人的诗行和韵文的时候，他这位倾听者的古艾尼人的粗浅的头脑对他来说，有时颇有吸引力，有时又使他不禁要退避三舍。吸引他的是他那朴实而有礼貌的凝神静睇，或他对古英文用语的奇怪用法，再或者是他对粗野的人的技能所表现出的强大的喜悦情绪——因为达文一直是拜倒在迈克尔·丘萨克那个盖尔人的脚下的——而使他的思想不禁迅速而急骤地极力避开的则是他那莽撞的理智，或愚钝的感情，或他那充满恐惧的呆滞的眼神，那是一个饥饿中的爱尔兰村舍的灵魂所表现的恐惧，在那村舍中戒严令至今仍使所有的人整夜不安。

他叔叔马特·达文，关于那位运动家的能力和事迹他是记得很清楚的，这位年轻农民完全和他那位叔叔一样，非常崇拜爱尔兰的各种悲伤的传说。他的那些不惜花费一切代价要使学校的平庸生活变得多少有几分意义的同学们，都喜欢把他看成是一个年轻的芬尼亚分子。他的保姆教他学会了爱尔兰语，并用残缺不全的爱尔兰神话照亮了他的朴质的想象世界。对那些从来无人从中找到一行美丽诗句的神话，对那些在代代相传的过程中已变得十分混乱、复杂、令人难以相信的故事，他的态度却完全像一个缺乏头脑的农奴对待罗马天主教的宗教一样一片忠心。不管任何从英格兰，或者通过英格兰的文化传来的思想或感情，他的头脑都毫无例外地一律加以拒绝。至于英格兰以外的世界，他所知道的唯一的外国是法国，他常常也谈到为法国尽忠。

这种雄心，又配上年轻人的那种幽默，使得斯蒂芬常常把他称作驯顺的白鹅，这个名字甚至还有一点特别令人厌烦的地方，就是它清楚地表明了他这位朋友既不爱讲话也不爱行动的气质，而这种气质似乎常在斯蒂芬的随时都急于进行思考的头脑，和那种爱尔兰的处处躲躲藏藏的生活方式之间形成了一种障碍。

斯蒂芬常常用一阵激烈的或者说过于丰富的语言来回避对方显示精神反抗的冷漠的沉默，而这位年轻农民有一天夜晚由于精神上不堪其扰讲出的一番话，却又在斯蒂芬的头脑里唤起了一种奇异的想象。他们两人那时正穿过贫苦犹太人的狭窄而黑暗的街道，慢慢散着步朝达文家走去。

——去年秋天快入冬的时候，斯蒂维，我自己曾遇到过一件事，这事我从没有对任何一个活人讲过，今天你是第一个听到我讲这件事的。我记不清那是十月还是十一月。可能是十一月，因为那是在我到这儿来参加新生班学习之前。

斯蒂芬含着笑对他的朋友转过脸去，很高兴他能这样自信，而且他说话时那种淳朴的腔调也赢得了他的同情。

——那一天，我整天没有回家，一直待在巴特凡特——我不知道你知不知道那地方在哪儿——克罗克健儿和瑟尔斯大无畏球队正在那里进行一场球赛，我的天哪，斯蒂维，那场球赛打得可真叫玩儿命。我一个表哥，方西·达文，由于大部分时间一直跟着前卫到处奔跑，像疯子一样大喊大叫，热得把衣服全都剥光了，可是你知道那一天对一般的利默里克人来说还是很凉爽的。那一天我是永远也不会忘记的。有一次一个克罗克的小伙子狠狠朝他头上一棍打去，那一棍，天知道，只差一丁点儿就打在他的太阳穴上。啊，上帝可以作证，要是那一棍真打上了，他肯定就算完了。

——我很高兴他逃脱了性命，斯蒂芬大笑着说，但是我肯定你刚才要讲的一件奇事绝不会就是这个吧？

——不是，我相信你对那个是不感兴趣的，可是不管怎么说，在那次球赛之后，球场上一直热闹非常，弄得我竟误了回家去的最后一趟火车，我也找不到任何可以带我回去的便车，因为事不凑巧，那天夜晚正好在城堡镇有一次群众大会，村子里所有的车都赶到那边去了。因此我除了待在那里过夜或用两条腿走回去，就再没有任何其他办法可想了。是啊，我开始步行，我走了一阵天就完全黑了下来。等我走过巴利霍拉山以后，还有很长一段路几乎是什么人也看不见的，而那里离基尔马洛克可还有十多英里。沿路上你看不见半间基督教徒的住房，也听不到任何声音。天又黑得伸手不见五指。有一两次我在一个树丛下面停下来点着我的烟斗，要不是因为露水太重，我几乎都想两脚一伸就在那儿躺下睡觉了。最后，大路拐过一个弯，我忽然看见远处一个小村子里有一个窗口露出了灯光。我走过去敲门。里面有人问我是谁，我回答说，我在巴特凡特看球赛看得太晚，只好走路回去，如果我能讨一碗水喝，我会非常感谢。过了一会儿，一个年轻妇女打开了门，拿给我一大罐牛奶。她只穿了很少一点衣服，头发也披散着，仿佛在我叫门的时候她正准备上床睡觉了。从她的身材和她的某种奇特的眼神来看，我相信她一定怀孩子了。她站在门口一个劲儿拉着我谈话，谈了很久，我当时就感到很奇怪，因为她的胸脯和肩头几乎全都露着。她问我累不累，愿不愿意就在那里过夜。她说她家里就只她一个人，她的丈夫那天早晨送他妹妹到昆斯敦去了。她就那么一直不停地谈着，斯蒂维，她的眼睛直盯着我的脸，她站得离我非常近，我差不多都能听到她的呼吸声。最后当我把奶罐还给她的时候，她拽着我的手硬要把我往门里面拉，还说：**"快进来，就在这儿过夜吧。你完全不用害怕。这屋里除了咱俩什么人也没有……"** 我没有肯进去，斯蒂维。我向她道了谢，仍开始走我的路，浑身像发烧一样。走到大路上第一个拐角的地方我回头望望，她仍然还站在门口。

达文的故事的最后几个字一直在他的记忆中回荡，他故事中的那个女人已变成了他坐在学校的车上开过克莱恩时曾经见到的那些站在屋门口的农妇的形象，这是她的民族和他自己的民族的一个典型的象征，一个蝙蝠一样的心灵在黑暗中、在隐秘中、在孤独中忽然意识到了自己的存在，于是通过一个毫无忸怩之态的女人的眼神、声音和姿态，邀请一个陌生人到她的床上去。

他忽然感到有一只手抓住他的胳膊，一个年轻的声音叫喊着：

——啊，老爷，是您自己的姑娘，先生！今天的第一束鲜花，老爷。买下这束可爱的鲜花吧。好吗，老爷？

她向他举过来的鲜花和她那年轻的蓝色的眼睛，在那一瞬间仿佛正好表现出毫无忸怩之态的天真形象，他于是不禁停了下来，但不久那形象便消失了，他所看到的只是她的破烂衣衫、潮湿而粗糙的头发和顽皮的脸。

——买下吧，老爷！别忘了您自己的姑娘，先生！

——我没有钱，斯蒂芬说。

——买下这些可爱的花吧，行不行，老爷？只要一个便士。

——你没听见我刚才讲的话吗？斯蒂芬向她低过头去问道。我已经对你说过我没有钱。我再对你说一遍。

——啊，将来您肯定会有钱的，老爷，上帝保佑您，那女孩稍等了一会儿回答说。

——那也许吧，斯蒂芬说，但我看恐怕不一定。

他很快离开了她，担心她那亲昵的表现会进而转为对他的喋喋不休，再说他也不愿碍她的事，妨碍她向别的人，一个从英格兰来的旅游家或者三一学校的学生什么的，兜售她的鲜花。他沿着走去的那条格拉夫顿大街，进一步延长了那令人沮丧的贫穷景象。在那条街的闹区有一块纪念沃尔弗·托恩[1]的石碑，他还记得当年立这块碑时，他和父亲一起来参加了那个仪式。他想起当时对托恩表示崇敬的那俗不可耐的仪式，感到十分痛心。那时还有坐在一辆漂亮的车子里前来参加仪式的四位法国代表，其中有一个微笑着的胖小伙子，用一根棍挑着一块牌子，那上面写着 Vive l'Irlande[2] 几个字。

但是斯蒂芬广场上的树木却散发出雨水的芬芳，那被雨水浇透的土地也散发出它的尘世的生命的气息，一种从许多发霉的心灵中升起的淡淡的烟雾。他的前辈曾多次对他讲过的那个英勇、腐朽的城市的灵魂，随着时间的推移，已经萎缩成一股从土地上升起

---

1 西奥博尔德·沃尔弗·托恩是18世纪末爱尔兰革命家，曾要求法国派兵到爱尔兰帮助本地的革命运动，被英政府判处叛国罪，后自杀。
2 法语：爱尔兰万岁。

的淡淡的生命的气息。而且他知道待会儿他进入那阴暗的学校大门之后，他就会感受到一种并非巴克·伊根[1]和伯恩查佩尔·惠利[2]所知的腐化堕落情景。

现在要到楼上去上法文课已经太晚了。他穿过大厅，朝通向物理实验室的那条过道走去。过道里很黑，很安静，但也并非无人守望之处。他为什么会感到这儿一定有人在守望着？是因为他曾听人说，在巴克·伊根时代，这儿有一个秘密的楼梯口吗？或者是因为耶稣会的一切房舍都是治外地区，他现在是在一群异族人民之间活动？托恩和帕内尔的爱尔兰似乎已消失在无尽的空间中了。

他打开实验室的门，站在从满是尘土的窗口勉强照进的寒冷、阴森的光线之中。大门前有一个人蹲着，从他瘦小的身体和灰色的衣服判断，那是副教导主任正在生火。斯蒂芬轻轻关上门，朝火炉边走去。

——早，先生！我可以帮帮你的忙吗？

那神父马上抬起头来说：

---

1 即约翰·伊根，英国下院议员，对当时英国政治十分不满。
2 此处想写的是托马斯·惠利，英国下院议员，在联合问题上进行投票时，受贿变节。

——先等一等，迪达勒斯先生，一会儿你就会看到了。点火也是一种艺术，我们有陶冶性情的艺术，我们也有实用的艺术。这是一种实用的艺术。

——我也来试着学一学，斯蒂芬说。

——煤不要加得太多，副教导主任说，一边两手不停地忙活着，这是生火的秘诀之一。

他从袈裟旁边的口袋里掏出四个蜡烛头，灵巧地把它们跟煤块和一些揉皱的纸团一起放进炉子里去。斯蒂芬一声不响地在一旁观望着。他这样跪在一块方砖上点火，忙着把纸团和蜡烛头一件一件往炉子里放，那样子似乎使他比过去任何时候都更像一位恭顺的神父，他仿佛是上帝的祭司，正在一个空荡荡的神庙里准备着向神献祭。他那已褪色的破旧的袈裟也像是一件朴素的祭司的布袍，覆盖着这个跪着的形象，而如果让这个人穿上法衣或穿上挂满铃铛的主教服装，他就会感到极不舒服。由于长时间慢吞吞地为主操劳——点燃圣坛上的炉火，对一切听到的话严格保密，侍候尘世的凡人，不论奉派进行任何工作都积极行动——他的身体已经变得相当衰老，可是他的脸上却看不出任何圣徒或教皇的美。不，他的灵魂本身也由于那种操劳而只是变得越来越老，却并没有显得与光明和美更为接近，或者向外散发出表现他的庄严神圣的甜蜜的气息——剩下的只是一个受尽折磨的意志，它在接受命令时的反应也并不比爱情或战斗所引起的反应更为强烈，他的又干又瘦的衰老的身躯，由于覆盖上一层银灰色的绒毛，已全部变灰了。

副教导主任蹲下身去，观望木棍被火烧着的情况。完全为了打破沉默，斯蒂芬说：

——我敢肯定我可生不着一炉火。

——你是一位艺术家，是不是，迪达勒斯先生？副教导主任说，抬头望着他，眨了眨灰色的眼睛。艺术家的目的是创造美的东西。但到底什么叫美那可是另外一个问题。

他思索着这个难题，慢慢搓了搓自己的干枯的手。

——你现在能回答这个问题吗？他问道。

——亚奎纳斯，斯蒂芬回答说，说是 Pulcra sunt quoe visa placent。[1]

——在咱们眼前的这一堆火，副教导主任说，看

1　拉丁文：意之所悦者谓之美。

起来也令人感到很愉快。那么它也可以算作美吗？

——从视觉所能体会到的情况来看，这里我想也包含着美的感受的意义，它就应该算是美。可是亚奎纳斯也说过，Bonum est in quod tendit appetitus[1]。从它能满足动物对温暖的要求来说，火是一种善。可是在地狱里，火却是一种恶。

——完全是这样，副教导主任说，你的话正好说在点子上了。

他敏捷地站起来朝门口走去，让门半开着说：

——据说生火时有点风会有很大的帮助。

他回到火炉边时步子很轻快，但微微有点儿瘸，斯蒂芬从他毫无热情的灰眼睛里，看到一个耶稣徒安静的灵魂正观望着他。他和伊格内修斯一样有点瘸，可是他的眼睛却完全没有伊格内修斯热情的火花。甚至传说中他们那一帮人所使用的计谋，一个比记载机密、微妙的智慧的神话书中所记载的更为微妙和更为机密的计谋，也没有能够在他的心中燃起耶稣门徒的热情。他仿佛是完全按照吩咐，为了给上帝带来更大

---

1 拉丁文：心之所向者谓之善。

的荣誉，在使用着人世的计谋、智能和机智，他在使用它们时没有任何欢乐，对它们在恶人身上的出现也没有任何仇恨，而只是带着坚定的绝对服从的姿态，还它们一个本来面目，而尽管他整天一声不响地操劳着，他似乎对他的主人并不喜爱，对他所干的那些事，如果真有热情的话，那也是微乎其微的。完全像造物者所要求的那样，Similiter atque senis baculus[1]，像老人手中的一根手杖，在深夜走在路上或遇上恶劣天气的时候，可以做个依靠，在花园的凳子上可以和一位太太送他的花束放在一块儿，有时也可以把它举起来对人进行威胁。

副教导主任回到火炉边，开始抚摸自己的下巴。

——关于这个美学问题，我们什么时候可以听到你的意见呢？他问道。

——我的意见！斯蒂芬惊愕地说，我要是运气好，十天半个月也许能碰上一点关于这个问题的想法。

——这类问题是非常深奥的，迪达勒斯先生，副教导主任说，这仿佛在莫黑山的峭壁上观望下面的深

---

1 拉丁文，即下句"像老人手中的一根手杖"。

渊。许多人跳进深渊便再也没有回来。只有那些受过潜水训练的潜水员可以进入深渊里去，进行一番探索，然后再浮到水面上来。

——如果你讲的是思索问题，先生，斯蒂芬说，那我也敢肯定世界上并没有什么独立思考这种东西，因为一切人的思索必须受它自己的规律的限制。

——哈！

——就我的需要来说，我现下依靠亚里士多德和亚奎纳斯的一两个概念所发出的光就足够了。

——我明白。我完全明白你的意思。

——我需要它们只是为了让它们为我所用，作为我的向导，然后我要依靠它们发出的光干一点我所要干的事。如果那个灯光冒出黑烟或者发出臭味，那我就要调整一下它的灯芯。如果它变得不够亮了，那我就要把它卖掉，另外再买一盏。

——爱比克泰德[1]也有一盏灯，副教导主任说，那盏灯在他死后卖了个很好的价钱。那就是他依靠着写出哲学论文的那盏灯。你知道爱比克泰德是谁吗？

——

1　公元2世纪初希腊斯多葛派哲学家。

——一位老先生，斯蒂芬哑着嗓子说，他曾经说过，一个人的灵魂完全像装在柳条筐里的一筐水。

——他曾用一种非常朴实的语言对我们说，副教导主任接着说，有一次他在一尊神像前面放上了一盏铁铸的灯，后来一个小偷把灯偷走了。那位哲学家怎么办呢？他想了想，偷窃是小偷的本性，因此决定第二天去买一盏瓦灯，不再用铁灯了。

副教导主任放进炉子里的蜡烛头散发出烧焦的蜡油味道，那气味在斯蒂芬的意识中竟和他们的铿锵话语声融混在一起了，柳条筐和灯，灯和柳条筐。那神父的声音也显得响亮而铿锵有调。斯蒂芬的思想本能地停滞住了，那奇怪的声音和形象，那好像一盏没点着的灯或像一个焦距错误的反光镜中的神父的脸，都使他的思想停止活动了。在这张脸后面，或者脸里面有什么东西呢？是一个呆痴、麻木的灵魂，还是一团充满智慧，并能表现出上帝的愤怒的包藏着雷电的乌云？

——我说的完全是另外一种灯，先生，斯蒂芬说。

——毫无疑问，副教导主任说。

——在美学讨论中，斯蒂芬说，有一个很大的困难，那就是很难知道我们在使用某些词句时，根据的是文学传统还是市井间的传统。我记得纽曼有一句话说到圣母玛利亚，说她由所有的圣徒陪伴着。可是这个字在市井间使用起来意思就完全不一样了。我希望我没有绊住[1]你。

——不不，我也没有什么事，副教导主任客气地说。

——不，不，斯蒂芬微笑着说，我的意思是……

——是的，是的，我明白了，副教导主任连忙回答说，我现在明白你的意思了：你讲的是"绊住"那个词儿。

他向前伸出下巴，干咳了几声。

——还回到灯的问题上来，他说，往灯里加油也是个很微妙的问题。你必须选择纯净的油，往里加的时候你还必须非常小心，不要让它流到灯外面，也不要让油从漏斗口上漫出来。

——什么漏斗？斯蒂芬问道。

---

1 这里的"陪伴"和"绊住"在原文中是同一个词（detain）。斯蒂芬讲这句话只是在说明这个词在"市井间"的用法，而副教导主任却以为是斯蒂芬在对他表示歉意，因而有下文的误会。

——就是你用它往灯里灌油的那种漏斗。

——那个？斯蒂芬说，那东西叫漏斗，那不是通盘吗？

——什么是通盘？

——就是那个。那个……漏斗。

——这东西在爱尔兰语里叫通盘吗？副教导主任问道，我这一辈子还从没听说过这个词儿。

——在下德拉蒙康德拉一带这东西叫作通盘，斯蒂芬大笑着说，那里的人英语可都是说得呱呱叫的。

——通盘，副教导主任沉思着说，这个词再有趣不过了。我一定得查一查字典。说真的，我一定得把它记住。

他这种客气的外貌看来有些虚假，斯蒂芬几乎是用寓言中长兄看待回头浪子的眼神注视着这位英格兰的皈依者。这个待在爱尔兰的可怜的英格兰人，在一阵热闹的精神转变的仪式之后变成了一个虔诚的信徒，他似乎是在那个充满阴谋、痛苦、嫉妒、斗争和卑鄙行为的奇怪的戏快要演完的时候才走进耶稣教会的历史舞台的——他由于姗姗来迟，是一个精神上的后辈。他的宗教思想是从什么地方开始的呢？也许他有生以来就一直生活在一群严肃的离经叛道的人们中间，他只看到耶稣是人类的救星，而对于整个宗教的那一套虚假的仪式非常厌恶。难道在无数派别斗争的混乱中，在什么六大原则会、特殊人、种子和蛇洗礼会、命运先于人世论者等种种混乱派别的胡言乱语之中，他却会感到需要一种出自内心的虔诚吗？难道是在他像缠绕一团棉线一样，把他关于在圣坛前行一次额手礼便会带来一股仙气，或者关于圣灵诞生的细致微妙的思绪，抽绎到了尽头的时候，忽然发现了真正的宗教吗？再不然难道是他坐在某一个铁皮顶的小教堂门口，打着哈欠细数着教堂收到的便士的时候，耶稣基督碰了他一下，让他跟着走，他也就像坐在税务局前的那个门徒一样跟着他走了吗？

副教导主任又重新念叨着那个词。

——通盘！哎呀，真是太有趣了！

——你刚才问我的那个问题似乎比这个有趣得多。艺术家们尽一切力量用一团泥表现的美究竟是什么东西，斯蒂芬冷静地说。

这个小词儿似乎让他把他的灵敏感觉的剑尖指向了这个有礼貌的时刻警惕着的敌人。一想到现在跟他说话的那个人是本·琼森的同胞，他不禁有一种很难堪的感觉。他想：

——我们两人刚才谈话所使用的这种语言原来是他的语言，后来才变成了我的语言。像"家""基督""麦酒""主人"这些词，从他嘴里说出来和从我嘴里说出来是多么不相同啊！我在说这些词和写这些字的时候可能并不感到精神上十分不安。他的语言对我来说是那样的熟悉，又是那样的生疏，对我来说它永远只能是一种后天学来的语言。那些字不是我创造的，我也不能接受。我的声音拒绝说出这些字。我的灵魂对他这种语言的阴森含义感到不安。

——要分清什么是美，什么是崇高，副教导主任补充说，分清什么是道德上的美和什么是物质上的美。还要弄清楚对各种不同的艺术来说，什么样的美最适合于什么样的艺术。这是我们应该加以研究的一些有趣的问题。

副教导主任的坚定而枯燥的声音忽然让斯蒂芬感到极不舒服，他于是沉默下来。副教导主任也沉默了下来。从远处的楼梯口传来许多皮靴声和混乱的说话声，打破了房间里的沉寂。

——在对这些问题进行探索的时候，副教导主任用一种下结论的口气说，必须注意这里存在着一种因为缺乏营养而陷于枯竭的危险。首先你必须设法取得学位。你应该把这件事当作你的第一个目标。然后你自然会一点一点地看清你的道路了。我指的是各个方面的道路，你的生活道路和你进行思维的道路。在一开始这可能有点像骑着自行车爬高山。你比如像穆南先生。他花了很长的时间才爬到山顶上去。可是他终于爬上去了。

——我可能没有他那种才能，斯蒂芬平静地说。

——这个谁也不知道，副教导主任微笑着说，咱们自己谁也说不清自己到底有多大才能。但我们肯定绝不能泄气。Per aspera ad astra.[1]

他匆匆离开火炉，走到楼梯口去，看着正进来的艺术班第一班的同学。

斯蒂芬倚在火炉边，听见他轻快地一视同仁地对班上的每一个同学打招呼，并且几乎可以看到一些比较无礼的学生坦率的微笑。这时一种凄凉和悲悯的感

---

[1] 拉丁文：只有通过艰险才能到达高峰。

情像露水一样洒在他那容易感伤的心上，他对这个具有武士气派的罗耀拉的忠实信徒，这个教会里的后娘的儿子感到十分同情，这个人说话比教会里其他的人更随便，他永远也不会称这个人教父，但是这个人有一个比他们更为坚定的灵魂。他同时还想到，这个人和他的那些伙伴，由于在他们的一生中一直在上帝的审判台前为一些轻快的、缺乏热情的、安分的灵魂乞求恩惠，所以他们不仅在那些出世者的眼前，而且也在普通世人的眼前赢得了一定的声誉。

坐在那个阴暗的实验室最高处布满蛛网的窗子下面的一些学生，用他们沉重的靴子表现的那一阵热情，说明上课的教授已经进入教室了。教师开始点名，学生回答的声音各式各样，最后点到了彼得·伯恩。

——到！

从高处发出一声低沉的回答，紧接着从别的座位上发出一阵表示抗议的咳嗽声。

那教授稍微停了一停，然后又接着往下点名：

——克兰利！

没有人回答。

——克兰利先生！

斯蒂芬因为想到他这位朋友的学习情况,一阵微笑掠过了他的脸。

——到豹镇去打听打听他吧!他背后一个声音说。

斯蒂芬很快转头去看,可是衬着后面的灰色的光,他所看到的莫伊尼汉的尖着嘴的脸却一点表情也没有。黑板上写出了一个公式。在一片翻动练习簿的沙沙声中斯蒂芬又转过身去说:

——求你看在上帝的面上给我一点纸吧。

——你怎么搞的,连纸也没有一张了?莫伊尼汉咧开嘴笑着说。

他从拍纸簿上扯下一张递给他,对他耳语说:

——在情况必要的时候,任何一个外行人或女人都能干得了的。

一字不落地照抄那片纸上的公式、老师在演算中的化简和展开的算式、那些像鬼魂一样表示着力量和速度的符号等,既使斯蒂芬感到有趣也使他感到疲劳。他曾听见有人说这位老教授是一个持无神论的互济会会员。啊,这讨厌的阴暗无聊的日子!它简直仿佛是一个盛满毫无痛苦但却颇有耐心的意识的深潭,在这里面数学家的灵魂可以四处游逛，在一层层由越来越稀薄、越来越暗淡的余晖组成的平原上，建造他们的又细又长的各种结构，并向愈来愈大、愈来愈远和愈来愈无法捉摸的宇宙的边沿，不停散发出迅速扩大的光环。

——所以我们一定要区分什么是椭圆形，什么是椭圆球体。也许你们诸位都很熟悉 W.S. 吉尔伯特[1]先生的作品。他在一支歌中曾经讲到，一个打弹子的真正行家必须这样来玩：

在一张铺着虚假的绒布的台子上
用一根弯弯曲曲的弹子棒
打着椭圆形的弹子。

——他的意思当然是说，一个形状完全合乎我刚才讲的椭圆体中轴线规律的椭圆体的球。

莫伊尼汉向斯蒂芬的耳边歪过头来，低声说：

——椭圆球什么价钱！快来追我吧，小姐们，我

---

1 20世纪初英国喜剧作家。

已经参加了骑兵部队[1]。

他的这位同学的这种粗野的幽默，像一阵飓风穿透了斯蒂芬的闭关自守的心灵，挂在墙上的软塌塌的教士们的服装似乎都忽然具有了欢乐的生命，它们在一个无人管事的安息日不停地摇晃着，到处蹦蹦跳跳，这一教区的各种人物形象都从这些被风吹动的衣服中显现出来，其中有副教导主任，有戴着用灰色的毛发做成的帽子的身材高大的卖花人，有校长，有写下虔诚诗句的长着一头软发的小教士，有经济学教授的矮墩墩的农民形象，有年轻的讲心灵科学的教授的高瘦的形体，他在楼梯口和他班上的同学们讨论关于良心的问题，那样子真像一只长颈鹿站在一群羚羊之中伸头吃着高处的树叶。还有这里的兄弟会的负责人、长着一双流氓眼睛的圆脑袋的教意大利文的胖教授等。他们跑着、走着、蹦着、跳着，全都把长衣服撩起来准备做跳背游戏，一个接一个趴在别人的背上，拼命摇晃身子发出虚假的大笑，大家胡乱拍打着别人的屁股，又因为这种粗野的下流玩笑大笑不止，他们彼此用大

———
1 这里后一句是重述吉尔伯特的流行喜剧中的一句台词。

家熟悉的诨名相称呼，忽然又对某人过于粗野的行为装作一本正经地表示抗议，三三两两聚在一块儿用手捂着嘴低声耳语。

讲课的那位教授走到墙边的一些玻璃匣子前面，他从一个放玻璃匣子的架子上拿下一套弹簧，仔细吹掉上面各处的灰尘，很小心地把它拿到桌边来，用一个手指头指着它，开始他的讲演。他解释说，现代做弹簧的金属丝是一种叫作赛白金的合金做成的，这种合金是不久前由 F. W. 马蒂诺发明的。

他非常清晰地念出了那位发明家简写的名字。莫伊尼汉在斯蒂芬的背后低声说：

——就是那位无人不知的清水马丁[1]！

——问问他，斯蒂芬转过头去厌倦地勉强开玩笑说，他是否要找个人去坐电椅。告诉他我可以去。

莫伊尼汉看到教授正低头看着他的弹簧，便从板凳上站起来把右手手指窝得嘣嘣响，学着街上野孩子哭泣的声音喊叫着。

---

1 上文 F. W. 马蒂诺这个名字和"清水马丁"的英语读音颇有相似之处，因而"清水马丁"中的"清水"二字，可能只是由 F. W. 两字母臆测为 fresh water 的玩笑话。

——求求你，老师！这孩子专喜欢讲些脏话，老师。

——赛白金，那教授严肃地说，比德国的银子还要好，因为不管温度怎么变化，它的抗热系数都比较低。这赛白金金丝是经过绝缘处理的，用来绝缘的这些丝线是绕在黑色的橡皮管上的，就是我手指指的这个地方。如果单独缠绕就会在弹簧中产生感应电流。这橡皮管是用热石蜡浸透过的……

在斯蒂芬下面的一条板凳上有一个尖利的北爱尔兰的口音说：

——老师会问我们一些关于应用科学的问题吗？

那位教授开始严肃地翻来覆去解释纯科学和应用科学这两个词儿。一个戴金边眼镜身材高大的学生带着迷惘的神态看着那个提问题的人。莫伊尼汉从后面用他本来的声音低声说：

——凭他那一磅肉来说，麦卡利斯特难道不是一个魔鬼吗？

斯蒂芬冷冷地低头看着他下面的一个椭圆形的脑袋，那脑袋上乱七八糟地长着一头像棕绳一样棕红色的头发。那声音、那腔调、那提问人的头脑都使他非常讨厌，他甚至听任这种厌恶情绪发展成一种有意夸大的愤怒，刻薄地想着，这个学生的父亲要是把他的儿子送到贝尔法斯特去上学那岂不好得多，这样他还会省下一大笔火车费用哩。

他下面的那个椭圆形的脑袋瓜儿对他这种思想上的暗箭并没有回过头来加以反击，可是很快这支箭却又飞回到弓弦上来，因为不一会儿他就看到了那学生的像白纸一样苍白的脸。

——这段话可不是我自己想出来的，他连忙对自己说。后面那条板凳上的那位滑稽的爱尔兰人早就说过这话。安静一些吧。你能肯定说，你的民族的灵魂是被谁给出卖了？你们的那些上帝的选民是被谁出卖的？——是被问话的人还是被那个取笑他的人呢？安静一些吧。记住爱比克泰德的话。他在这个时候，用这种声调提出这样一个问题，而且把**科学**两个字念得像一个字一样，这也许是他的性格决定的。

那位教授的拉长的声音一直围绕着他所讲的那个弹簧慢慢在教室里漾开，随着弹簧阻抗的成倍增长，他那声音也成倍地，成三倍、四倍地加强了催眠的力量。

莫伊尼汉听到远处的铃声，从背后发出一声喊叫：

——该下课了，先生们！

教室前的门厅里挤满了人，大家都大声谈着话。在门口一张桌上放着两幅带框的照片，这两幅照片中间放着一长条纸，乱七八糟的签名形成了一个很不规则的拖长的尾巴。麦卡恩在成群的学生们中间兴致勃勃地来回奔跑，他滔滔不绝地谈着话，回答别人的指责，把一个又一个学生领到桌边去。在里面的大厅里副教导主任正站在那里和一位年轻教授谈话，他严肃地摸着自己的下巴，有时点点头。

斯蒂芬在门口被人群阻拦住，只好无可奈何地停下来。在一顶宽边的耷拉着的软帽子下面，克兰利的黑眼睛正盯着他。

——你签名了吗？斯蒂芬问道。

克兰利闭上了又宽又薄的嘴唇，稍微想了一想回答说：

——Ego habeo.[1]

---

1 拉丁文：我签了。

这是要干什么？

——Quod？ ¹

——这是要干什么？

克兰利向斯蒂芬转过他那苍白的脸，温和地同时又充满怨恨地说：

——Per pax universalis.²

斯蒂芬指着沙皇的照片说：

——他长着一张头脑发昏的基督的脸。

他说话的声音里所表现的轻蔑和愤怒，使得本来安静地观望着大厅墙壁上的画轴的克兰利对他转过脸来。

——你生气了吗？他问道。

——没有，斯蒂芬回答说。

——你的情绪很不好吧？

——没有。

——Credo ut vos sanguinarius mendax estis，克兰利说，quia facies vostra monstrat ut vos in damno

---

malo humore estis.[1]

莫伊尼汉在走向桌边的时候对斯蒂芬耳语说：

——麦卡恩现在可真是了不得。他准备洒掉最后的一滴。一个崭新的世界。再没有什么让那些狗杂种更高兴的事，也没有人会选那些狗杂种了。

对他这种十分肯定的态度斯蒂芬不禁笑了笑，在莫伊尼汉走过去以后，他又转过头来望着克兰利。

——也许你能告诉我，他说，他为什么这样毫无顾忌地把他的心里话告诉我。你能说得清吗？

克兰利的前额上出现了某种生气的神态。他转身望着那张桌子，那里莫伊尼汉正低下头去在那张纸上写下自己的名字，然后他又冷冷地说：

——一个马屁精！

——Quis est in malo humors，斯蒂芬说，ego aut vus？[2]

克兰利对他的奚落没有在意。他正不高兴地仔细琢磨他自己的这个判断，接着他仍然用那种冷冷的、

———

1　拉丁文：我想你他妈的全是撒谎，因为你的脸色表明你正是满肚子怨气。

2　拉丁文：谁满肚子怨气，是我还是你？

强有力的声音说：

——一个他妈的该死的马屁精，他就是那么个玩意儿！

这是他对任何一个已死去的友情的一句评语，斯蒂芬心里想，将来有一天他对他是否也会这样说。那迟钝的话语像一团烂泥上的石块一样慢慢沉下去，让人听不见了。斯蒂芬简直是看到它在往下沉，这样的情景他已经见过许多次了。他感到它沉重地压在自己的心上。克兰利的话不像达文所讲话，因为它既缺乏伊丽莎白时代英语的那种精巧的成语，也没有那种巧妙地加以改装的爱尔兰俏皮话。它那种拖长的声音不过是由荒凉、腐烂的海港反射回来的都柏林码头嘈杂声的回音，它的力量也不过是由威克洛的一个讲台平淡地反射回来的都柏林神圣高论的反响。

克兰利脸上的怒容慢慢消失了，这时麦卡恩正从大厅的那一头朝他们快步走过来。

——你们在这儿！麦卡恩兴致勃勃地说。

——我在这儿！斯蒂芬说。

——又和平常一样迟到了。你就不能把你的进步倾向跟遵守时刻结合在一块儿吗？

——你这个问题完全不相干，斯蒂芬说，下一步。

他含笑的眼睛直盯着从这位宣传家胸前口袋里伸出来的一根用银纸包着的牛奶巧克力糖。一小群听众围过来，要听他们两人斗智。一个皮肤发蓝的瘦小的长着一头黑发的学生把脸伸在他们两人中间，在他们每说一句话的时候看看这个又看看那个，仿佛要用他张开的湿润的嘴捕捉住在他眼前飞过的每一句话。克兰利从口袋里掏出一只很小的灰色皮球，转来转去仔细研究着。

——下一步？麦卡恩说，嗬！

他大笑着咳嗽了几声，满脸含笑，两次捋了捋挂在他那宽大的下巴底下的稻草一样的山羊胡。

——下一步该做的事，就是在这个证书上签名。

——我要是签名了，你给我多少，斯蒂芬问道。

——我以为你是一位理想主义者，麦卡恩说。

这个长得像吉卜赛人的学生四周看看，然后用一种含糊的悲伤的声调对他身边的人说：

——真见鬼，这可是个奇怪的想法，我认为这种想法，叫作只认得钱。

他说完后，大家全沉默下来。谁也没有对他的话在意。于是他转过他那长得像马一样的橄榄色的脸，望着斯蒂芬，意思是要让他讲几句。

麦卡恩开始热情而滔滔不绝地讲起沙皇的诏书，讲起斯特德[1]、普遍裁军、对国际纠纷的仲裁、时代的迹象、新的人类，和一种将使所有的社会全都负起责任来，以最小的代价求得最大多数人的最大幸福的新福音。

他的话刚一说完，那个吉卜赛学生立即报以欢呼声：

——让我们为整个人类的兄弟般的团结三呼万岁！

——说下去，坦普尔，他旁边的一个矮胖的、脸色红润的学生说，回头我请你喝一瓶。

——我的信念是建立全人类的兄弟般的团结，坦普尔说，用他的椭圆形的黑眼睛向四周望望。马克思只不过是一个大傻瓜。

克兰利使劲抓住他的一只胳膊让他别再说下去了，他很不安地微笑着重复说：

——

1　全名为威廉·托马斯·斯特德，《帕尔·莫尔报》著名记者，当时曾大力宣传国际和平。

——别上火，别上火，别上火！

坦普尔挣脱了胳膊，嘴角上挂着唾沫星子，仍然继续说：

——社会主义是一个爱尔兰人开创的，第一个在欧洲宣传思想自由的是柯林斯[1]。那是两百年以前的事了。那位米德尔塞克斯的哲学家不相信神父们搞的那套玩意儿。让我们为约翰·安东尼·柯林斯三呼万岁吧！

站在那一圈人最外边的一个人尖着嗓子回答说：

——万岁！万岁！

莫伊尼汉在斯蒂芬的耳边低声说：

——约翰·安东尼的可怜的小妹妹可怎么办[2]：

洛蒂·柯林斯丢掉了她的裤衩；

好心人，你能不能把你的借给她？

斯蒂芬大笑起来，莫伊尼汉看到他笑，感到很高

---

1 18世纪初的一位自然神论者。
2 当然是信口开玩笑：下文爱尔兰歌谣中的洛蒂·柯林斯的名字不过是偶然巧合而已。

兴，于是又接着低声说：

——关于约翰·安东尼·柯林斯，我们可以多拿出五个先令来打赌。

——我在等待你的回答哩，麦卡恩直截了当地说。

——你说的那些事我丝毫不感兴趣，斯蒂芬厌倦地说，这一点你知道得很清楚。你干吗还要这样吵吵嚷嚷呢？

——那好吧！麦卡恩说，吧嗒了一下嘴唇。那么说，你是一个反动派？

——你以为你挥舞你那根木头剑，斯蒂芬问道，我就会对你另眼看待了吗？

——这不过是打比喻！麦卡恩仍板着脸说，让咱们来谈谈事实。

斯蒂芬脸一红转过身去。麦卡恩仍然寸步不让，他怀着敌意说：

——那些较小的诗人，我想，对这些什么普遍和平的小问题是不会感兴趣的。

克兰利扬起头来，把他的皮球举在那两个学生中间，表示要让他们议和，他说：

——Pax super totum sanguinarium globum.[1]

斯蒂芬从那些旁观者的身边走开，向着沙皇的头像愤怒地一耸肩膀说：

——留着你们的那个偶像吧。如果我们必须有一个耶稣，那就让我们有一个完全合法的耶稣。

——天理良心，这句话可是说在点子上了！那个吉卜赛学生对周围的人说，这句话说得真漂亮。这种说法让我感到说不出的高兴。

他仿佛要吞下这句话，咽下了哽在他喉咙里的口水，然后他摸摸自己的花呢帽的顶盖，转向斯蒂芬说：

——请原谅，先生，你刚才说的那句话究竟是什么意思呢？

他感到身边的同学们正向他挤过来，因而对他们说：

——我现在真想知道，他说的那句话是什么意思。

他又一次转向斯蒂芬，在他耳边低声说：

——你相不相信耶稣基督？我的信仰是人。当然，我不知道你对人相信不相信。我崇拜你，先生。我崇

1　拉丁文：让这血腥的世界全面和平吧。

拜不受一切宗教影响的人的头脑。你刚才那句话就是你对耶稣的心灵的见解吗?

——说下去,坦普尔,那个红脸盘的矮胖学生说,一如他往常的习惯,现在又回到他最早的想法上去,那瓶酒还等着你哩。

——他认为我是一个白痴,坦普尔对斯蒂芬解释说,因为我相信人的智力的巨大威力。

克兰利和斯蒂芬以及他的崇拜者一起挽起手来说:

——Nos ad manum ballum jocabimus.[1]

斯蒂芬在被拉走的时候,看到了麦卡恩那张小鼻子小眼儿的通红的脸。

——我的签字没有任何作用,他客气地说,你按照你自己的路走下去是完全对的。让我也按我的路往下走吧。

——迪达勒斯,麦卡恩干脆地说,我相信你是一个很正派的人,可是你也应该理解到利他主义的可贵和个人对人类的责任。

———

1 拉丁文:我们得不怕玩硬球。

又一个声音说：

——让有才气的怪僻之论停留在这个运动外边，看来比让它混到运动里边来要更好一些。

斯蒂芬听出那是麦卡利斯特的粗哑的声音，因而并没有向那边转过头去。克兰利一本正经地在一大堆学生中间向前挤着，让斯蒂芬和坦普尔护在他的两边，那样子仿佛是一位大祭司在他的助手陪伴下正向祭坛走去。

坦普尔急切地向克兰利的胸前俯过身子去说：

——你刚才有没有听见麦卡利斯特在讲些什么？那小子对你非常嫉妒。你看出来了没有？我敢打赌克兰利完全没有看出来。我敢他妈的发誓，我可是一眼就瞧出来了。

在他们走过里面的大厅的时候，副教导主任正极力想从那个和他谈话的学生身边脱身。他站在楼梯口，一只脚踏在楼梯最下一层阶梯上，撩起他的破旧的裂裳，像女人似的小心翼翼地往上爬去，不时还点头重复说：

——这完全无可怀疑，哈克特先生！太好了！完全无可怀疑！

在大厅中间学校教会的负责人正严肃地、用一种温和而毫不饶人的口气和一个寄宿生讲话。他一边说一边皱起他那满是斑点的眉头，在说话中还不时咬着一个很小的铅笔头。

——我希望新生今天都会来。艺术班第一班是肯定会来的。艺术二班也会来。我们一定要把新生的情况全都弄清楚。

当他们走过门口的时候，坦普尔又向克兰利俯过身来急促地低声说：

——你可知道他是结过婚的？他在他们让他皈依上帝以前就已经结过婚了。他的老婆孩子都没有住在这里。他妈的，这可是我从没听说过的一件最稀奇的事！嗯？

他的耳语慢慢变成了狡猾的咯咯的大笑声。他们一走过那个门洞，克兰利马上粗暴地抓住他的脖子使劲摇晃着说：

——你这个该死的他妈的笨蛋！我敢拿我的脑袋打赌，在整个这个他妈的浑蛋的世界上，你知道吗，再也找不出第二个像你这么浑蛋的大傻瓜了！

坦普尔使劲在他的手中挣扎着，仍暗暗感到满意，大笑不止，克兰利却一直粗暴地摇晃着他，一个劲儿重复说：

——一个他妈的该死的浑蛋白痴！

他们走过了长满荒草的花园。穿着一身笨重、宽大衣服的校长，沿着一条小道朝他们走过来，嘴里还不停地念着他的祷文。走到小道尽头的时候，他停下来朝他们这边望着。那几个学生向他敬礼。坦普尔和刚才一样用手摸了摸他的帽子的顶盖。他们一声不响，仍然向前走去。在他们走近那条胡同的时候，斯蒂芬听到玩球的人用手打一个湿水的球的声音，并且听到每打一下达文都发出一阵激动的叫喊。

达文坐在一只木箱上看他们打球，这三个学生也在那里停了下来。过了一会儿坦普尔横着身子向斯蒂芬靠过来说：

——对不起，我想问问你，你相信让·雅克·卢梭是一个规矩人吗？

斯蒂芬马上大笑起来。克兰利从脚边的草地上拾起一块破木桶板，立即转过身来严厉地说：

——坦普尔，我向活着的上帝发誓，你要是敢，你知道吗，再吱声和任何人谈任何问题，我就会立刻把你宰了。

——我想，斯蒂芬说，他完全和你一样是一个容易感情冲动的人。

——去他妈的吧，让他见鬼去！克兰利爽朗地说，可别再跟他谈话了。说真的，你要是跟坦普尔谈话，你知道吗，还不如跟一个他妈的破夜壶去谈哩。回家吧，坦普尔。看在上帝的面上，回家去吧。

——我根本不拿你他妈的当回事，克兰利，坦普尔回答说，他一边躲开那举起的木桶板，一边用手指着斯蒂芬。他是我在这个学院里见到的唯一一个有独立思考能力的人。

——学院！独立思考！克兰利大叫着说，回家去吧，见你的鬼去，因为你是一个毫无希望的浑蛋。

——我是一个爱动感情的人，坦普尔说，他那句话说得完全对。我为我自己的多愁善感到骄傲。

他斜着身子走出胡同，脸上仍挂着狡猾的微笑。克兰利脸上毫无表情地一直看着他。

——你瞧他！他说，你过去见过这样一个慌慌张张的家伙吗？

他这句话招来了一个学生的一阵奇怪的大笑，他那时正靠墙根站着，高顶的帽子盖在眼睛上。那笑声调门很高，发笑的又是一个身材魁梧的男人，因而那声音简直像大象的一声长鸣。这学生止不住浑身抖动着，为了让自己止住这欢乐的笑声，他显得十分高兴地用双手揉着自己的腰胯。

——林奇已经醒了，克兰利说。

林奇伸了伸懒腰，挺了挺胸脯，作为回答。

——林奇挺出他的胸脯，斯蒂芬说，作为对生活的一种批评。

林奇嘣嘣地敲着自己的胸脯说：

——谁还对我这一身力气不服气吗？

克兰利表示不信那一套，于是两人开始摔跤。摔了一会儿，两人都累得满脸通红，然后喘着气分开了手。斯蒂芬向达文弯过腰去，可是达文正一心一意看球赛，对别人的讲话完全没有在意。

——我的那个驯服的小鹅怎么样？他问道，他也签名了吗？

达文点点头说：

——你呢，斯蒂维？

斯蒂芬摇了摇头。

——你这人真可怕，斯蒂维，达文说，从嘴边拿下短杆烟斗，你总是自己干自己的。

——那么你是在要求普遍和平的请愿书上签过名了，斯蒂芬说，那我想你一定会把我那天在你房间里看到的那个小练习本烧掉吧。

达文没有回答，斯蒂芬于是开始念着小本儿里的话：

——大踏步前进，芬尼亚主义者！朝着正确的方向前进，芬尼亚主义者！芬尼亚主义者，报数！我向你们致敬，一，二！

——那完全是另外一个问题，达文说，首先和最主要的，我是一个爱尔兰民族主义者。可你也应该完全是那样。而你生来对什么都一味冷嘲热讽，斯蒂维。

——你们下一次再用棒球棍来造反的时候，斯蒂芬说，如果想找到一个必不可少的告密的人，你们只要告诉我一声就好了。在这个学校里我可以替你们找到几个的。

——我简直没法儿理解你，达文说，我一会儿听到你大声疾呼反对英国文学，现在你又在反对爱尔兰的告密者。想想你的名字和你的那些思想……你到底是不是一个爱尔兰人?

——你现在跟我一起到纹章档案馆去,我马上就可以让你看到我们家的家谱,斯蒂芬说。

——那你就跟我们站在一起吧,达文说,你为什么不学爱尔兰文?你为什么在青年联合班刚上了一课就退出来了?

——其中一个理由你是知道的,斯蒂芬说。

达文一扬头大笑起来。

——哦,行啦,他说,就是因为某一位年轻小姐和莫兰神父吗?可那全是你自己在那儿瞎想,斯蒂维。他们只不过在一块儿说说笑笑罢了。

斯蒂芬沉默着把一只手友善地放在达文肩上。

——你还记得,他说,我们第一次相识的情况吗?我们相遇的第一天早晨,你问我到新生班去怎么走,你说这句话时音调非常特别。你还记得吗?后来我听到你对那些耶稣会会员都称神父,你还记得吗?我那时就常常问我自己:**他真是像他说话那样天真无邪吗?**

——我是一个头脑很简单的人,达文说,这你知道得很清楚。那天夜晚在哈考特街你对我讲了许多关于你自己的私生活以后，上帝作证，斯蒂维，我几天都吃不下饭去。我感到非常不舒服。那天晚上我一直躺着，很长时间都没有睡着。你为什么要对我讲那些事情呢？

——非常感谢，斯蒂芬说，你的意思是说我简直像个妖怪。

——不，达文说，但我真希望你没有对我讲那些事情。

在斯蒂芬的友情的宁静的水面之下开始出现了一股浪潮。

——这个民族和这个国家和这种生活产生了我这样一个人，他说，我心里怎么想就一定要怎么说。

——请你尽量和我们站在一起吧，达文重复说，在你的内心深处你是一个爱尔兰人，可是你让你的骄傲把你给制服住了。

——我的祖先抛掉了他们自己的语言，接受了另一种语言，斯蒂芬说，他们容许一小撮外国人把他们征服了。你难道认为我会拿我的身家性命来偿付他们欠下的债吗？再说那又是为了什么呢？

——为了我们的自由，达文说。

——从托恩的时代到帕内尔的时代，斯蒂芬说，正派、诚实的，为爱尔兰牺牲自己的生命、青春和爱情的人，要么是被你们出卖给敌人，要么在他最需要你们的时候被你们抛弃掉，要么受到了你们的咒诅，你们扔下他又去追随另外一个人。可现在你却要我站在你们一边。我倒宁愿先看到你们全都见鬼去吧。

——他们是为他们的理想贡献了自己的生命，达文说，你相信我的话吧，有一天我们会胜利的。

斯蒂芬想着自己的心思，很久没有说话。

——就在我刚说到的那个时代，他含含糊糊地说，灵魂首先诞生了。它的诞生缓慢而阴森，比肉体的诞生更为神秘。当一个人的灵魂在这个国家诞生的时候，马上就有许多网在他的周围张开，防止他飞掉。你和我谈什么民族、语言、宗教。我准备要冲破那些罗网高飞远扬。

达文搕掉了烟斗里的烟灰。

——你的话太深奥，我没法理解，斯蒂维，他说，可是一个人首先应该考虑的是自己的国家。首先是爱尔兰，斯蒂维。然后你才能说你是一个诗人或者是一个神秘主义者。

——你知道爱尔兰是个什么吗？斯蒂芬带着冷酷的愤怒的感情问道。爱尔兰是一个吃掉自己的猪崽子的老母猪。

达文从他的木箱子上站起来悲伤地摇着头，朝着那些打球的人走去。但不一会儿那悲伤的情绪已经过去，他又跟克兰利和那两个刚打完球的同学热烈地争论起来。他们准备来一场有四个人参加的双打，但克兰利坚持要用他的那个球。他让它在地上跳了两三下，然后迅速地使劲，一下子把球朝本垒打去，随着球的撞击声，他也大叫一声：

——你的灵魂！

斯蒂芬和林奇站在一旁观望着，不久，双方都获得了很大比分。然后他扯一扯他的袖子准备走开。林奇一边跟他走一边说：

——让我们穷走吧，像克兰利说的。

斯蒂芬对他这侧面的一击不禁笑了笑。

他们又向回走，穿过花园走到大厅外面去，那里一个老态龙钟的工友正在一个布告牌上粘贴一个通知。走到台阶下面，他们停了下来，斯蒂芬从口袋里拿出一包香烟，递给他的伙伴。

——我知道你很穷，他说。

——让你那下流的傲慢情绪见鬼去吧，林奇回答说。

这表明了林奇的教养的第二个证据使得斯蒂芬又笑了。

——你现在决心用下流这样的字眼来骂街，他说，这表明欧洲人的教养已经达到最高水平了。

他们各自点燃了一支香烟，然后转身朝右边走去。过了一会儿斯蒂芬又说：

——亚里士多德并没有对怜悯和恐惧下过定义。我下过。我说……

林奇停住脚步毫不客气地说：

——你别说！我不要听！我有些不舒服。昨天晚上我跟霍兰和戈金斯都下流地喝醉了。

斯蒂芬仍然继续说：

——怜悯是使人的头脑停留于任何一种人所遭受的严肃而经常的痛苦之中，并使它和受苦的人相联系的一种感情。恐惧是使人的头脑停留于任何一种人所遭受的严肃而经常的痛苦之中，而使它和某种难于理解的原因相联系的感情。

——你再说一遍，林奇说。

斯蒂芬慢慢地重述了他的这两个定义。

——几天前，一个小姑娘，他接着说，在伦敦街上坐上了一辆小马车。她准备去会见她多年未见的母亲。在一条街的拐角处，一辆马车的辕杆捅碎了马车的玻璃，在玻璃上留下了一个像五星一样的窟窿。一块又细又长像针一样的碎玻璃直刺透了她的心脏。她当场就死去了。记者们都说她死得很惨。这话不对。根据我对怜悯和恐惧所下的定义，她这种死和那两种情绪都完全不相干。

——事实上，悲伤的情绪是一张向两面观望着的脸，一面朝着恐惧，一面朝着怜悯，而这两者都不过是它的两个不同的阶段。你瞧我用的是"停留"这个词。我的意思是说悲哀的情绪是静态的。或者应该说任何戏剧性的情绪都是静态的。不正当的艺术所挑起的感情却是动态的，比如欲望或者厌恶。欲望使人产生占有的念头，让人要去追求什么东西；厌恶则使人产生抛弃的念头，让人想要避开什么东西。因此凡是挑起这种情绪的艺术都是不正当的艺术，不管是淫秽的也好，还是专门说教的也好。审美的感情（我说的是这个词的一般含义）因此也是静态的。它使人的头脑停留在某一状态之中，超出欲望和厌恶的情绪。

——你是说艺术绝不能挑起人的情欲，林奇说，我跟你说过，有一天在博物馆里，我用铅笔在普拉克西提勒斯[1]雕塑的维纳斯的屁股上写下了我的名字。你能说那不是情欲吗？

——我说的是人的正常天性，斯蒂芬说，你还跟我说过，当你还是一个在可爱的加尔默罗教会学校念书的孩子的时候，你曾经吃过好多块干牛粪。

林奇又一次发出像大象鸣叫一样的笑声，又一次用他的两手在他的两边腰胯上揉着，可是这一次他并没有把手从口袋里抽出来。

——哦，我吃过！我吃过！他大声叫着说。

斯蒂芬向他的这位伙伴转过脸去，直盯着他的眼睛看了一会儿。林奇在慢慢停住笑以后，也用他羞怯的眼光回看着他。那很高的尖顶帽下面的那个又细又长的扁平的脑袋让斯蒂芬想起了眼镜蛇的形象。他那眼睛也像蛇一样目光炯炯地闪着光。然而就在那一瞬

1　公元前4世纪雅典著名的雕刻家。

间，那一对看来既谦和又警觉的眼睛却被一种细微的人的气质照亮，它们仿佛变成了一个缩成一团、机智而又自怨自艾的灵魂的窗户。

——说到这一点，斯蒂芬客气地补充说，我们都不过是些普通动物。我也不过是一个普通动物。

——你当然是，林奇说。

——不过我们现在正好生活在一个心灵的世界中，斯蒂芬接着说，用不正当的美的手段挑起的情欲和厌恶都绝不能说是美的感情，这不仅仅是因为在性质上它们是动态的，而且还因为它们并没超出肉体的范围。我们的肉体，纯粹依靠神经系统的反射活动，对我们害怕的东西本能地退缩，而对能够刺激我们的情欲的东西表示欢迎。我们的眼皮，在我们还没有感知到一个苍蝇要飞进我们的眼睛的时候，就已经自动地闭上了。

——也并不总是这样，林奇表示不完全同意地说。

——同样的，斯蒂芬说，你的肉体对一个裸体的雕像的刺激发生反应，可是我说，那只不过是简单的神经反射活动罢了。艺术家所表现的美不可能在我们身上引起动态的感情或者纯属于肉体的激情。它唤醒，或者应该唤醒，诱发，或者应该诱发一种美的静态平衡，一种意念上的怜悯或意念上的恐惧，这种静态平衡将招致、延长以及最后消除我所说的美的节奏。

——你的话到底怎么讲呢？林奇问道。

——节奏，斯蒂芬说，是任何一个美的整体的一部分同另一部分之间，或任何一个美的整体同它的一部分或各部分之间，或者作为一个美的整体的一部分的任何部分和这个美的整体之间的首要的形式上的美学关系。

——如果你把那个叫作节奏，林奇说，那让咱们听听什么是美呢？我还要请你记住，尽管从前我曾吃过牛粪，我最赞赏的却只有美。

斯蒂芬仿佛要对他敬礼似的摸摸自己的帽子。然后脸上微微一红，把他的一只手放在林奇的厚花呢的袖子上。

——我们是对的，他说，其他的人全都错了。谈论这些东西，试图理解它们的性质，既理解之后，就设法通过这粗糙的泥块，或者它所要求的任何东西，通过作为我们的灵魂的牢门的声音、形态和色彩，来表现出，或者说来再现我们现在正试图理解的美的形象——那就是艺术。

他们这时已经走到运河的桥上，他们离开正道，沿着一排树林走过去。照在一摊死水上的刺眼的灰暗的光线、从他们头上湿漉漉的树枝上散发出的气息，仿佛都极力要打断斯蒂芬的思绪。

——可是你还没有回答我的问题，林奇说，什么是艺术？什么是艺术所表现的美？

——我刚才自己思索这个问题的时候，斯蒂芬说，你这个昏头昏脑的家伙，念给你听的那第一个定义就是这个。你还记得那天晚上的事情吗？克兰利忽然发起脾气来，他开始谈论什么威克罗火腿问题。

——我记得，林奇说，他还跟我们谈到那些该死的魔鬼一般的肥猪。

——艺术，斯蒂芬说，是人类为了美学的目的对于可感知的或者可理解的东西所做的安排。你还记得那些猪，却忘记了这个。你和克兰利，你们这一对儿真叫人毫无办法。

林奇向着多云的灰暗的天空做了一个鬼脸，接着说：

——如果要我听你这一套美学上的大道理，你至少还得给我一根香烟。对那玩意儿我可没有什么兴趣。我甚至对女人也没有兴趣。让你和你那一套都见鬼去吧。我要找到一个每年能拿到五百镑的工作。你也没有办法给我找到这么一个工作。

斯蒂芬把一包香烟递给他。林奇从里面拿出了仅有的最后一支烟,然后毫不在意地说:

——讲下去!

——亚奎纳斯,斯蒂芬说,曾说凡是使人高兴的感受就是美。

林奇点点头。

——我记得他的原话,他说:"Pulera sunt quoe visa placent."

——他在这里用了 visa[1] 这个词,斯蒂芬说,意思是要包括各种各样的感受,不管是通过视觉还是听觉还是通过任何其他的通路感知到的东西都包括在内。这个字,虽然意义有些含糊,却也清楚地表明,引起人的欲望或者厌恶的善与恶的观念是并不包括在内的。它的意思只包括某种静态平衡,而不是动态的东

---

[1] 此词按前见译文"意之所悦者谓之美",则应作"意"字解释。但此词原文义确较含糊,斯蒂芬这里是将它译作"感受"了。

西。关于真又怎么样呢？真也能够在人的头脑中产生一种静态平衡。你就绝不会用铅笔在一个直角三角形的屁股上写上你的名字。

——那当然，林奇说，我只要普拉克西提勒斯雕刻的维纳斯的屁股。

——因此是静态的，斯蒂芬说，据我记得，柏拉图曾说过美是真散发的光辉。这话在我看来并无任何意义，但是真和美显然是互相关联的。可以使我们用以观赏真的智力获得安抚的是可理解的事物中的最完美的关系，而可以使我们用以观赏美的想象得到安抚的则是可以感知的事物中的最完美的关系。通向真的第一步是理解智力本身的结构和规模，对智力活动本身获得了解。亚里士多德的整个一套哲学系统的基础就是他的讲心理学的那部书，而他那部书在我看来又是以这样一个论点作为基础的，那就是，同样一个属性不可能在同一个时候和在同一种关系中属于又不属于同样一个事物。通向美的第一步则是要理解想象的结构和规模，要对美的感受的活动本身有所了解。我的话说清楚了吗？

——可到底什么是美呢？林奇不耐烦地问道。再念一个定义让我听听。任何我们看到并喜欢的东西！闹了半天你和亚奎纳斯所能说的也只不过是这些吗？

——让咱们拿女人来做个例子，斯蒂芬说。

——让咱们来谈谈女人！林奇热情地说。

——希腊人、土耳其人、中国人、科普特人[1]和霍屯督人[2]，斯蒂芬说，各自崇拜完全不同类型的女人的美。这似乎就让我们陷在一个无法逃出的迷宫里面了。但我看却有两条出路。一条是这样的一个假定：男人对女人的肉体所崇拜的任何一点都和女人为了传宗接代而具有的多方面的功能直接有关。可能就是这样。这个世界似乎甚至比你，林奇所想象的还要无聊得多。就我来说，我不喜欢这样一条出路。这条出路只能通向优生学，而不是美学。它把你领出那迷宫后，却把你领进一个新的装饰得很花哨的教室里去，在那个教室里麦卡恩一手放在《物种起源》上，另一只手放在《新约》上对你说，你之所以崇拜维纳斯的粗大的腰身，是因为你感到她将可以为你生下又肥又壮的子孙，你之所以崇拜她那一对肥大的乳房，是因为你感到她

---

1 埃及的一个民族，据信是古埃及人的后裔。
2 西南非的一个少数民族。

将可以有足够的肥美的奶水来喂养她的也就是你的孩子。

——照你说，麦卡恩是个无比下流的骗子，林奇热情地说。

——可是另外还有一条出路，斯蒂芬大笑着说。

——那就是？林奇说。

——这样一个假定，斯蒂芬说。

这时一辆上面装满了破铜烂铁的很长的平板车，从帕特里克·邓恩的医院拐角处开了过来，发出一阵刺耳的丁零哐啷的金属声，完全掩盖了斯蒂芬下面所讲的话。林奇两手捂着耳朵一句接一句不停地咒骂着，直到那平板车过去了才算完。然后他粗暴地一转身子。斯蒂芬也转过来，停了一会儿，他这位伙伴的怒气慢慢平息下去。

——这个假设是，斯蒂芬重复说，另外一条出路，那就是，尽管同样一件事物不一定所有的人看来都觉得美，但是凡欣赏一件美的事物的所有的人都一定能够在其中找到某种能够满足美的感受的各个阶段本身的要求，并和它们相适应的关系。这种可以通过这种形式让你看到，又通过另一种形式让我看到的可感知

403

事物的关系，就必然是美的必不可少的特性。现在我们还可以从我们的老朋友圣托马斯那里再找一找，看能不能再借来几分钱的智慧。

林奇大笑了。

——听到你时不时像一个地道的行脚僧一样引用他的话，他说，真让我感到有趣极了。你自己是否偷偷在暗笑呢？

——麦卡利斯特，斯蒂芬回答说，可能把我的美学理论叫作实用的亚奎纳斯学说。沿着美的哲学这条线来讲，我是一直追随亚奎纳斯的。但当我们接触到艺术感受现象，艺术的孕育和艺术的再生等问题的时候，我却有我自己的一套新的用语和新的个人经验。

——那当然，林奇说。不管怎么说，亚奎纳斯尽管智力过人，仍不过是一个地地道道的行脚僧。可是关于那新的个人经验和新的用语等，你将来有机会再对我讲吧。现在快快讲完你的第一部分。

——谁知道呢？斯蒂芬微笑着说，也许亚奎纳斯比你更能理解我的话。他自己是一个诗人。他曾为濯足节写过一首赞美诗。那首诗开头几个词是 pange lingua gloriosi[1]。他们说这首诗为赞美诗获得了最高的荣誉。那是一首含义复杂、给人很大安慰的赞美诗。我很喜欢它，但是没有任何一首赞美诗可以和费南提厄斯·佛吐纳忒斯的 Vexilla Regis[2]，那首悲哀而庄严的入场歌同日而语。

林奇开始用一种低沉的声音庄严而轻柔地唱起来：

Impleta sunt quae concinit

David fideli carmine

Dicendo nationibus

Regnavit a ligno Deus.[3]

——实在太伟大了！他很高兴地说，这真是伟大的音乐！

他们转身向下蒙特街走去。在离拐角不远的地方，

---

1 拉丁文：舌啊，盛赞光荣的。
2 拉丁文：皇帝的旗帜。
3 拉丁文：大卫高唱虔诚的赞歌，他向各族人民发出宣言："十字架上的上帝仍统治一切！"他的话已全部应验。

一个胖胖的年轻人围着一条丝巾，停下来向他们敬礼。

——你们听说考试的结果了吗？他问道，格里芬是完了。哈尔平和奥弗林通过了政府法令考试。穆南的印度语得了个第五。奥肖内西考了个第十四名。昨天晚上克拉克的那些爱尔兰老乡请他们大吃了一顿。他们都吃了许多咖喱。

他苍白肥胖的脸上表现出一种善意的怨恨，当他一边讲述这些胜利的消息一边往前走时，他肿眼皮的小眼睛从他们眼前消失，他微弱的尖细的声音也慢慢听不见了。

为了回答斯蒂芬的一个问题，他的眼睛和他的声音又从它们隐藏的地方显露了出来。

——是的，还有麦卡拉和我，他说，他准备学纯数学，我准备学宪法史。一共有二十种学科。我还准备学植物学。你们知道，我是野游俱乐部的成员。

他做出很庄严的样子从那两人的身边退开，同时把一双戴着羊毛手套的肥大的手放在自己的胸脯上，很快从那里发出一阵被压抑着的尖细的大笑声。

——下次你们出去的时候，斯蒂芬一本正经地说，给我们带点萝卜和蒜头来，好让我们做一次烧肉。

那个胖学生纵声大笑说：

——我们野游俱乐部的成员可都是非常规矩的体面人物。上星期六我们到格伦马卢尔去了，一共有七个人。

——还有女人吧，多诺万？林奇说。

多诺万又一次把他的一只手放在胸脯上说：

——我们的目的是追求知识。

然后他急促地说：

——我听说你正在写一篇关于美学的论文。

斯蒂芬做了一个模糊的手势，表示并无其事。

——歌德和莱辛，多诺万说，对这个问题都写过不少文章，什么古典派，又是什么浪漫派的，简直说不清。我读过《拉奥孔》，那本书让我很感兴趣。当然那都是些唯心主义的东西，那些德国人的作品可是深奥极了。

另外那两个人谁也没有说话。多诺万有礼貌地向他们告别。

——我一定得走了，他轻柔而和善地说，我非常相信，几乎已经变成了一个肯定的信念，我妹妹今天要给多诺万全家做煎饼当晚餐。

——再见，斯蒂芬在他的身后说，别忘了给我和我的伙伴们带萝卜。

林奇望着他的背影，嘴唇慢慢卷曲着显露出轻蔑的表情，直到最后，他的整个脸更露出一副恶狠狠的神态：

——想想这个好吃煎饼的屎巴巴橛儿定能找个好工作，他最后说，而我却不能不抽这种蹩脚的烟卷儿！

他们向梅里昂广场那边转过身去，一声不响地向前走了一段。

——让我把我刚才讲的关于美的问题说完吧，斯蒂芬说，可感知的事物的最完美的关系，因此就必须能够和艺术感受的各个必要的阶段相适应。抓住了这一点，你就抓住了一切美的基本特点。亚奎纳斯说：Ad pulcritudinem tria requiruntur integritas, consonantia, claritas. 我把这句话翻译成这样：**任何一种美必须具备三样东西，完整、和谐和光彩**。这些东西是否和感受的各个阶段相适应呢？你明不明白我讲的话？

——当然，我明白，林奇说，如果你认为我也只有屎巴巴橛儿那点智慧，那你快去赶上多诺万，让他来听你讲吧。

斯蒂芬指着一个屠户的儿子扣在脑袋上的一个竹篮子。

——你看那个篮子，他说。

——我看见了，林奇说。

——为了看清那个篮子，斯蒂芬说，你的头脑首先必须把篮子和宇宙间其他一切可见的非篮子的东西区分开来。感受的第一阶段是，在你要感受的东西的周围画下一个轮廓来。一个美的形象是或者通过空间，或者通过时间呈现在我们眼前的。可以用耳朵听见的东西通过时间呈现出来，可以用眼睛看见的东西便通过空间呈现出来。但空间也罢时间也罢，那美的形象，在与它无关的不可限量的空间或时间的背景上，首先必须作为一件有自己的轮廓和有自己的内容的东西被人所清楚地感知。你首先感觉到它是一件东西。你看到一件完整的东西。你感受到了它的完整性。这就是integritas[1]。

———

1 拉丁文：完整。

——一箭中的！林奇大笑着说，再讲下去。

——然后，斯蒂芬说，你沿着构成它的形式的线条，一点一点地看下去，你感受到在它的限度之内的各部分之间的平衡，你感觉到了它的结构的节奏。换句话说，紧跟在直接感知的综合活动之后的是对感受的分析。你先已经感觉到它是"一件"东西，现在你却感觉到它是一个"东西"。你感知到它复杂、多层、可分、可离，是由许多部分组成的，而这许多部分和它们的总和又是和谐的。这就是 consonantia[1]。

——又一次一箭中的！林奇俏皮地说，那么现在再告诉我什么是 claritas，那你就赢得这支雪茄了。

——这个字的含义，斯蒂芬说，是相当模糊的。亚奎纳斯用了一个看来很不精确的词儿。很长一段时间来，它都使我困惑不解。你很容易想到并且相信，当时他的脑子已被一种象征主义或者唯心主义的东西所占据，以为美的最高特性是从另外一个星球上照来的光，是那物质不过是它的阴影的理念，是只不过作为它的表象的物质后面的真实。我曾经想，他要说的

---

1 拉丁文：和谐。

也许是，claritas 是人对任何东西或者一种概括力中的神的意志的艺术发现和再现，它使得美的形象成为一种具有普遍意义的形象，使得它散发出远远超过它的一切具体条件的光彩。但这是一种咬文嚼字的说法。我的理解是这样的。当你把那个篮子作为一件东西加以感知，然后又根据它的形式对它加以分析，并把它作为一个东西加以感知之后，你就会作出从逻辑上或从美学上讲唯一可以容许的一种综合。你看到它就是它被视作的那个东西，而不是任何别的东西。这就是他在他那学术性的 quidditas，也就是一物之**所以然**中所说的光彩。这种最高的特性，一个艺术家最初在想象中孕育这个美的形象时便已经感觉到了。雪莱把处于这神秘的一瞬间的心灵，美妙地比作即将熄灭的煤火。美的最高特性，美的形象的清晰的光彩，能被为美的完整所吸引和为美的和谐所陶醉的心灵透彻明晰地加以感受的那一瞬，便是美的喜悦所达到的明晰而安谧的静态平衡，这种精神状态非常像意大利的生理学家路易吉·加尔法尼，用一句和雪莱所用一样美丽的词句，称之为心灵的陶醉的那种心境。

斯蒂芬停住了，虽然他的伙伴并没有说话，他却感到他的话在他们周围唤起了一种思想的陶醉所引起的沉默。

——我刚才说的这些，他又接着说，讲的是广义的美，是美这个词在文学传统中的含义。在市井间，它的意义可就完全不同了。如果从美这个词的第二种意义来谈美，我们的判断首先会受到艺术本身的影响，受到那种艺术的形式的影响。很明显，美的形象必须建立在艺术家自己的头脑或感觉和别人的头脑或感觉之间。如果你记得这一点，你就会看到艺术必须把自己划分为三种形式，它们一种接着一种往前推进。这三种形式是：抒情的形式，艺术家利用这种形式表现和他本人直接相关的形象；史诗的形式，艺术家利用这种形式表现和他自己以及其他的人间接相关的形象；戏剧的形式，艺术家利用这种形式表现和别人直接相关的形象。

——关于这一点，前几天晚上你已经对我说过，林奇说，我们还因此发生了一次很激烈的争论。

——在我家里有一本书，斯蒂芬说，我在上面写下了许多显然比你提出的更为有趣的问题。为了回答那些问题，我想到了我现在要向你解释的这些美学上的理论。我向自己提出了这样一些问题：一把做得非常漂亮的椅子，是悲剧性的还是喜剧性的？如果我喜欢看蒙娜·丽莎的画像，那是否就一定说明那是一张画得很好的画？菲利普·克兰普顿的半身雕像是抒情的、史诗式的，还是戏剧性的？粪便、孩子、虱子可以是艺术形象吗？如果不是，为什么不是？

——真的，为什么不是？林奇大笑着说。

——如果一个人在愤怒的时候，用刀乱砍一块木头，斯蒂芬接着说，砍出了一头母牛的形象，那这形象算不算一件艺术品？如果不算，为什么不算？

——这个问题提得太好了，林奇说，又笑起来，这问题真带有几分学术的臭味。

——莱辛，斯蒂芬说，本来不应该拿许多雕像来加以论述。这种较为低下的艺术并不能表现出我所讲的彼此严格区分的各种形式。甚至拿文字，这最高和最偏于精神方面的艺术来说，它的各种形式也常常混淆在一起。抒情形式，事实上是用最简单的语言外衣装扮起来的一瞬间的感情，比如在几百年前一个人在看到别人使劲摇桨或者把大石块运上山时发出的一阵有节奏的欢呼声。发出这欢呼声的人当时所意识到的只是他那一瞬间的感情，而不是感觉到这种感情的自身。当这一艺术家延续他的这种感情，并把他自己当作一个史诗事件的中心加以反复思索的时候，我们便看到从这种抒情的文学中出现了最简单的史诗的形式。这种形式再慢慢发展下去，到后来，那种感情重心的中心点和艺术家本人之间的距离便和它和其他的人之间的距离完全相等了。这时这种叙述就不再是纯个人的东西。艺术家的人格也就慢慢渗透到那叙述本身中去，它像一片澎湃的海洋绕着那里的人物和行动不停地流动。这种进展你在《特平¹英雄》那古老的英国民歌里可以很容易看得出来，那民歌以第一人称开始，却以第三人称结束。当那海洋以它巨大的力量在每一个人物的周围澎湃起伏，使得每一个人物也都具有这种巨大的力量，而且使他或她形成一种正常的可以感知的美学上的生命的时候，那这叙述便具有了戏剧的形式。艺术家的人格，最初不过表现为一声喊叫或一种节奏感或一种短暂的情绪，接着它却变成了流动的闪烁着光辉的叙述，最后它更使自己升华而失去

---

1 特平是传说中18世纪英国的著名大盗，据说他曾骑着一匹快马一口气从伦敦直跑到纽约。

了存在，或者也可以说，使自己非人格化了。具有戏剧形式的美的形象是在人的想象中加以净化后再次投射出来的一种生命。美学的神秘，和物质创造的神秘性一样，是逐渐形成的。一个艺术家，和创造万物的上帝一样，永远停留在他的艺术作品之内或之后或之外，人们看不见他，他已使自己升华而失去了存在，毫不在意，在一旁修剪着自己的指甲。

——设法也让它们全部升华，失去存在吧，林奇说。

霏霏细雨开始从蒙着面纱的高天降落下来，他们转进公爵的草坪，要在大雨来临之前赶到国家图书馆去。

——你到底为什么，林奇皱着眉头问道，在这个可怜的被上帝抛弃的岛国上，大谈什么美和什么想象？也难怪艺术家们在把这个国家搞得乱七八糟之后，都躲到他们的艺术作品里面或者后面去了。

雨下得更大了。他们一走过基尔德尔校园前的过道，就看到图书馆前面的拱门里已有许多学生在那里避雨。克兰利靠在一根柱子上，正用一根修尖的火柴棒剔着牙，静听着他的几个伙伴的谈话。大门口附近还站着几个姑娘。林奇低声对斯蒂芬说：

——你爱的那个人儿也在那儿。

斯蒂芬一声不响，在那些学生下边的一个台阶上找到一个地方站下来，完全不理会越下越大的雨，却不时转眼去看看那个姑娘。她也不声不响地和她的几个伙伴站在一块。这会儿她身边没有一个神父好让她跟他调情了，他带着明显的怨恨的情绪心里想着，记起了他上一次和她见面时的情景。林奇刚才说得很对。他的头脑中的那些理论和所有的勇气刚刚已倒空了，现在已慢慢回到一种没情没绪的宁静中来。

他听到那些学生正随意谈论着。他们谈到已通过期中考试的两个医科学生，谈到在远洋客轮上找工作的机会，和行医能捞钱不能捞钱的问题。

——那全都是些空话，到爱尔兰乡村去行医肯定会好得多。

——海因斯在利物浦已待了两年了，他也这么说。他说那个破地方简直可怕。整天没别的尽是给人接生，都是些半克朗的生意。

——那你是说在农村找一个工作，比在一个富足的城市里还要好吗？我知道有一个家伙……

——海因斯根本没有头脑。他完全是靠死用功才念毕业的，纯粹靠死用功。

——不用去管他吧。在一个大商业城市里你可以赚到很多钱。

——那要看你的生意怎么样了。

——Ego credo ut vita pauperum est simpliciter atrox, simpliciter sanguinarius atrox, in Liverpoolio.[1]

他们的说话声仿佛从很远的地方时起时落地传进他耳朵里来。她准备和她的同伴们一起走了。

那阵急促的小阵雨已慢慢过去，只是在那正方形广场中的丛林上留下一串串珍珠般的水滴，同时那正方形广场上的黑色的泥土发出一种呼吸的气息。她们都站在柱廊前的台阶上，她们干净的靴子不时发出一阵啪啪声，她们安静而高兴地谈讲着，时而看看天上的云彩，举起雨伞，寻找适当的角度挡住最后的几点雨滴。时而又把伞收起来，一本正经地搂起自己的裙子。

---

1 拉丁文：我相信在利物浦穷苦人的日子简直就是可怕，简直就是他妈的没法过。

他对她的评价是否太过分了？她的生活是否真会像一串念珠一样的简单，她的生活是否真会像一只小鸟的生活一样简单而又离奇：清早非常轻快，一天烦躁不安，到太阳落下时又感到非常疲倦？她的心是否和一只小鸟的心一样简单而又自信？

　　在快天亮的时候，他醒来了。啊，多么甜蜜的音乐！他的灵魂全都被露水浸湿了。在睡梦中一阵阵惨白、清凉的光的波浪从他的肢体上漂了过去。他安静地躺着，仿佛他的灵魂正躺在一潭清水中，耳边却一直响着微弱的甜蜜的音乐。他的头脑慢慢清醒过来，品尝到闪耀着黎明的清光的知识和清晨的灵感。一种像最纯的水一样纯净，像露水一样甜蜜，像音乐一样动人的精神充满了他的身心。但那精神进入他的身体时是那样的轻巧，那样的毫无激情，仿佛是那些天使长自己在对着他嘘气！他的灵魂正慢慢地醒来，害怕自己会完全清醒了。这时正是黎明前的无风的时刻，在这时疯狂的情绪都会清醒过来，奇怪的植物都会向光明展开它的叶子，飞蛾也会静静地开始飞出了。

　　一种心灵的陶醉！夜也已经陶醉了。在一个梦境或幻境中，他已经体会到了天使般的生活的狂喜。这仅仅是一瞬间的陶醉，还是会延续许多小时、许多年甚至许多世纪呢？

那一瞬间的灵感现在似乎忽然从各个方面，从已经发生或者可能发生的无数暧昧的情况中反射出来。那一瞬间像一点亮光一样忽然闪现，而现在从那模糊情景的团团云雾中飞出的混乱的形式却缓缓地盖住了它的余光。啊！在想象的处女的子宫里，语言文字已变得肉体化了。天使长加百列[1]已经进入了这个处女的闺房。当白色的光焰过去以后，在他的精神中那红色的余光越变越深，最后变成了玫瑰色的充满热情的光亮，那玫瑰色的充满热情的光亮便是她的离奇的、自有其主见的心，它离奇得从不为人所知，将来也不会为人所知，它的主见先于天地之始便已经存在了。在那种充满热情的玫瑰般的火光的引诱下，众天使的歌声正从天上飘落到人间。

你对你那永恒的热情岂不感到厌倦？

----

1 据《圣经》，他是向人间宣布让贞女玛利亚作为耶稣的母亲的天使长。

你简直可以迷住堕落的天使长。

啊，不要再提那令人陶醉的华年。

这诗行从他的心中来到他的唇边，低声把它重念
一遍，他感到一首维兰内尔[1]的有力的节奏流过了他的
嘴唇。那玫瑰般的火光散发出一道道它的韵律的光线；
厌倦，华年，火焰，香烟，歌篇。它的光线使整个世界
燃烧起来，消融了人的心和天使的心；从这玫瑰中射
出的光线便是她的自有主见的心灵。

你在男人的心中燃起了热情的火焰，

你让他为你失去了自己的主张。

你对你那永恒的热情岂不感到厌倦？

后来呢？那节奏慢慢消失，停止了一会儿，接着
又开始一拍一拍地活动起来。后来呢？后来是烟雾，
那从人世的祭坛上向上飞去的香烟。

1　一种十九行二韵的法国诗体。

在那火焰上飘动着赞美的香烟，

它从海面上一圈圈飞向天上。

啊，不要再提那令人陶醉的华年。

香烟从整个大地的地面上，从整个沸腾的海洋上
向上飘去，那是为赞美她而升起的香烟。整个地球像
一个被来回摇晃着的香炉，它本身便是一个用香料做
成的大球，一个椭圆形的球。那节奏忽然终止了，从
他心中发出的呼喊声已变得断断续续。他的嘴开始一
次再次默默念诵着那第一节诗；接着他勉强念完了全
诗的上半部分，结结巴巴，念不下去了；然后他停住
了。他的心的呼号声已变得断断续续了。

那罩着面纱的无风的时刻已经过去了，在赤裸裸
的玻璃窗的后面，晨间的清光正在慢慢聚集。从极远
的地方传来了微弱的钟声。一只鸟在啾啾鸣叫，两只
鸟，三只。那钟声和鸟叫都停止了，一股冷漠的白色
的光向东方和西方铺展开去，盖住了整个世界，盖住
了他心中的玫瑰色的光亮。

担心一切会全部消失掉，他匆匆用胳膊撑起身子
寻找纸片和铅笔。但这两样东西桌上全都没有，而只

有他昨天吃晚饭时用过的一个汤盘和一个满是蜡泪的烛台,烛台的纸做的承盘还留有昨天的火焰燃烧后的痕迹。他疲倦地把手向脚那边伸去,在那里挂着的一件上衣的口袋里乱摸索。他的手碰到了一支铅笔,接着还碰到一个香烟盒。他回身倒在床上,撕开香烟盒,把里面的最后一支香烟放在窗台上,开始用清晰细小的笔画在那粗糙的纸盒面上写下他那首维兰内尔体诗的几节。

　　全部写完以后,他躺在那已被压扁的枕头上,低声念了一遍。他头下枕头里结成团的毛绒使他想起了她的客厅沙发里结成团的马毛。他曾多次微笑着或者严肃地坐在那沙发上,由于对她和对他自己感到生气,止不住一再问自己为什么到那里去了,而那贴在光秃秃的炉台上面的《神圣的心》的图片更使他感到心烦意乱。他看她在一阵催人欲睡的谈话中向他走了过来,请他唱一支他平常唱过的奇怪的歌。然后,他就看到自己在那张古老的钢琴边坐了下来,用手轻轻敲打着那已满是斑纹的琴键,然后,在屋子里又一次响起的谈话声中,看着她倚立在炉台边,为他唱一支伊丽莎白时代的精巧的歌曲,唱一支悲伤而又甜蜜的难分难舍的送别歌,唱一支歌颂阿金库尔的胜利[1]的歌曲,或一支轻快的有关绿袖姑娘[2]的歌曲。在他唱着,她听着,或者假装听着的时候,他的心便完全平静下来,可是当那些古色古香的歌曲唱完以后,他又听到了那屋子里的说话声,并记起了自己的一句充满讽刺的话:在这屋子里年轻人被人过早地用教名来称呼了。

有那么一会儿,她的眼睛似乎准备对他表示出全部的信任,可结果他只是徒劳地等待了一阵。她现在正轻轻移动着舞步从他的记忆中走过,她完全像那天夜晚狂欢节舞会上的情景中一样,一手轻轻提着白色的衣裙,一束白色的小花在她的头上轻轻颤动。她随大家一起脚步轻盈地跳着舞。她向他这边跳了过来,在走近他的时候,她微微向一边转过眼睛,脸上露出淡淡的红晕。在手拉着手连成的人环断开的地方,她曾把她的手在他的手里放了一会儿,一件柔软的商品。

——你这会儿可是一位非常少见的稀客了。

——是的,我天生是当和尚的。

——我恐怕你是一个异教徒。

1　指15世纪初亨利五世于此大败法军的一战。
2　绿袖姑娘即思恋中的姑娘的代称,此说在英国民歌中曾一度流行。

——你很害怕吗？

她沿着手拉着手的那一排人群迅速从他身边跳开去，算作对他的回答，她轻巧而小心地舞着，不和任何人接触。她头上的白花随着她的舞步颤动着，在她躲进一片阴暗中去的时候，她脸上的红晕显得更浓了。

和尚！他自己的形象忽然变成了一个修道院的破坏者、一个相信异端邪说的方济各会会员，既愿意又不愿意皈依上帝，却像格拉尔蒂诺·达波尔戈·山·达尼洛[1]一样编织出了一面轻薄的诡辩的蛛网，并在她的耳边低语。

不，这不是他的形象，这倒像是上次他见到她时和她在一起的那年轻神父的形象，那天他看到她从她的小鸽子般的眼睛里偷看着他，手里胡乱翻着她学习爱尔兰语的练习簿。

——是的，是的，那些姑娘们已经都转向我们了。这情况我每天都能看到。姑娘们已经和我们在一起。她们是我们学习语言的最好的帮手。

——还有教堂呢，莫兰神父？

——

1 13世纪意大利一僧侣和神学家。

——教堂也一样。和我们站在一边。那里的工作进展得很顺利。不要为教堂发愁了。

算了吧！他厌恶地离开那里是做得完全对的。在图书馆的台阶上他没有和她打招呼，也做得完全对！他就应该让她去和她的神父调情，让她去玩弄教堂吧，因为教堂不过是基督教的下贱的厨娘。

一阵粗暴的愤怒彻底驱散了他灵魂中最后一刹那的欢乐。它残暴地彻底打碎了她的美好形象，并把那形象的碎片四散抛撒。于是她的形象的被歪曲的缩影便从四方八面飞来，在他的记忆中显现：他看到了那个穿着破旧衣服、顶着一头板结的粗糙的头发、长着淘气的孩子脸、把自己叫作他自己的姑娘、还向他要他的一束花的卖花姑娘，想到了他隔壁人家一边哐啷哐啷地洗着碗盘一边老用农村歌手的拖长的音调唱着《在基拉尔尼的湖山边》的头几节的厨娘，想到了在科克山附近的人行道上，因看到阴沟上的铁板挂住了他破烂的鞋跟，使他几乎摔倒而大笑不止的那个姑娘，还想到了他曾经看了一眼，并被她小巧的红透的嘴唇所吸引的那个姑娘，她在从雅各布饼干厂走出来的时候，回过头来对他叫着说：

——你已看到了我直直的头发和弯弯的眉毛，你喜欢吗？

然而不管他怎么对她的形象百般诋毁和嘲笑，他始终感到，他的愤怒也仍然只是对她表示爱慕的一种形式。那天他带着轻蔑的神气走出教室，其实也有些故意撒赖，他感到也许在她那长睫毛投下一片阴影的黑眼睛后面隐藏着她的整个民族的秘密。在他从街上走过的时候，他曾经怀着怨恨的心情对自己说，她是她本国妇女的一个典型形象，她是一个在黑暗、机密和孤独中忽然清醒过来，意识到自己的存在的一个像蝙蝠一样的灵魂，她没有爱情也没有罪孽地和她温和的爱人一块儿待上一会儿，然后却让他去对躲在格子后面的一位神父的耳朵低声坦白自己天真的过失。他只有粗野地对她的情人加以咒骂才可以稍稍缓解他对她的愤怒，她情人的名字、声音和长相都使他受到打击的骄傲情绪变得难以忍耐：他是一个当了神父的农民，有一个哥哥在都柏林当警察，还有一个弟弟在莫伊卡伦当招待。对他，对他那样一个就知道如何进行各种形式主义的宗教仪式的人，她可以让他看到她不加掩盖的灵魂，而对他这个宣扬永恒的想象力的教士，

426

一个能够把每天普通生活上的经历变作具有永生生命的光辉形体的教士，她却不肯那样。

那次圣餐会上的鲜明形象又和他那一瞬间出现的充满怨恨和绝望的思想联系起来，从他那思想中发出的连续不断的喊叫声形成了一支感恩的圣歌。

> 我们的断续的喊叫和悲伤的歌篇
> 随着圣餐会上的圣歌向天上飞扬。
> 你对你那永恒的热情岂不感到厌倦？

> 现在贡献牺牲的手正高高举向苍天，
> 圣餐会上的酒杯都已满满斟上。
> 啊，不要再提那令人陶醉的华年。

他从第一行开始大声朗诵这些诗，直到它的音乐和节奏占据了他的整个头脑，使它变得无比开朗而宁静，然后他一笔不苟地把那首诗全部写下来，这样用眼睛看着它，就能使他对它的感受更深一层。写完，他又在枕头上躺下了。

清晨已经来临。四周什么声音也听不见，可是他知道在他的周围的生命马上就会清醒过来，带来它的一贯的嘈杂声、嘶哑的说话声和充满睡意的祷告声。为了躲避那种生活，他向墙那边转过脸去，用毯子蒙着头，两眼呆呆地看着破碎的糊墙纸上画着的那些开过头的大朵的红花。他极力想用它们的红色的光辉重新温暖他即将消失的欢乐，想象着从他躺着的地方有一条铺着红色花朵的玫瑰之路可以直通天堂。厌倦！厌倦！他对他自己永恒的热情也感到厌倦了。

一阵徐徐袭来的温暖，一种令人惆怅的厌倦从他紧包着的头上，沿着脊梁一直往下流动。他感觉到它从上往下流去，并看到他自己躺在那里，微微含笑。很快他就将入睡了。

在十年之后，他又为她写下了这首诗。十年前，她曾把她的披肩像帽子一样戴在头上，向静夜的空气散发出她温暖的气息，并在长满青草的路上轻轻拍打着她的双脚。那是最后一趟街车，高瘦的枣红马也了解这一点，因而在那明澈的夜晚摇动着它们的铃铛以引人注意。售票员和赶车的人谈着话，他们两人在蓝色的灯光下不停地点点头。他们站在马车的阶梯上，他在上面一层，她在下面一层。他们谈话的时候，她好几次都爬上来站在他那一层上，然后又走下去，有一两次她一直站在他的身边忘记下去了，但后来又走了下去。就让她这样吧！就让她这样吧！

从那儿童时期的智慧到他现在的愚蠢，相隔已经是十年了。他要是把他这首诗送给她，怎么样？那在吃早饭的时候，在敲开蛋壳的剥剥声中，准有人会把它拿来大声朗读。真是再愚蠢不过了！她的弟兄们一定会大笑着，伸出他们强壮有力的粗手彼此争夺这篇诗稿。她的叔父，那个温和的神父坐在安乐椅上，将会老远举着这诗篇含笑念诵着，并对它的文学形式表示赞赏。

不，不，那简直是愚蠢。即使他把这诗给她送去，她也不会让别人看见的。不，不，她不能那样做。

他开始感到他完全冤枉了她。一种觉得她天真无邪的感觉使得他几乎对她产生了怜悯之情，这种天真无邪，直到他通过犯罪对它有所认识以前，他一直全然不理解。这种天真无邪，在她还天真无邪的时候，或者在她的天性第一次奇怪地受到屈辱以前，她也是绝不理解的。然后，她的灵魂，像他自己的灵魂第一次犯罪的时候一样，第一次开始了自己的生活，现在他回忆起她娇嫩苍白的面容，和因为女性受到阴森的羞辱而在她的眼神里表露出来的羞怯和悲伤，他心中不禁充满了万种柔肠的怜悯之情。

在他的灵魂正从狂喜进入惆怅的心情的时候，她在哪里呢？精神生活本来是非常神秘的，可不可能那时候她的灵魂便已经完全感受到了他对她的崇敬？这是完全可能的。

一阵情欲的闪光又一次点燃了他的灵魂，燃烧着并充满了他的肉体。是她诱使他写下了那首维兰内尔诗，她在意识到他的情欲的时候，忽然从她充满芳香气息的睡眠中惊醒过来了。她阴沉的、带着惆怅情绪的眼睛睁开来，对着他的眼睛。她将不加掩盖的自己献给了他，鲜艳、温暖、芬芳、丰腴，像一片闪着光的云彩把他包裹起来，像一潭具有流动生命的清水一样把他包裹起来；于是，也像雾腾腾的云彩，或者像在空中周游流动的清水，这一段行云流水般的语言，这神秘气质的象征，也在他的头脑中流过。

你对你那永恒的热情岂不感到厌倦？

你简直可以迷住堕落的天使长。

啊，不要再提那令人陶醉的华年。
你在男人的心中燃起了热情的火焰，
你让他为你失去了自己的主张。
你对你那永恒的热情岂不感到厌倦？

在那火焰上飘动着赞美的香烟，
它从海面上一圈圈飞向天上。
啊，不要再提那令人陶醉的华年。

我们的断续的喊叫和悲伤的歌篇，
随着圣餐会上的圣歌向天上飞扬。
你对你那永恒的热情岂不感到厌倦？
现在贡献牺牲的手正高高举向苍天，
圣餐会上的酒杯都已满满斟上。
啊，不要再提那令人陶醉的华年。

但你却仍守着我们相互凝睬的眉眼，
你肢体丰腴，神态是那样惆怅！
你对你那永恒的热情岂不感到厌倦？
啊，不要再提那令人陶醉的华年。

它们是些什么鸟？他站在图书馆前面的台阶上，倚在一根白蜡树棍上，观望着那些鸟。它们绕着墨尔斯沃思街一所房子向外伸出的屋脊来回飞着。三月末黄昏时候的天空使得它们的飞翔显得异常清晰，它们向前直冲的微微颤抖的黑色的身体，衬着天空，仿佛衬着一块软软的悬挂着的轻烟般的蓝布一样，让人看得非常清楚。

他观望着它们飞翔，一只鸟接着一只鸟：一点黑色的闪光、一扭身躯、一拍翅膀。他想在所有那些向前直冲微微颤抖着的身体飞过以前，数一数它们共有多少：六只，十只，十一只，他弄不清它们到底是双数还是单数。十二只，十三只：又有一对鸟儿从高空盘旋着飞下来了。它们有时飞得很高，有时飞得低一些，可永远是直线或曲线地绕着圈飞，总是从左向右飞，围着一座空中庙宇盘旋。

他倾听着它们的叫声。那声音像护墙板后面的老鼠发出的尖叫，是一种由双音符组成的尖叫声。但那声腔不像其他一些有害人类的动物的鸣叫，显得又尖又长，还带着嗡嗡声，在它们用尖嘴划破长空的时候，常常会发出震颤的音调，而且还下降三度或四度。它们的叫声尖厉、清晰而又轻巧，简直像是从一个发出嗡嗡声的线轴上抽出的细丝一样的光线。

在他耳朵里还一直不停地响着他妈妈的哭泣声和生气的唠叨，这非人的鸣叫声对他的耳朵却是一种安慰，那绕着耸立在清澈的天空的、由空气组成的庙宇盘旋着的黑色的单薄的颤抖着的身躯，有时拍打几下翅膀，有时一摆尾巴来一个急转弯，这些对于他的仍能看见他母亲的面容的眼睛也是一种极大的安抚。

他为什么站在廊子前的台阶上，举头观望，听着它们的双重音调的鸣叫，观望着它们飞翔？他是要靠鸟占[1]来一卜吉凶吗？科尼利厄斯·阿格里帕[2]的一句话在他的思想中掠过，接着更有各种无形的思想在他的头脑里翻腾，从斯韦登伯格[3]关于鸟语的理论，一直到智力问题；他并且想到，在空中生活的生物之所以能获得知识，之所以能知道时间的变迁和季节的转换，是因为它们一直生活在它们固定的生活秩序中，而不

---

1 从古罗马时期便已开始的一种迷信的占卜办法。其主要的方式是通过观察鸟的飞翔情况以判断神的意旨。
2 19世纪初法国宣扬炼金术和魔术的术士。
3 18世纪瑞典科学家和神秘主义思想家。

像人用他们的理智完全扰乱了自己的生活秩序。

　　许多世纪以来，都有人像他这样抬头端详着鸟的飞翔。他上面的那柱廊使他模糊地想起了古代的某座神庙，他把疲惫的身子倚在上面的那根白蜡树棍则使他想起了鸟占术士使用的弯曲的手杖。一种对不可知的事物的恐惧扰乱着他疲惫的心灵，那是对各种符号和预兆的恐惧，对那个名字和他相同，靠柳条编成的翅膀像鹰一样飞出牢笼的人[1]的恐惧，对多思[2]这个写作之神的恐惧，他用一只芦管在木板上写字，在他狭窄的鸟头上挂着一个两头尖尖的弯月。

　　他一想到那个神的形象不禁微笑了，因为这使他想到了那个戴着假发、鼻子像酒瓶一样的法官，他把一份文件举得老远阅读着，不时加上几个逗点。他并且知道，要不是因为这神的名字跟爱尔兰语的一句骂人话非常相近，他是不会记得那个名字的。这可真是愚蠢。但是，就因为这种愚蠢，他就打算永远离开他已经降生其中的那所供祈祷和修行的房屋，和他自己从中而来的生活秩序吗？

——

1 当指希腊神话中靠蜡做的翅膀飞翔的迪达勒斯。
2 埃及神话中司智慧和魔法的神，他一般被画作人身鸟头的形象。

鸟儿又尖声鸣叫着飞回到那间房子向外伸出的屋脊边来了。衬着光线越来越暗的天空，它们飞动的身影显得更黑了。它们究竟是一些什么鸟？他想它们一定是刚从南方飞回的燕子。不久它们还会飞走，因为它们是一些经常来来去去的候鸟，它们在人的屋檐下永远修筑着使用不久的住处，永远转眼又离开它们修建好的住处再去四处游荡。

> 低下你们的头来，欧纳和阿里尔[1]。
> 我凝神静息向你们观望，恰像
> 那已准备向海洋那边飞翔的燕子，
> 观望着它修建在别人檐下的窝巢。

一种冉冉流动的欢乐，像许多流水发出的声响，在他的记忆中流过，他感到心中有一种软绵绵的寂静，这寂静乃是由那水域上面颜色暗淡的天空的寂静空间，由大海上的寂静，由那些在流水上空穿过海面的黑暗飞翔的燕子所组成。

---

1 叶芝诗剧《卡斯琳公爵夫人》中两人物名（分别为卡斯琳的养母和情人）。此一短歌原为卡斯琳临终所唱。

一种冉冉流动的欢乐，流过那无声地来回抛掷着柔和、拖长的韵母而使之归一寂灭的话语，流去又流回，永不停息地摇动着它的浪头上的白色的铃铛，使之发出无声的曲调、无声的狂喊和柔和而低沉的令人昏厥的痛哭。他感到，他依靠盘旋疾飞的鸟儿和头顶上苍白的天空所作的鸟占，全不过来自他的心中，他的心也正像一只安静而迅速地从一座高塔上飞下的小鸟儿。

这是离别的象征还是孤单的象征呢？在他的记忆的耳边低吟着的诗行，慢慢在他的记忆的眼前，构成了那天晚上国立剧院开门时大厅里的景象。他正一个人站在一个阳台边，用他疲惫的眼睛在那些书摊上和那些俗不可耐的图片上观看着都柏林的文化，并在镶着一圈装饰灯光的舞台上看到了用人做成的玩偶。在他身后一个身材高大的警察满脸冒着汗，仿佛随时都准备采取行动。在那大厅中，他的三五成群到处散立的同学们像一阵暴风似的发出各种猫叫声、嘘嘘声和各种嘲笑声。

——这是对爱尔兰的诽谤！
——是从德国传来的！

——这是亵渎上帝!

——我们从来没有出卖过我们的信念!

——从来没有一个爱尔兰妇女干过这种事!

——我们不要业余的无神论者。

——我们不要刚露土的佛教徒。

从他头上的各个窗口忽然传来一阵急促的嘘叫声,他知道上面阅览室的电灯已经打开了。他转身走进那满是柱子的大厅,现在那光亮的大厅已很安静,然后走上楼梯,走过了那个嘎嘎响着的转门。

克兰利坐在放字典的书架前面。一本很厚的书从最前面的一页翻开,摆在他面前的木架上。他靠在椅子上,像一位听忏悔的神父一样把耳朵对着一个医科学生的脸伸过去,那医科学生正从一本杂志上给他念关于一盘棋的介绍。斯蒂芬在他的右边坐下,在桌子的另一边的一位神父,生气地合上他正阅读的《图片集成》,站了起来。

克兰利带着温和的表情莫名其妙地看着他的背影。那个医科学生接着用更低的声音说。

——卒子进入王的第四线。

——咱们最好走吧。狄克逊,斯蒂芬警告说,他一定是告状去了。

狄克逊合上那本杂志，装出一副很庄严的样子站起身来说：

——我们的人秩序井然地撤出战场。

——带着大炮和牲畜，斯蒂芬补充说，指着克兰利看着的那本书的封面，那封面上印着"牛病大全"几个字。

当他们走过桌子间的过道的时候，斯蒂芬说：

——克兰利，我要跟你谈谈。

克兰利没有回答他的话，也没有回头。他把他的书放在柜台上走了出去，他的穿得很厚的脚走在地板上，发出一种呆重的声音。到了楼梯上，他停住脚，心不在焉地看着狄克逊，重复说：

——把卒走到王的他妈的第四线上去。

——你要那么走就那么走吧，狄克逊说。

他说话的声音安静而平淡，他的神态倒显得十分温文尔雅，一双白胖的手，一个指头上戴着一只刻着名字的戒指。

他们走过大厅的时候，一个身材十分矮小的人朝他们走过来。在一顶很小的帽子下面，他那张没有刮过的脸开始高兴地对他们微笑，他们还听到他低声在说话。他那双忧郁的眼睛很像猴子的眼睛。

——晚上好，队长，克兰利说着停住了脚步。

——晚上好，先生们，那张扁平的猴子般的脸说。

——这三月的天气，也算够暖和了，克兰利说，他们在楼上已经把窗户都打开了。

狄克逊微笑着，转了转他手上的戒指。那像猴子一样尖着嘴的黑黑的脸高兴地撅起那上面的嘴，并用一种呜隆呜隆的声音说：

——要论这三月的天气，可真令人爽快。简直是令人爽快极了。

——楼上有两位漂亮的年轻小姐，队长，她们都等急了，狄克逊说。

克兰利微笑着，客气地说：

——我们的队长只爱一个人，那就是瓦尔特·司各特爵士。是不是这样的，队长？

——你现在正读哪一本书呢，队长？狄克逊问道，是在读《拉默尔穆尔的新娘》吗？

——我很喜欢老司各特，那两片柔和的嘴唇说，我认为他写的东西实在太美了。没有任何一个作家能够和瓦尔特·司各特爵士相比。

他仿佛要给他这些赞美的言辞打拍子，轻轻在空中晃动着他的一只干瘦的棕色的手；一双神色忧伤的眼睛，薄薄的眼皮老是急速地眨巴着。

但是让斯蒂芬听来更觉得悲惨的是他说话的方式：一口绅士腔调，低沉而润滑，不时被错误的用语打断，听着他谈话，他拿不准那传说是不是真的，不知在他那干瘦的身躯里流着的稀薄的血是否真是来自乱伦的爱情的贵族的血液？

公园里的树木上积满了雨水，雨一直还在下，而且总是下在湖面上，灰色的湖面静静地躺着，像一面盾牌。一群家养的天鹅飞到湖里来，那水和水下的浅滩都被它们灰白色的粪便脏污了。在那雨中的灰暗的光线、安静的湿水的树木、可以作证的盾牌一样的湖面和那群天鹅的诱引下，他们轻轻地拥抱了。他们既无欢乐也无热情地拥抱着，他的一只胳膊搂着她妹妹的脖子。一件灰色的羊毛衣从她的一边肩头到对面腰边，斜着包裹着她，她的长着淡黄头发的脑袋半推半就羞怯地向他歪了过去。他有一头蓬松的红棕色的头发，和一双细嫩、匀称、长着许多雀斑的坚强的手。脸呢？脸根本看不见。那个哥们儿的脸贴在她冒着雨水香味的淡黄的头发上。那只长满雀斑、坚强、匀称的正在抚摸着的手，却是达文的手。

他对他的这种思想和引起这种思想的那个干瘦的长得像猴儿一样的人都感到非常生气。他父亲嘲笑班特里那帮家伙的那些话，现在忽然从他的记忆中冒了出来。他尽可能避开那些话，仍不安地想着他自己的那些思想。那为什么不是克兰利的手？难道达文的淳朴和天真更为机密地刺痛了他？

他和狄克逊一起走过大厅，让克兰利一个人煞有介事地去和那个矮子告别。

在外面的廊柱下，坦普尔正和一群同学站在一起。他们中有一个人叫着说：

——狄克逊，你也过来听听。坦普尔可了不得。

坦普尔向他转过他那深黑的吉卜赛人似的眼睛。

——你是一个伪君子，奥基夫，他说，狄克逊是一个笑面人。我的天，我想这可是个带有文学意味的呱呱叫的新词儿。

他羞怯地大笑着，看着斯蒂芬的脸重复说：

——天哪，我真非常喜欢这个名字。一个笑面人。

站在他下面台阶上的一个身材魁梧的学生说：

——还回来谈那个情妇吧，坦普尔。我们愿意听你谈谈那个。

——他是有，说真的，坦普尔说，而且他是早已结过婚的。所有的神父都常常到那里去吃晚饭。天知道，我想他们谁都沾到了点儿油水。

——我们得把这叫作，心疼自己的马租匹马去打猎，狄克逊说。

——你告诉我们，坦普尔，奥基夫说，你肚子里现在装有多少瓶葡萄酒？

——你心灵中的全部智慧一股脑儿都放在这句话里了，奥基夫，坦普尔带着公开的轻蔑说。

他迈着歪歪斜斜的步子绕着那群人走了一圈，然后对斯蒂芬说：

——你知不知道那个福斯特家族是比利时的王室？他问道。

克兰利从门厅的门口走了出来，一顶帽子戴在他的后脖儿上，他非常小心地剔着牙。

——这位古今无双的聪明人来了，坦普尔说，你知道福斯特家族的情况吗？

他停下来准备回答。克兰利从牙缝里剔出一个无花果籽，用他那粗大的牙签举着，来回仔细研究。

——福斯特家族，坦普尔说，是从佛兰德斯的皇帝鲍德温一世传下来的。他当时的姓是福雷斯特。福雷斯特和福斯特完全是一样的。鲍德温一世的后裔，弗朗西斯·福斯特队长在爱尔兰定居下来，和克兰布拉西尔最后的一个酋长的女儿结了婚。另外还有布莱克·福斯特一家。那完全是另外一支。

——那是从佛兰德斯皇帝鲍尔德海德传下来的，克兰利重复说，再次聚精会神地剔着他闪闪发光的外露的牙齿。

——你是从什么地方知道所有这些历史事件的？奥基夫问道。

——我还知道你们家的全部历史，坦普尔转身对斯蒂芬说，你知道吉拉尔德斯·坎布兰西斯对你们家是怎么说的吗？

——他们也是鲍德温的后裔吗？一个长着一双黑眼睛、害着肺病的高个子学生问道。

——鲍尔德海德，克兰利重复说，使劲嘬着他的牙缝。

——Pernobilis et pervetusta familia,[1]坦普尔对斯蒂芬说。

站在下面台阶上的那个身材魁伟的学生轻轻放了个屁。狄克逊向他转过身去用一种很柔和的声音说：

——刚才是有位天使讲话了吗？

克兰利也转过身来，有些激动但并没有生气，说：

——戈金斯，你真是我从没见过的一个最下流、肮脏的魔鬼，你知不知道？

——我脑子里倒是想到一句话，如鲠在喉，戈金斯坚定地回答说，这也没有跟任何人过不去的地方，不是吗？

——我们希望，狄克逊温和地说，你这并不是科学上所谓的 paulo post futurum[2]。

——我有没有对你们说过他是一个笑面人？坦普尔转头左右看看说，我不是给他取了那么个名字吗？

——一点不错。我们并不是聋子，那个身材高大的害肺病的学生说。

克兰利仍然对他下面的那个体格魁伟的学生皱

---

1 拉丁文：一个非常著名的古老家族。
2 拉丁文：有待证实。

着眉头。然后，他厌恶地哼了一声，使劲把他推下台阶去。

——你离开这儿吧，他粗暴地说，滚开，你这个臭东西。你就是一只臭马桶。

戈金斯在那条碎石路上跑了几步，立刻又带着笑脸回到他原来的地方。坦普尔转身看着斯蒂芬问道：

——你相信遗传规律吗？

——你是喝醉了还是怎么着？你到底想说什么？克兰利带着一种莫名其妙的表情转过脸来问他。

——世界上写在纸上的最有深义的一句话，坦普尔十分热情地说，是写在动物学最后的一句话。生殖是死亡的开始。

他胆怯地碰了碰斯蒂芬的胳膊，急切地说：

——你是一个诗人，你能感觉到那句话有多深奥吗？

克兰利伸出一根很长的食指指点着。

——你看看他！他对其他人轻蔑地说，你看看这个爱尔兰的希望！

他们听到他的话，看到他那样子，都不禁大笑起来。坦普尔勇敢地向他转过身去说：

——克兰利，你老是在讥笑我。这我看得出来。可是不管任何时候我也并不比你差什么。你知道要是拿你和我相比，我现在对你怎么想吗？

——我亲爱的老伙计，克兰利礼貌地说，你根本没有能力，你知道吗，完全没有能力思考。

——可是你知道，坦普尔接着说，我现在把我们两人拿来比较，我对你怎么想，对我自己又怎么想吗？

——那你说出来，坦普尔！站在台阶上的那个魁伟的学生叫喊着，一点一点地说出来！

坦普尔向右边看看又向左边看看，忽然做出一个非常无力的姿态说：

——我是一个卵蛋，他说，绝望地摇摇头。我是一个卵蛋，我知道我是。我承认我是。

狄克逊轻轻拍拍他的肩膀，温和地说：

——这称呼对你可是再合适不过了，坦普尔。

——可是他，坦普尔说，指着克兰利，他也是一个卵蛋，跟我一样。只不过他自己不知道。我能看到的他和我的差别，不过如此而已。

一阵大笑淹没了他的话。可是他又忽然转身对着斯蒂芬急促地说：

——这个词儿可是非常有趣。这是唯一的一个既做单数又做双数用的词儿[1]。你知道吗？

——是这样吗？斯蒂芬不在意地说。

他这会儿正观望着克兰利轮廓分明的痛苦的脸，看到那上面露出了一种虚假的满不在乎的微笑。那个粗野的名字，仿佛泼在一尊古老石像上的脏水，从他那勉强忍受着凌辱的脸上掠过；而在他正望着他的时候，他看到他脱下帽子来向大家敬礼，露出一头从额角直竖上去的好似一顶铁制王冠的黑色的头发。

她从图书馆的廊子里走出来，越过斯蒂芬微微点头，回答克兰利的问候。还有他？克兰利的脸不是微微有点红了吗？或者，他脸红是因为坦普尔的话引起的？这时那里的光线已经很暗。他看不太清楚。

但这是否就说明，为什么他这位朋友老是心神不安，一言不发，有时尽讲些刺人的话，有时又用些粗暴的言辞故意打断斯蒂芬，不让他有机会讲出他急于想表示的忏悔？斯蒂芬对谁都很容易原谅，因为他发

---

1 此词（ballocks）原文以 s 结尾，故复数不变。类似情况英语中并不少。

现他自己有时候态度也很粗暴。他还记得有一天晚上，他从一辆借来的浑身嘎吱响的自行车上下来，在马拉海德附近一个树林里向上帝祷告的情景。他已经举起双臂带着狂喜的心情向阴森的树林深处开始祷告了，他知道那应该是一个非常神圣的时刻，而自己正站在神圣的土地上。然而就在这时有两个警察从阴暗的道路拐角处走了过来，他却立即停止祷告，用口哨大声吹奏着最新的一个滑稽剧里的插曲。

他开始用他那白蜡树棍带杈儿的一端打着一个柱子的底部。克兰利没有听见他的话吗？他还可以等待。他身边的谈话声停止了一会儿，从上面的窗口又传下来比较温和的嘘叫声。但是空中再没有任何其他的声音了，他刚才睁着一双悠闲的眼睛观望的那些飞翔的燕子，现在都已经睡着了。

她朝着黑暗中走去。空气中除了从上面传下来的温和的嘘叫声之外，完全是一片寂静。在他身边的所有的嘴现在都停止叨叨了。黑暗正从上面降临。

黑暗正从天空下降。

一种像闪烁着的微光一样抖动着的欢乐像一群神话中的人物在他的四周跳动。可这是为什么？是由于她走进了越来越浓的黑暗，还是由于那满是黑色韵母的诗和它开头处那圆润的、有如悠扬笛声的曲调？

　　他慢慢朝着柱廊更阴暗的一头走去，用他的棍子轻轻敲打着地上的石块，借以扰乱他要离开的那些同学的注意，不让他们觉察到他自己梦幻中的景象：他听任自己的思绪沉浸到多兰德、伯德和纳什[1]的时代中去。

　　眼睛，从情欲的黑暗中睁开的眼睛，使刚刚发白的东方变成一片昏暗的眼睛。除了那床笫间的娇柔，又哪里来的什么令人惆怅的美？它们所发出的闪光，也不过是一位流着鼻涕的斯图亚特王[2]宫廷里的粪坑上的浮渣所放出的光彩罢了。他在他记忆的语言中，尝到了琥珀色的酒、在死亡中纷纷下落的甜蜜的曲调和骄傲的宫廷舞的味道，他通过他记忆的眼睛，看到温柔的高贵的妇女们在科文特歌剧院的阳台上噘起嘴来对别人调情，并看到酒馆里出着水痘的姑娘和一些年

1　这里所提三人均为英国17世纪音乐家或作家。
2　苏格兰的斯图亚特王室自14世纪后曾长期统治苏格兰和英格兰。

轻媳妇，带着喜悦的心情屈服于想要玩弄她们的男人，一次再次跟他们拥抱。

他所召唤出来的这些形象并没有带给他任何欢乐。它们都神秘而热情，但她的形象并没有被它们所搅乱。这样来想她，是不对的。他自己甚至从来也没有这样想过她。难道他的思想现在已经对自己失去信心了吗？旧的一些话语，像克兰利从他闪闪发光的牙缝里剔出的无花果籽儿一样，只是依靠被发掘出的芬芳，它们才有一些芳香的气息。

虽然他模糊地知道，她的身影正穿过那城市向她自己的家里走去，但这既不能说是思想，也不能说是幻境。一开始很模糊，接着他明确地感到，他嗅到了她身体的气味。一种明确意识到的不安在他的血液里翻腾。是的，他嗅到的是她身体的气味，一种野性的令人沉醉的气味，这气味来自他充满情欲的音乐曾来回飘过的温柔的肢体，来自她的肌肤曾散发出的纯净的气息和一阵清露般隐蔽而柔软的内衣。

一个虱子在他的后脖儿上爬行，他伸出大拇指和食指灵巧地从他宽松的领子下面抓住了它。他用手捻着它的身体，感到它像一颗稻米一样既软又有些扎手，他这么两个指头搓了一会儿就把它扔下，心里想不知它是活着还是死了。他脑子里忽然想起了科尼利厄斯[1]说过的一句很奇怪的话，那意思是说由人体的汗产生的虱子不是由上帝跟别的动物一起在第六天创造出来的。可是，他脖子上的皮肤痒得使他的思想变得通红和发毛了。他的身体所经历过的穿得很坏，吃得很苦，挨尽虱子咬的生活，使得他在忽然产生的一阵绝望情绪中合上了眼皮，而在那一片黑暗中他却看到许多闪光、发脆的虱子从空中降落下来，还常常一边下落一边翻滚。是的，从空中降落的不是黑暗，而是光明。

光明正从天空下降。[2]

他甚至并不能准确地记得纳什的那行诗了。它所唤起的形象全都是虚假的。他的头脑本身就孕育着种种祸害。他的思想便是由懒惰的汗水产生出来的虱子。

他很快又跑回来，沿着柱廊向那群学生跑去。算

1 17世纪佛兰德耶稣会教士和神学家。
2 引自托马斯·纳什的《死的召唤》。上文"黑暗正从天空下降"，是有意反用其意。

了吧，让她去，让她见鬼去吧！她可以去爱某一个胸部长着黑毛，每天早晨齐腰以上得洗一遍的干净的运动员。让她去。

克兰利从口袋里又掏出一个干无花果，正慢慢地、咯吱咯吱地吃着。坦普尔坐在一根柱子的台基上，背靠着它，帽子往前拉下来盖住了他惺忪的睡眼。一个矮墩墩的年轻人从门廊里走出来，胳肢窝里夹着一个大皮包。他朝那群人走去，用靴后跟和一把沉重的雨伞的铜帽儿嘣嘣敲打着地上的石板。然后他举起雨伞来做个敬礼的姿势，对所有的人说：

——晚上好，诸位先生。

他又在石板上敲了几下，咯咯笑着，神经质地摇晃了一下脑袋。那个身材高大的害肺病的学生和狄克逊和奥基夫正用爱尔兰语交谈着，谁也没有理他。然后他便转向克兰利说：

——晚上好，我是特别对你说的。

他举起雨伞来指点着，又咯咯笑了几声。克兰利这时还正嚼着他的无花果，他使劲动了几下下巴作为回答。

——好？是的。这倒是一个很好的晚上。

那个矮墩墩的学生严肃地看着他，温和地并表示不赞成地又摇晃了几下他的雨伞。

——我可以看得出，他说，你现在正要讲一些用不着说的大实话。

——嗯，克兰利回答说，同时把他已嚼烂的那个无花果从嘴里拿出来，朝那个矮胖的学生嘴边送去，意思是要让他吃掉。

那矮胖学生并没有吃，可是为了表示容忍他这种特殊的幽默，他一边仍然咯咯笑着，一边用他的雨伞指指点点地严肃地说：

——你的意思是打算……

他咽下了自己的话，用伞直指着那个已被嚼成烂泥的无花果，大声说：

——我指的是那个。

——嗯，克兰利仍和刚才一样说道。

——你刚才那样做，那个矮墩墩的学生说，意思是 ipso facto[1]，还是比如说，不过随便说说呢[2]？

---

1 拉丁文，原意为"以事实而论"，这里或可解释为"有所实指"。
2 英文口语 to give one fig（给人无花果），意为对某人作出表示轻蔑的姿态。此处因联想及这一成语，故有此问。

狄克逊对那群学生背过身去说：

——戈金斯正等着你，格林，他跑到阿德尔菲去找过你和莫伊尼汉。你这里面装的什么？他问道，拍拍格林夹在胳肢窝下面的公文包。

——都是些考卷，格林回答说。我每个月让他们进行一次考试，看看经过我的教学后他们所获得的成绩。

他也拍拍那公文包，微笑着轻轻咳嗽了几声。

——教学！克兰利粗暴地说。我想你指的是，那些让你这老猢狲教着的那群光着脚的孩子吧。求上帝保佑保佑他们吧！

他咬下剩下的半个无花果，把果蒂扔掉。

——我让小孩子们都爬到我的身上来，格林友好地说。

——一只该死的老猴头，克兰利咬牙切齿地重复说，还是一只公然亵渎上帝的老猴头！

坦普尔站起来，把克兰利推开，对格林说：

——你刚才说的这句话，他说，是从《新约》上"让孩子们都来到我的身边"这句话变来的。

——还去睡你的觉吧，坦普尔，奥基夫说。

——那么好，坦普尔仍冲着格林继续说，既然耶稣让孩子们都到他身边去，那教堂为什么要把没有受洗死去的孩子全送到地狱里去？那是为什么？

——你自己受过洗没有，坦普尔？那个害肺病的学生问道。

——可他们为什么要给送到地狱里去，如果耶稣说过他们都可以到他那里去？坦普尔说，两眼直盯着格林的眼睛。

格林咳嗽了几声，使劲忍着神经质的咯咯的笑声，每说一句话晃一下雨伞，温和地说：

——至于你的话，如果真是这样，我要非常严肃地问你，这"这样"又是从哪里来的？

——因为教堂和一切老罪犯一样残酷，坦普尔说。

——你这说的完全是合乎正统的说法吗，坦普尔？狄克逊温和地说。

——圣奥古斯丁就说过没有受过洗的孩子将进地狱的话，坦普尔回答说，因为他也是一个残酷的老罪犯。

——我向你致敬，狄克逊说，但我有一个印象，确有一个名为林堡¹的地方是专为这类孩子预备的。

——不要和他争论了，狄克逊，克兰利恶狠狠地说。不要和他讲话，也不要看他一眼。拿一根草绳拴着他，像牵着一头咩咩叫的山羊一样把他牵回家去吧。

——林堡！坦普尔叫喊道，那真是一个呱呱叫的发明。和地狱是完全一样的。

——但是并不像在地狱里那样令人难受，狄克逊说。

他微笑着转身对别的人说：

——我想我讲的这些话，可以代表这儿我们大家的意见。

——一点不错，格林用一种很坚定的声调说。在这一点上整个爱尔兰是团结的。

他用伞头上的铜帽儿敲打着柱廊上的石头地板。

——见鬼，坦普尔说。对于那位魔鬼的亲眷的那个发明我可以表示尊敬。地狱就是罗马，像罗马人住房的墙壁一样结实而非常难看。可林堡到底是个什么

---

1 原文 limbo，按西方迷信说法，在天国和地狱之间还有此一地方（弥尔顿《失乐园》中即有此说），收容本人无罪而因其他种种原因不能进入天堂的灵魂，其中包括未受洗的孩子。

东西？

——还把他送回婴儿车去吧，克兰利，奥基夫叫着说。

克兰利迅速朝坦普尔迈过一步去，他停住，跺了一下脚，仿佛对一只鸟儿似的叫喊着：

——嘘嘘！

坦普尔灵巧地退到一边去。

——你知道什么是林堡吗？他大声说，你知道在我们罗斯科门我们把这玩意儿叫作什么吗？

——嘘嘘！去你的吧！克兰利拍手叫着说。

——它既不是我的屁股，也不是我的胳膊肘儿[1]，坦普尔轻蔑地大声叫着。那就是我所知道的林堡。

——把那根棍子给我，克兰利说。

他粗野地从斯蒂芬手里夺过那根白蜡棍，几步跳下台阶去；而坦普尔，因为听到后面有人追打，于是像一只灵巧的长着飞毛腿的野兽一样直向黑暗中跑去。大家听到克兰利沉重的靴子跑过广场时发出的巨大的声响，接着又听到他迈着沉重的脚步跑了回来，

——

---

1 因原文 limbo 和 limb（人的肢体）词体、词音均相近，因有此戏语。

每跑一步都把路上的小石子踢得乱飞。

他的脚步已显出了他的愤怒，接着他更用一种愤怒的鲁莽的姿态把那棍子又塞回到斯蒂芬手里。斯蒂芬感觉到他的愤怒另有原因，可是为了装出很有耐性的样子，他轻轻碰碰他的胳膊，安详地说：

——克兰利，我刚才已经对你说过，我要跟你谈几句。跟我来吧。

克兰利对他看了一会儿，问道：

——就现在？

——是的，就现在，斯蒂芬说，在这儿我们没法谈话。跟我来吧。

他们俩一同默默地走过了那个方形广场。一种从《西格弗里德》[1]里学来的用口哨轻轻吹出的鸟叫声随着他们从门前的台阶上下来。克兰利回过头去，跟在他们后面学鸟叫的狄克逊叫着问道：

——你们两个家伙要到哪儿去？咱们那场球还打不打，克兰利？

他们越过一片宁静的空气，大声叫喊着商量要到

---

1 西格弗里德是日耳曼民族传说中的民族英雄。此处指19世纪德国作曲家理查德·瓦格纳的作品。

阿德尔菲旅馆去一同打一场台球。斯蒂芬一个人向前走着，直走到安静的基尔德尔大街对面的枫树旅馆那边，他站在那里等待着，心情又变得很平静了。那旅馆的名字，一种没有颜色的光滑的木头，和它那毫无色彩的门脸儿，仿佛对他摆出一副彬彬有礼的轻蔑的神态，使他感到十分难堪。因而他也愤怒地回望着旅馆里灯光柔和的会客室，他想象着爱尔兰的显贵们一定都安静地住在这旅馆里，过着舒适的生活。他们整天想的是军部的委令，是土地买卖，在乡村的大路上农民见到他们都要行礼，他们还知道某些法国菜的名字，还会用一种土腔土调向当地的行政长官发布命令，他们那又尖又高的声音简直把他们原来包裹得很紧的土腔调都给刺破了。

他有什么办法可以打动他们的良心，或者在他们的女儿的想象中散布下他那些阴暗思想，让她们在生下那样一些农村绅士之前，能够繁殖出一支不像他们自己那样卑微的人种来呢？在愈来愈浓的暮色中，他感觉到自己所属的那个民族的思想和欲望，像一群群蝙蝠，飞过那黑暗的农村小道，飞到一片满是水潭的沼泽地附近河边的树丛中去。达文那天夜晚走过那里的时候，有一个女人曾经在门口等待着，她请他喝了一杯牛奶，差一点把他勾引到她的床上去，因为达文长着一双能够严守秘密的人的温和的眼睛。可就没有一个女人的眼睛勾引过他。

一只强有力的手抓住了他的一只胳膊，他听到克兰利的声音说：

——咱们穷走吧。

他们默默地向南走去。过了一会儿克兰利说：

——那个该死的傻瓜，坦普尔！你知道吗，我向摩西发誓，早晚我得要了那个浑蛋的命。

但是他的声音里再没有任何愤怒的意思，斯蒂芬拿不准他是不是想到了在门廊上她跟他打招呼的情景。

他们向左转弯，仍和刚才一样向前走去。过了一阵之后斯蒂芬说：

——克兰利，今天晚上我赶上了一场非常不愉快的争吵。

——跟你自己家的人？克兰利问道。

——跟我妈妈。

——因为宗教问题？

——是的，斯蒂芬回答说。

过了一会儿，克兰利问道：

——你妈妈多大年岁了？

——不算老，斯蒂芬说，她要我复活节去向上帝履行我的职责。

——你去吗？

——我不去，斯蒂芬说。

——为什么不去？克兰利说。

——我不愿意担任教职，斯蒂芬回答说。

——这话你过去早说过，克兰利安静地说。

——我现在是事后再说一遍，斯蒂芬生气地说。

克兰利抓住斯蒂芬的胳膊说：

——你先不用急，我亲爱的朋友。你知道，你这人有点他妈的太爱激动了。

他说话的时候，神经质地大笑起来，接着他用友好的充满热情的神色看着斯蒂芬的脸说：

——你知不知道你是一个非常爱激动的人？

——我敢说是这样，斯蒂芬说，也笑起来。

他们两人近来思想上很有些不和的意思，现在似乎忽然间彼此又变得非常亲近了。

——你相信关于圣餐的那一套吗？克兰利问道。

——我不相信，斯蒂芬说。

——那么你就是不相信咯？

——对这个问题，我既说不上相信，也说不上不相信，斯蒂芬回答说。

——许多人对这件事都有怀疑，甚至那些教会里面的人，可是他们克服了那种怀疑，或者把它抛到一边去，克兰利说，你对这个问题的怀疑竟是那么难以破除吗？

——我并不想克服我的怀疑，斯蒂芬回答说。

克兰利仿佛感到有点难堪，他从口袋里又掏出一个无花果来准备放到嘴里去，这时斯蒂芬却说：

——求你别吃了。你嘴里装满嚼着的无花果，那咱们就没有办法讨论这个问题。

克兰利举着那个无花果，在他站立处头顶上的灯光下，反复端详着。然后他用两个鼻孔分别闻闻它，咬下一小块，把它吐掉，随即又使劲把那个无花果扔到阴沟里去。它现在躺在那里，他对着它说：

——你走开吧，该死的东西，愿你滚到永不熄灭的地狱烈火中去！

他抓住斯蒂芬的两只胳膊，又向前走着说：

——你不害怕在最后审判的那一天，有人会对你讲这种话吗？

——可是在另一方面我又能得到什么呢？斯蒂芬问道，整天陪着那个教导主任就能得到永恒的幸福吗？

——你记住，克兰利说，他可会因此感到无比高兴。

——啊，斯蒂芬多少有些怨恨地说，他是那样地明快、活跃、无情，而最主要的是机灵。

——你知道，克兰利不带任何感情地说，奇怪的是，你脑子里完全塞满了你说你根本不相信的宗教。当年你在学校的时候相信宗教吗？我敢打赌你那会儿是相信的。

——我那会儿是相信的，斯蒂芬回答说。

——那你那会儿是不是更幸福一些呢？克兰利温和地问道，是不是比现在更幸福些，比方说？

——常常感到很幸福，斯蒂芬说，常常又感到很不幸福。我当时完全是另外一个人。

——怎么叫另外一个人？你这话是什么意思？

——我是说，斯蒂芬说，那时的我不是现在的我，我不能不变。

——不像现在的你，不像不能不改变的你，克兰利重复说。让我现在问你一个问题。你爱你的妈妈吗？

斯蒂芬慢慢摇了摇头。

——我不知道你这话是什么意思，他简单地说。

——你从来没有爱过任何人吗？克兰利问道。

——你是说女人？

——我不是说那个，克兰利用一种更冷淡的腔调说。我是问你从来没有对任何人或任何东西产生过爱情？

斯蒂芬在他朋友身边走着，脸色阴沉地看着脚下的小道儿。

——我曾试着去爱上帝，他最后说，现在我感到我似乎失败了。这件事竟非常困难。我试着要把我的意志一点一点和上帝的意志联系在一起。在这方面我也并不是绝对办不到的。也许现在我还可以那样做……

克兰利打断他的话，问道：

——你妈妈曾有过幸福的生活吗？

——我怎么知道？斯蒂芬说。

——她有几个孩子？

——九个或者十个，斯蒂芬回答说，有几个死掉了。

——你父亲是……克兰利停了一会儿接着又说：我并不想探听你们家里的事。可你父亲的境遇说得上一般人所说的富裕家庭吗？我是说，在你长大成人以后？

——可以那么说，斯蒂芬说。

——他是干什么的？克兰利停了一会儿问道。

斯蒂芬开始滔滔不绝地述说他父亲过去的为人。

——学过医，驾过船，唱过男中音，当过业余演员，做过大喊大叫的政治家，当过小地主、小发明家，当过酒鬼，还是有名的好人，写过小故事，给别人当过秘书，还自己酿过酒，收过税，破过产，目前是整天吹嘘自己的过去。

克兰利大笑起来，更加使劲捏着斯蒂芬的一只胳膊说：

——做酿酒的买卖可是他妈的太棒了。

——还有什么别的你想知道的情况吗？斯蒂芬问道。

——你们现在境况还很好吗？

——你瞧我这样子像吗？斯蒂芬毫不掩饰地说。

——那么说，克兰利感到很有趣地说，你是生在一个奢华的怀抱中的。

他在使用这句话的时候，完全像他一向使用什么技术术语似的，不着边际地大声嚷嚷着，仿佛他希望听他讲话的人明白，他虽这么说，但自己也并不相信。

——你母亲一定经历过许多苦难，接着他又说，你难道不想救救她，别让她再受更多的苦难吗？甚至在……或者说，你愿意这样做吗？

——如果我办得到，斯蒂芬说，那并不需要我付出什么重大代价的。

——那你就那么办吧，克兰利说，她希望你怎么做，你就怎么做好了。对你来说这有什么关系呢？你不相信那些东西。这只是一种形式，再没别的什么。这样你就能让她的心情安静下来。

他停住了，因为斯蒂芬没有回答，他也就没有再说下去。接着，仿佛他要说出自己的思想过程似的，又接着说：

——在这个臭狗屎堆的世界上，你可以说任何东西都是靠不住的，但是母亲的爱可是个例外。你母亲把你生到这个世界上来，先在她自己的身子里孕育着你。至于她怎么感觉，我们能知道什么？但不管她怎么感觉，她的感觉至少是真实的。也只能是真实的。我们的理想或者说野心都是些什么？玩儿。理想！咳，那个该死的像一只山羊似的整天咩咩叫的坦普尔有理想。麦卡恩也有不少理想。每一个准备上路的豺狼都想着自己有许多理想哩。

斯蒂芬一直细听着这些话后面没有说出的意思，最后装着满不在乎地说：

——帕斯卡[1]，如果我记得不错的话，因为害怕和任何女性接触，就从不肯让他妈妈吻他。

——帕斯卡是一个浑蛋，克兰利说。

——我想阿洛伊修斯·冈萨戈也是这样一个人，斯蒂芬说。

——那他也是一个浑蛋，克兰利说。

---

1 法国17世纪著名科学家、数学家、哲学家和作家。

——可是教堂称他是圣徒，斯蒂芬不同意地说。

——别人叫他什么我他妈全管不着，克兰利粗暴、直率地说，我叫他浑蛋。

斯蒂芬先在脑子里把他要说的话整理了一下，继续说：

——耶稣在公众场合，对他母亲似乎也不很礼貌，可是苏阿莱兹那个耶稣教的神学家和西班牙绅士却为他进行了一些辩解。

——你脑子里有没有想到过，克兰利问道，耶稣实际完全不是他假装的那么个人？

——脑子里出现这种想法的第一个人，斯蒂芬回答说，是耶稣自己。

——我是说，克兰利声音越来越生硬地说，你有没有想到过他自己也感觉到他是个伪君子，或者说，像他咒骂当时的犹太人时所说的那样，是一个假善人？或者，说得更直爽一些，他不过是一个恶棍？

——我倒从来没有这么想过，斯蒂芬回答说，可我真不明白，你现在的目的是要让我相信上帝呢，还是要让你自己也不再相信上帝了？

他转身看看他朋友的脸，他在他脸上看到一丝尴尬的微笑，但那里却同时流露出要使那微笑具有某种细微含义的强大的意志力量。

克兰利忽然用一种平淡的、心平气和的声调问道：

——告诉我实话，你刚才听到我的话，感到很吃惊吗？

——是有些吃惊，斯蒂芬说。

——既然你肯定地认为，克兰利仍用原来的声调进一步追问，我们的宗教是假的，耶稣并不是什么上帝的儿子，那你为什么会吃惊呢？

——那些事我也并不能完全肯定，斯蒂芬说，他倒更像是上帝的儿子，而不像是玛利亚的儿子。

——你不愿意参加圣餐会，克兰利问道，就因为你对那些事也不敢肯定，因为你感到圣餐会上的面包也许真是上帝的儿子的血和肉，而不只是一块面包？因为你担心可能是那样？

——是的，斯蒂芬安静地说，我确有那种感觉，对那个我也害怕。

——我明白，克兰利说。

斯蒂芬听他那声调，仿佛是要结束这次谈话了，因而为使讨论继续下去，接着说：

——我害怕许多东西：狗、马、枪炮、大海、雷电、各种机器，还有深夜里乡村的道路。

——可是对一小片面包你有什么好怕的呢？

——我想象，斯蒂芬说，在我说的我害怕的那些东西后面存在着某种真实的邪恶。

——那么你害怕，克兰利问道，如果你在圣餐会上干了什么亵渎神灵的事，罗马教堂的上帝会马上置你于死地，并把你打入地狱吗？

——那罗马天主教堂的上帝现在就可以那么做了，斯蒂芬说，比那个更使我害怕的是，如果我对某一种象征给予虚假的崇拜就可能在我的灵魂中发生的那种化学作用，因为在那个象征后面已经聚集着二十个世纪的权威和崇敬了。

——到了十分危急的时候，克兰利问道，你也会愿意犯下刚才说的那种亵渎神灵的罪过吗？比方说，如果那会儿让你整天去悔罪？

——对过去的事我现在没法回答，斯蒂芬回答说，也许不会。

——那么，克兰利说，你是不打算变成一个新教徒了？

——我说过我已经失掉了信念，斯蒂芬回答说，但我并不是说，我失掉了对自己的尊敬。如果一个人放弃掉一种合乎逻辑的、合情合理的荒唐信念，却去抓住一个不合逻辑的和不合情理的荒唐信念，那算得上是一种什么思想上的解放呢？

他们原来一直朝着彭布罗克的市镇走去，现在他们仍缓慢地走在林荫道上，那里的树林和从一些别墅照出的一星一点的灯光使他们的心境更为平静了。在他们周围出现的这种富裕和安宁的气氛似乎对他们的贫困也是一种安慰。在一排桂花树组成的树篱后面，一点灯光从一间厨房的窗口照射出来，同时他们还听到一个女佣一边磨刀一边歌唱的声音。她断断续续地唱着：

"罗西·奥格雷迪。"

克兰利止住步仔细听着，然后说：

——Mulier cantat.[1]

这拉丁话语的温柔的美，用一种令人陶醉的触摸，

1　拉丁文：一个妇女在唱歌。

一种比音乐或一个女人的手更为轻柔、更为触动人心的触摸，抚摸着黄昏时的夜色。他们头脑里的纷乱的思想现在已平静下来。一个从教堂圣餐室走出来的女人的身影一声不响穿过那片黑暗：那是一个穿着白衣服的身影，矮小细瘦得像一个男孩，她的腰带几乎都要掉下来了。他们听到她像男孩子一样的又高又尖的声音领起了远处一个合唱队里由女声开头的歌唱，那声音穿透了那第一段充满热情的歌词所引起的忧闷和嘈杂：

——Et tu cum Jesu Galilaeo eras.[1]

所有的心都受到了触动，那声音像一颗年轻的星星闪闪发着光，它在和着先重后轻的节奏唱着的时候照得更亮，而在那节奏消逝的时候就显得更为暗淡了。

歌声停止了，他们又往前走去，克兰利用着意加强的节奏唱着那首歌的最后一节：

等到咱俩结婚以后，

啊，我们该是何等的快活，

——

1 拉丁文：你和加利利的上帝同在。

因为我热爱温柔的罗西·奥格雷迪，

罗西·奥格雷迪也热爱我。

——你听听，这才真叫是诗，他说，这才是真正的爱情。

他斜着眼，带着奇怪的微笑看着斯蒂芬说：

——你认为那是诗吗？再说，你懂不懂得那些话是什么意思？

——我得先找到一个罗西再说，斯蒂芬说。

——要找她也不难，克兰利说。

他的帽子往额头上搭了下来。他把它往后推推，在那树林的阴影下，斯蒂芬看到了衬在一片黑暗中的他的苍白的脸和一双乌黑的大眼睛。是的。他的脸很漂亮，他的身体也很强壮。他曾讲到母爱。他体会到妇女的苦难，体会到她们的身体和灵魂的虚弱，他准备用他强有力的坚定的胳膊去保护她们，他在思想上向她们致敬。

那么离开这里吧，是该走的时候了。在斯蒂芬孤独的心中有一个声音柔和地说，它要他离开，并告诉他，他的友情到此也该结束了。是的，他要走。他不能和别人进行斗争。他知道他的地位。

——也许我要离开这里，他说。

——上哪儿？克兰利问道。

——上我能去的地方，斯蒂芬说。

——那也好，克兰利说。现在你要是还住在这里，可能有些困难。可是就因为那个就要走吗？

——我不能不走，斯蒂芬回答说。

——因为，克兰利继续说，如果你并不想走，你没有必要把自己看作是被人驱逐了，或者觉得自己是一个异教徒，或者是什么不法分子。有许多很好的宗教信徒，想法也和你差不多。你听了觉得奇怪吗？组成教堂的并不只是那几间石头房子，甚至也不是那些教士和他们的教条，而是生来就和它结下不解之缘的一大群人。我不知道你在一生中想干些什么。你想干的，就是那天夜晚我们站在哈考特街外面车站上的时候，你对我说的那些吗？

——是的，斯蒂芬说，想到克兰利每一回想起过去的事，总喜欢跟事情发生的地点联系在一起，他止不住违反自己的意愿笑了笑。那天晚上，你差不多费了半个小时和多尔蒂争论，从萨利加普到拉拉斯到底走哪一条路最近。

——那个木头脑袋！克兰利轻蔑地说，他知道什么从萨利加普到拉拉斯去的路？不管对任何事他能知道些什么？他真算得上是天下最大的愚蠢的木头疙瘩脑袋！

他止不住放声大笑起来。

——啊，斯蒂芬说，后来的事你还记得吗？

——后来你讲的那些话，是吗？克兰利问道，是的，我记得的。你说你要去发现另一种生活方式或另一种艺术，依靠它你的心灵可以不受任何约束，自由地表现它自己。

斯蒂芬举举帽子表示他说得很对。

——自由！克兰利重复说，可是你并没有那么多可以亵渎神明的自由。告诉我，你会去抢劫吗？

——我先会想到乞讨，斯蒂芬说。

——如果你什么也讨不到，你会抢劫吗？

——你的意思是要我说，斯蒂芬回答说，所谓财产所有权也不过是暂时的，在某种情况下抢劫将会变成并非违法的事。每一个人都可以按照自己的信念行动。我现在可不想那样回答你的问题。这个你可以去问问那位耶稣会的神学家胡安·玛丽亚娜·德塔拉贝拉[1]，他会向你解释，在什么情况下你完全可以合法地杀死你的君王，他还会告诉你，是选择用酒杯给他一杯毒药，还是把毒药抹在他的袍子上或者马鞍的扶手上。至于我，你倒不如问问，我会不会容忍别人来抢劫我，或者，如果有人抢劫了我，我会不会呼喊，要对他加以我所相信的属于世俗的权力的惩罚？

——你会吗？

——我想，斯蒂芬说，这让我感到的痛苦将和我遭到抢劫时的完全一样。

——我明白，克兰利说。

他掏出火柴来，又开始剔他的两颗牙齿之间的一个牙缝。然后他极不在意地说：

——告诉我，比方说，你愿意和一个处女睡觉吗？

——对不起，斯蒂芬客气地说，这难道不是大多数年轻的先生们求之不得的事吗？

——你的看法怎么样呢？克兰利问道。

1　17世纪西班牙历史学家和政治哲学家，他曾大力倡导不顾人民死活的暴君人人得而诛之的理论。

他最后这句像煤烟一样发着酸臭味并令人沮丧的话，刺激着斯蒂芬的头脑，那烟雾似乎把他的头脑给掩盖住了。

——你听我说，克兰利，他说，你刚才已经问我，我愿意干些什么和不愿意干些什么。那我就告诉你我愿意干些什么和不愿意干些什么。我不愿意去为我已经不再相信的东西卖力，不管它把自己叫作我的家、我的祖国或我的教堂都一样：我将试图在某种生活方式中，或者某种艺术形式中尽可能自由地、尽可能完整地表现我自己，并仅使用我能容许自己使用的那些武器来保卫自己——那就是沉默、流亡和机智。

克兰利抓住他的一只胳膊，拉他转过身来，领着他向利森公园走去。他几乎显得有些狡狯地大笑着，并带着一位长辈对年轻人的关怀按着斯蒂芬的肩膀。

——还说什么机智哩！他说，你说的是你吗？你这个可怜的诗人，你呀！

——你已经使我，斯蒂芬说，对他的安抚十分感动，和过去一样向你坦白了许多事情，你说不是吗？

——是的，我的孩子，克兰利仍然很高兴地说。

——你让我向你坦白了我都害怕些什么。可是我还得要告诉你，我不害怕的又是些什么。我不怕孤独，不怕为别人的事受到难堪，也不怕丢开我必须丢开的一切。我也不怕犯错误，甚至犯极大的错误，终身无法弥补，或者也许永远无法弥补的错误。

克兰利现在又变得严肃起来，他放慢脚步说：

——孤独，十分孤独。你不害怕那个。可是你知不知道这话是什么意思？这不仅是和所有的人分开，而且是甚至连一个朋友也没有。

——我愿意冒这个危险，斯蒂芬说。

——甚至也不要任何一个人，克兰利说，一个比朋友更亲近，比任何人所曾有过的最高贵、最可靠的朋友还要亲近的人和你在一起。

他的话似乎拨动了埋在他自己的天性最深处的一根琴弦。他是不是在说他自己，说他自己就是那样一个人，或者希望是那样一个人？斯蒂芬一声不响地注视着他的脸。在他的脸上他看到一种冷漠的悲伤。他是在谈他自己，谈着使他害怕的他自己的孤独。

——你刚才说的是谁？斯蒂芬最后问道。

克兰利没有回答。

三月二十日：和克兰利就我的反抗问题谈了很久。他又拿出了他那副神圣不可侵犯的样子。我还是那么温和，事事顺从。在一个人应该热爱自己母亲的问题上他对我进行攻击。曾极力想象他母亲是个什么样子：想不出。有一次因为没有细想，顺口告诉我，他父亲生他的时候已经是六十一岁。常可以见到他。强壮的农民的体格。穿着芝麻点花色的衣服。方头脚。灰色的胡须从来不加修整。也许还爱参加田径赛。对拉拉斯的德怀尔神父从不亏礼，但也并非十分尊重。有时候在夜里找一些姑娘闲聊。可他的母亲怎么样？很年轻还是很老了？恐怕不会年轻了。要不，克兰利就不会那样讲了。那么一定很老。也许，又没人关心她。因此克兰利才从心眼里感到绝望：这个干瘪老头儿生下的孩子。

　　三月二十一日，清晨：昨晚睡在床上想到这些事，可是因为太懒，思想太自由，没有加以补充。思想太自由，是的。以利沙伯和撒迦利亚就都是那么干瘪了。那么说他是一位先驱。还有，他主要吃猪肚肠、咸肉和干无花果。读一些关于蝗虫和野蜂蜂蜜的书。还有，每一想到他，总是看到一张严厉的没有身子的头，或者仿佛后面衬着一面灰色的幕布或红布的死人的脸。在某些宗教圈子里他们把这叫作亡头。拉丁门边的圣约翰简直有点把我弄糊涂了。我看见什么了？一个亡头的先驱正在设法掏开一把锁。

三月二十一日，夜晚：自由自在。灵魂自由自在，想象也自由自在。让死人去把死人埋掉吧。就是。让死人去和死人结婚吧。

三月二十二日：和林奇一块儿盯梢一个身材高大的医院看护。林奇的主意。根本不感兴趣。两只干瘦的饥饿的猎狗走在一头小母牛后面。

三月二十三日：从那天晚上以后，一直还没有见到过她。她不舒服了？也许正坐在火边上，把妈妈的头巾披在肩上。可是已经不再那么闹脾气了。来一碗煮得很好的稀粥？你现在要吃吗？

三月二十四日：跟我妈妈开始讨论一个问题。题目是：贞女圣玛利亚。由于我的性别和年龄差距，难以进行讨论。尽量避免拿耶稣跟爸爸的关系去和玛利亚跟她的儿子的关系相对比。说宗教不是一个产科医院。妈妈对我很宽容。说我的思想真怪，书读得太多。这话不对。读书少，了解的东西更少。接着她说我还会再回头相信上帝的，因为我的思想总也不得安宁的。那意思是说，我从罪孽的后门离开教堂，却又要从悔罪的天窗再进入教堂了。不可能悔罪。我这样明确地对她说，又问她要六个便士。只弄到三个便士。

然后上学校去。又和那个小圆脑袋的流氓眼睛格齐争吵了一番。这回争论的是关于诺拉的布鲁诺[1]的问题。开始用的是意大利语，最后说的全是混杂的英语。他说布鲁诺是一个可怕的异教徒。我说他倒是可怕地让人给烧死了。他带着某种悲伤的情绪同意了这一点。接着他开给我一个说明，告诉我怎么做他所说的 risotto alla bergamasca[2]。他在念一个软音 O 的时候，把他的丰满的血红的嘴唇噘得老长，好像他要和那个母音亲吻似的。他是这样吗？他会不会忏悔？是的，他会的：他会哭出两颗圆圆的流氓的泪珠来，一个眼睛一颗。

走过斯蒂芬的，也就是我的菜园子，想起了那天夜晚克兰利所说"我们的宗教"的发明人原是他的同胞，而不是我的同胞的那番话。他们一共是四个人，

1　16世纪意大利著名哲学家。
2　意大利语：贝加莫风味的米饭。

都是九十七步兵旅的士兵，一起坐在那个十字架的脚下，用掷骰子来决定谁应该得到那个钉在十字架上的人的外衣。

到图书馆去。尽力读了三篇评论文章。没有用。她还是没有出来。我因此感到很不安？干吗不安？怕她永远不再出来了。

布莱克曾写道：

我不知道威廉·邦德是否能保住性命，

因为，千真万确，他实在病得不轻。

天哪，可怜的威廉！

有一次在圆形大厅我看到一张透明画。大厅的尽头，尽是些显要人物的画像。他们中还有威廉·尤尔特·格拉德斯通，他那会儿才刚刚死去。乐队演奏着《啊，威廉，我们全都想念你》。

全是一帮土包子！

三月二十五日，清晨：一夜尽做些令人讨厌的梦。希望尽可能把它们都从我心中清除掉。

一条很长的弯曲的走廊。从地面升起一条条黑色的烟柱。那里尽是些镶嵌在石头上的奇奇怪怪的帝王的形象。他们看来很疲倦，都把手放在自己的膝盖上，他们的眼神非常阴暗，因为人的错误总是变成黑色的烟雾飘到他们的眼前来。

离奇的人影从一个山洞中走了出来。他们没有一般人那么高。每一个人似乎都和身边的人挨得很近。他们的脸上闪着磷光，还有一条颜色很深的条纹。他们全望着我，看他们的眼神仿佛要问我什么问题。他们都不说话。

三月三十日：今天晚上在图书馆的门廊上，克兰利对狄克逊和她的哥哥提出一个问题。一个妈妈让她的孩子掉在尼罗河里了。还在谈他的关于妈妈的问题。一条鳄鱼咬住了那孩子。妈妈要把孩子要回来。鳄鱼说，只要她告诉他，他应该怎么对待那个孩子，吃掉他还是不吃掉他，他就可以把孩子还她。

这种思想方法，莱皮德斯会说，真是靠着你自己的太阳的作用，在你自己的烂泥里孕育出来的。

我的呢？不是也一样吗？那就把它扔到尼罗河的烂泥里去吧！

四月一日：对最后那句话不很赞同。

四月二日：看到她在约翰斯顿、穆尼和奥布赖恩的店里喝茶、吃饼干。其实是林奇看见的。他的眼睛真是尖，在我们走过的时候，看见了她。他告诉我，克兰利是被他弟弟邀请到那里去的。他是否把他的鳄鱼也带去了？他现在是一只闪光的明灯吗？啊，是我发现他的。我肯定是我发现的。原来只是在威克罗谷仓一个大斗后面静静地发着光。

四月三日：在芬勒特教堂对面的雪茄烟店里见到了达文。他穿着一件黑毛衣，拿着一根棒球棍。问我是不是真要出门去，并问我为什么。我告诉他到塔拉去最近的路是从霍利赫德那边走。就在那时我父亲来了。给他们介绍介绍。我父亲很客气，也很细心。问达文他可不可以请他吃点什么。达文不能吃，要去参加一个集会。我们走开的时候，我父亲告诉我说他有一双善良而诚实的眼睛。问我为什么没有参加一个划船俱乐部。我假装说准备考虑考虑。后来还告诉我说他怎么伤了彭尼费瑟的心。要我去学法律。说我天生是学法律的料。又是些烂泥，又是些鳄鱼。

四月五日：寒冷的春天。奔驰的云彩。啊，生活！在浑浊的烂泥塘中黑色的水流边，苹果树抛下了它们的娇嫩的花朵。在那些树叶间可以看到许多女孩子的眼睛。一些显得很端庄的蹦蹦跳跳的女孩子。都是白皮肤的或者是琥珀色的，没有一个黑皮肤的。她们脸一红便显得更美。真叫妙！

四月六日：她肯定记得过去的事。林奇说所有的女人都记得过去的事。那么她一定记得她儿时的情景——还有我童年时候的情况，如果我也曾经有过童年的话。过去被现在吞噬了，现在所以活着是因为它会带来将来。如果林奇说得不错，所有女人的雕像都应该永远浑身都遮盖起来，女人的一只手总遗憾地摸着自己的后部。

四月六日更晚一些：迈克尔·罗巴茨记起了被他遗忘的美，当他用胳膊拥抱她的时候，他使劲搂着的是在这个世界上早已凋谢的爱。不要这个。完全不要。我希望，我能在我的怀抱里搂抱着一种还未曾来到这世上的爱。

四月十日：这个城市，像一个十分疲惫、任何抚摸都不能使他动心的情人一样，由各种梦境进入了无梦的睡眠，就在这个阴森的夜晚，通过城市里的寂静，大路上隐隐传来了马蹄声。马蹄来到桥边，那声音显得更清晰了。不一会儿，它们从黑暗的窗口外边走过，于是那里的寂静像被一支箭穿过一样，被一阵惊愕划破了。马蹄现在又越走越远了，在阴森的黑夜中马蹄像珠宝一样闪着光，它们匆匆穿过睡眠的田野要前往何处——要进入什么人的心？——携带着什么消息？

四月十一日：重读了读昨天晚上写下的那些话。表达一种模糊感情的模糊的语言。她会喜欢它吗？我想会的。那么我也应该喜欢它。

四月十三日："通盘"那个词儿长时期来还一直扰乱着我的思想。我查了一查，发现它原是英语，而且是规规矩矩的古老的英语。让那个副教导主任和他的漏斗见鬼去吧！他到这儿干什么来了，是教我们他自己的语言，还是跟我们学习我们的语言。不管是哪一样，都让他见鬼去吧！

四月十四日：约翰·阿方萨斯·马尔雷南刚刚从西爱尔兰回来了。欧洲和亚洲的报纸请刊登这个消息吧。他告诉我们，他在那里的一间山上的木房子里遇见了一位老人。那位老人眼睛发红，抽着一根很短的烟斗。老人讲爱尔兰语。马尔雷南也讲爱尔兰语。后来那老人和马尔雷南又一起讲英语。马尔雷南和他谈了一些关于宇宙和星体的事。老人坐着，听着，抽着烟，吐着痰。然后说：

——啊，到世界快结束的时候，准会出现许多可怕的奇怪的人。

我怕他。我怕他那眼圈发红又发硬的眼睛。整个一夜直到天亮，我必须和他进行斗争，直到他或者我死去，我要紧抓住他的满是青筋的脖子直到……直到什么？直到他向我屈服？不。我没有要伤害他的意思。

四月十五日：今天在格拉夫顿大街，我和她面对面地相遇了。是拥挤的行人把我们挤到一块儿去的。我们俩都站住了。她问我，为什么我从没有去看她，说她听到别人讲了许多关于我的传闻。这样说不过只是为了拖延时间。问我现在有没有写诗？写什么人？我也问她。这不免使她更感到有些难堪，我感到很抱歉，很不应该。马上关掉那个活门，打开了精神英雄主义的冷气设备，这东西是丹特·阿利吉雅里发明，并在全世界各国取得专利权的。连珠炮似的谈着我自己和我的各种计划。不幸在我说话中间，我忽然做了一个革命的手势。我当时的神态一定像一个抓着一把豌豆往空中乱撒的家伙。街上的人全转过头来看着我们。过了一会儿，她和我拉了拉手，在离开的时候，她说她希望我照我说的去做。

487

现在我把这叫作一种友好态度，你说呢？

是的，今天我很喜欢她。有一点喜欢还是非常喜欢？说不清。我喜欢她，而这对我仿佛是一种很新的感情。那么，这么说来，其他的一切，我过去想我曾想到的一切，和我过去感到我曾感觉到的一切，从今以后其他的一切，事实上……啊，全部抛开吧，老伙计！去睡一觉，把它们全忘掉。

四月十六日：走吧！走吧！

拥抱的胳膊和那声音的迷人的符咒：大路的白色的胳膊，它们已许诺要紧紧地拥抱，映衬着月影的高大船只的黑色的胳膊，它们带来了许多远方国家的信息。它们都高高举起，仿佛在说：我们很孤单——快来吧。而那些声音也和它们一起叫喊着：我们是你的亲人。在它们向我，它们的亲人召唤的时候，空气里充满了它们的友情，我准备走了，它们正扇动着它们得意的和可怕的青春的翅膀。

四月二十六日：妈妈为我整理我新买来的一些旧衣服。她说，她现在天天祷告，希望我能在远离家庭和朋友的时候，通过自己的生活慢慢弄清楚什么是人的心肠，它都有些什么感觉。阿门。但愿如此。欢迎，啊，生活！我准备第一百万次去接触经验的现实，并在我心灵的作坊中铸造出我的民族的还没有被创造出来的良心。

四月二十七日：老父亲，古老的巧匠[1]，现在请尽量给我一切帮助吧。

都柏林，一九〇四年

的里雅斯特，一九一四年

---

1 自然仍指传说中的那个迪达勒斯。

詹姆斯·乔伊斯年表

1882年

2月2日，詹姆斯·乔伊斯出生于都柏林市南郊拉思加尔的一个天主教家庭。父亲约翰·斯坦尼斯劳斯·乔伊斯时任税务官员，与妻子玛丽·简·莫雷育有四男六女，詹姆斯·乔伊斯为长子。

1888年

9月，进入耶稣会学校克朗戈斯·伍德中学学习。

1891年

出于家庭经济原因，从克朗戈斯·伍德中学辍学。10月6日，爱尔兰民族主义政治家查尔斯·斯图尔特·帕内尔去世。乔伊斯据此创作诗歌《你，希利》，表达对帕内尔的同情。

1893年

4月，在约翰·康米神父的介绍下，转入耶稣会学校贝尔维迪尔学院学习。

1897年

因在作文比赛中成绩优异，获得嘉奖。

1898年

9月，进入皇家大学都柏林学院学习，主修哲学和语言，其间参加与戏剧、文学相关的社会活动。

1900年

在英国文学杂志《半月评论》发表《易卜生的新戏剧》一文，评论易卜生的剧作《当我们死而复醒时》。易卜生本人读到后，致信表示感谢，乔伊斯大受鼓舞。

1901年

10月，撰写《骚乱之日》一文，抨击爱尔兰文艺复兴运动中的狭隘民族主义倾向，但未能发表，后自费出版。

1902年

结识诗人叶芝。6月，从都柏林大学毕业。12月，前往巴黎学医，后因学费问题放弃，返回都柏林。

1903年

1月，再次从都柏林动身赴巴黎；4月，接到母亲病危的电报，返回都柏林；8月13日，母亲病逝。

1904年

6月10日，邂逅诺拉·巴纳克尔，一见钟情，两人6月16日首次约会。8月，短篇《姐妹》发表。10月，与诺拉离开都柏林，前往苏黎世，后辗转至普拉，在柏利兹语言学校以教英文为生。写成短篇小说《圣职》。开始撰写《一个青年艺术家的画像》。

1905年

3月，与诺拉移居的里雅斯特，继续在语言学校教英文。7月27日，长子乔治出生。年底，完成《都柏林人》的创作，并将稿件交给出版商格兰特·理查兹。

1906年

7月，移居罗马，任银行职员。9月，收到理查兹不予出版《都柏林人》的信件。开始构思《尤利西斯》。

1907年

3月，辞去银行工作。5月，诗集《室内乐》出版。7月，返回的里雅斯特。7月26日，女儿露西娅出生。

1909年

两次因事返回都柏林。与蒙赛尔出版社签订了《都柏林人》的出版合同。

1910年

返回的里雅斯特。

1912年

最后一次回到都柏林，与蒙赛尔出版社协商《都柏林人》的出版事宜，最终失败。撰写文章《火眼里出来的煤气》。

1913年

经叶芝介绍，结识诗人庞德。

1914年

经庞德介绍，2月至次年9月在《唯我主义者》杂志连载《一个青年艺术家的画像》。6月，《都柏林人》由理查兹出版。开始写作《尤利西斯》。

1915年

创作戏剧《流亡者》。6月因战乱举家迁居苏黎世。

1916年

《都柏林人》《一个青年艺术家的画像》在美国出版。

1917年

《一个青年艺术家的画像》在英国出版。接受《唯我主义者》编辑哈利雅特·肖·韦弗的资助。8月，接受眼部手术。

1918年

3月，经庞德介绍，美国杂志《小评论》开始连载《尤利西斯》。5

月,《流亡者》在美国、英国出版。

1919年
重返的里雅斯特任教。

1920年
7月,迁居巴黎,结识莎士比亚书店创办者西尔维娅·比奇。

1921年
《尤利西斯》创作完成。

1922年
2月2日,莎士比亚书店出版《尤利西斯》。

1923年
开始创作《写作中的作品》,即后来的《芬尼根守灵夜》。8月,接受3次眼部手术。

1925年
6月,再次接受眼部手术。

1928年
结识作家贝克特。

1930年

赴苏黎世治疗眼疾。

1931 年

7 月，与诺拉结婚；12 月，父亲去世。

1932年

2 月，孙子斯蒂芬·詹姆斯·乔伊斯出生。

1933年

《尤利西斯》在美国解禁。

1934年

美国兰登书屋出版《尤利西斯》。

1936年

《尤利西斯》在英国出版。

1938年

《芬尼根守灵夜》创作完成。

1939年

5 月，《芬尼根守灵夜》在美国、英国出版。

1940年

与家人迁居苏黎世。

1941年

1 月 13 日，病逝于苏黎世。

无
界
文
库